二十年前的野炊

张世斌 著

ZHANGSHIBIN
ZHU

当代世界出版社
THE CONTEMPORARY WORLD PRESS

图书在版编目（CIP）数据

二十年前的野炊 / 张世斌著. —北京：当代世界出版社，
2018. 3

ISBN 978-7-5090-1337-3

Ⅰ. ①二… Ⅱ. ①张… Ⅲ. ①长篇小说—中国—当代
Ⅳ. ①I247. 5

中国版本图书馆CIP数据核字（2018）第018484号

书　　名：二十年前的野炊
出版发行：当代世界出版社
地　　址：北京市复兴路4号（100860）
网　　址：http：//www.worldpress.org.cn
编务电话：（010）83908456
发行电话：（010）83908409
　　　　　（010）83908455
　　　　　（010）83908377
　　　　　（010）83908423（邮购）
　　　　　（010）83908410（传真）
经　　销：全国新华书店
印　　刷：北京盛彩捷印刷有限公司
开　　本：710毫米×1000毫米　1/16
印　　张：19
字　　数：335千字
版　　次：2018年3月第1版
印　　次：2018年3月第1次
书　　号：ISBN 978-7-5090-1337-3
定　　价：49.00元

目 录

高一上学期

郝强曾经对我说过："我们走过的路，别人未必会走；我们经历的困惑，别人或许会有。"很多年过去了，我依然还记得这句话。

当我认识他的时候，是在高中一年级。那所中学是我们县城最好的中学，同学中不是成绩好的，就是有背景的。当然在小县城，有背景也不会是什么大的背景，无非是父母经营点小生意或者是小官员。还有一种本身就是县城的，在那所中学的初中部上学，升入高中部相对来说就容易些。这种同学也暂且归类为有背景的一类吧，他们的背景就是生活在县城。相信这种情况在全国其他地方也很普遍。

我的名字叫瞿格，来自一个小镇。我不知道为什么父母给我取了这样一个中性的名字，其实我是男生。我认为我是成绩好的那种，不知道别人怎么认为，反正自己这样认为。

高中的生活忙忙碌碌。由于很多人都是各乡镇的尖子生，学习气氛也非常好，但彼此谁也看不上谁，都有点傲慢。我对老师们更是怀着一种神圣的崇敬之情，认为他们是好学校的老师，其水平必定也是相当高，知识当然也是很丰富的了。我的学习热情高涨，来这里的目的也很简单，就是要考上大学。至于考上后干什么，已经超出了我当时的考虑范围。

郝强出生在农村，是土生土长的农村人。他的肤色有点黑，这种黑好像刚涂上去不多久，相信在学校待一段时间就会褪下去。九月份开学，南方的天气还有点热。他穿着一双蓝色塑料拖鞋，黑色的裤子几乎卷到了膝盖，让人感觉他刚从水田里上来一样。我看不起这样的人，虽然我家也种田，也算是乡下，但我毕竟是镇上的。我想来县城上学，再怎么也得要穿得像模像样一点吧！反正那时我穿的是白色的回力鞋，牛仔裤也没有卷起来。上学前，我特地要求我妈给我买的。当时我家的条件也不太好，过日子都比较紧。妈妈就说："原来的解放鞋和灯芯绒裤不能穿吗？"我说："妈，都什么年代了？你看电视里的学生谁还穿这些。"在我的软磨硬缠下，妈妈终于答应了我的要求。算是对我的一种奖励吧，毕竟我上了这所中学。再说我的要求并不高。

虽然我内心拒绝郝强，但有一件事改变了我对他的看法。刚开学不久，班上搞了一次文艺晚会。大部分节目都是唱歌，有位县城的男生唱了一首《水手》，赢得了很多的掌声。我们好像很迫切需要这样一个主题的歌，因为正处于一个有个性的、叛逆的年龄阶段。其实我是一个比较随便的人，对生活无所谓，不过也并不代表我就没有个性。我没有表演节目，只是在嗑瓜子或者吃花生，象征性地起哄一下，鼓鼓掌。口渴的时候喝白开水，我忘记是否有矿泉水或者饮料了。改革开放的春风刚刚吹过来，物质生活水平还停留在一个比较低的阶段。记得当时是有麦克风和音响的，至于是否有薄薄的唱片，也记不清楚了。

郝强的上场让我眼前一亮，我没有想到他还有节目要表演。他依然穿着拖鞋，卷着裤脚，不过双手捧着一个口琴，表情严肃。这出乎我的意料，很难想象一个乡下的学生还有会乐器的。他说："我给大家表演的节目是口琴独奏《渴望》。"我在镇上生活了十几年，也没有认识几个会乐器的。记得我曾经迷恋过一段时间的竹笛，便要爸爸帮我买一根。爸爸的回答彻底让我失望了，他说："吹笛子能当饭吃吗？"我只好自己砍了一根竹子，研究怎样做出一根可以吹出调的竹笛来，结果没有成功。看到他有和我共同的爱好，都喜欢乐器，便决定和他交朋友。我感觉他吹得不是那么专业，但很用心，很真诚。同学们同样也很诧异，现场静静的，都在听他演奏。我也停止了吃喝。教室里充满了一种神秘的气氛，好像是在观看一个土著人的原生态表演。

我开始主动和郝强打招呼了，吃饭的时候和他在一起。上课时同学们都是在一起的，如果吃饭时跟谁在一起就意味着跟谁是朋友了。随着和他交往越多，对他了解也越深。有天吃午饭，我们在小食堂点了两个菜一起吃。学校的餐厅分大食堂和小食堂，小食堂的菜是现炒的，价格略微贵一点。看来他家条件也并不算太差。炒菜的火苗蹿得老高，锅里冒出滚滚的浓烟，雾一般的景致。

我们边吃边聊。他夹了一根菜，望着我，认真地说："你觉得学校老师的水平怎么样？"

我不知道他为什么问这个问题，随便应了一句，说："很好呀。"

他放下了那根菜，说："可是我并不这么认为。"

我有点诧异，心想这可是我们县城最好的中学，反问了一句："难道他们教不了你吗？"

他说："也不能完全这样说。不过上次数学考试有一道几何题的证明，我用了一种与众不同的方法，老师居然没有看懂。也许老师没有仔细看吧，这道题没有给我分数。"

我说："会不会你的证明过程有问题？"

他有点着急了，看得出来，他不希望别人认为他是乱说的，说："连你也不相信我。下午上课的时候，我给你看看我的证明过程。"

为了吃饭愉快一些，我只好转移话题，说："想不到你喜欢乐器，其实我也喜欢，不过我喜欢的是笛子。"

他好像在思考什么，没有理我。

我自问自答，说："你知道为什么吗？因为我喜欢《射雕英雄传》里面的黄药师，他的样子很酷。"

这时他露出了笑容。

"可是我爸没有答应给我买。他以前当过兵，从部队转业回来后，当地也没有安排工作。还是得要种田，幸好他并没有忘记怎样种田。只是喜欢一个人喝酒，脾气也很大，经常和我妈吵架。"我继续说。

听到这里，他似乎来了兴趣，说："你家也是种田的呀。种水稻还是棉花？"

我回答："都种一点点，以水稻为主。"

我们又说了一些无关痛痒的话，吃完饭，天色有点灰暗的样子，就回宿舍午休了。

下午，他把几何题的证明拿过来给我看。我看完之后，对他升起了一种异样的感觉。证明过程很绝，没有错误。真的不知道他是怎么想出来的。我承认我是想不出来，但我能看得懂。

我说："可是分数已经出来了，名次也已经排好了。要是再改分数，好麻烦的。"

郝强说："你并没有完全了解我。我不在乎分数，我需要的是老师也承认。"

我和他接触时间不长，确实没有完全了解他，但我希望更加了解他，试探着说："那你说怎么办？总不能叫老师当面认错吧？这样老师多没面子。"

他说："倒也不至于这样。我想和老师私下里说清楚。"

后来，他果然找到了数学老师。我发现老师的脸红了一阵子。我没有想到郝强是一个如此执着和认真的人。

吃了晚饭后，我们拎着开水瓶一起去打开水。人很多，需要排队。

他对我说："为什么班干部大部分都是县城的？"

我显得比他高明的样子，说："这你都不知道呀？现在的班主任以前是他们的初中老师。"

他迟疑了一下，说："为什么不能投票选举呢？"

我对能不能当班干部没有什么兴趣，是个随波逐流的人，说："谁当班干部不一样？"

他把开水瓶对准了水龙头口处，说："其实我也不想当班干部，不想领导别人，只是觉得好像不符合规则。"

我说："其实也只能这样，不然有什么更好的方法？我们从不同的地方走到一起，刚开学不多久。班主任不可能在短时间知道每个人的才能，只好自己提名了。"

说到这里，他才不作声了，似乎觉得我说的有道理。

我们打了开水后，就回宿舍了。

县城的学校生活是新鲜的，至少学了很多歌曲。文娱委员是县城的一个女生，不知道她为什么会那么多的歌。每天上第一节课之前，大概有十来分钟左右的集体唱歌时间。当然也视上课老师的心情而定，唱歌的时间可长可短。我们学会了《十七岁的雨季》和《蝴蝶飞呀》等，都是港台流行歌曲。人们似乎总是对遥远的地方的人和事感兴趣。

每次教歌之前，她都会做一下自我介绍："我叫白诗琴，下面教大家唱歌。"好像主持人报幕一样。刚听到这个名字，我有点震动，心想她的父母必定是很有文化修养的人吧！县城里的人就是不同，连名字也起得好听。我时常为自己的名字而懊恼。同学们都喊我的绰号"格格"。而且我姓"瞿"，这个姓也是非常的罕有，我不知道为什么会姓这个。我并不是一个标新立异的人，然而却因为我的名字有时会被别人谈论，这让我有点老火。

她留着整齐的娃娃头，很干练的样子，眼神清澈而又明亮。我疑心我是头一次看到这么好看的眼神，如果她多看我几眼的话，我可能会被化掉。我很想找机会和她说几句话。可是说点什么好呢？不如说说唱歌的事吧。我就问她为什么会唱这么多好听的歌。

诗琴觉得我问得有点好笑，说："听随身听呗。"

我没有见过随身听。我总结了一下镇上的人学歌的途径不外乎这几种：看春节联欢晚会和电视连续剧跟着学，还有就是音乐老师教，于是就问："随身听长什么样子？"

这时，她笑了起来："格格同学，你连随身听都没有见过呀。哪天我有空拿过来给你看看，只可惜我妈妈不准我拿到学校里来。"

我确实没有见过，有点茫然，说："为什么不让带？"

"怕影响学习喽。"她说。

上课铃响了，谈话戛然而止。我还在回味刚刚她说过的话，觉得她的声音好甜美，一直在我的耳旁回响。那节课就在幻想当中过去了，我不知道老师都在讲什么。

国庆节到了，有几天假，郝强邀我去他家玩。我答应了，很想搞清楚他出生在一个什么样的地方。他住的那个镇离我家不远也不近，几十里地。我有个姑姑嫁在那里，大概方向我知道。他留了个地址给我，叫我第二天去找他。

为了省钱，我没有乘公共汽车，决定骑自行车去。爸爸并没有像往常一样反对我，只是说在别人家要懂事，不要乱来。而且他愿意把自行车借给我用，因为这件事，我打心眼里感激爸爸。也许他酒喝多了，我这样想，因为他回来的时候我见他醉醺醺的样子。

十月一日，阳光从薄薄的云层落下来，过滤一般，很纯净。我蹬着自行车出发了。这是一辆老式的凤凰牌自行车，是爸爸卖了棉花后，下定决心买的。他平时很爱护它，不到万不得已不会用，更不会轻易借给别人。爸爸对车的爱护，我觉得有时可能超过了对我的爱护。他经常给车上润滑油，螺丝拧得刚刚好，不松也不紧，用完后总是擦得亮亮的。我那时还没有发育完全，不够强壮，个头也不高。这是一辆笨重又高大的自行车，让我骑起来非常吃力。这是我人生中第一次长途骑行。

不过沿路的风景还是吸引了我。虽然是同一个县，但我所处的镇略微平坦，其他沿途的镇多多少少有些山包。山不高，相对高度不超过二百米。

经过的地方大都是石子路，石子大大小小，从自行车的轮胎旁边跳出来。一段平路之后，紧接着一个个上坡和一个个下坡。只要不是太陡的上坡，我都愿意挑战一下自己的能力。达到坡顶之后，我放松了，任凭自行车自己滑行。只有在这个时候，我才觉得这是一辆真正的自行车，因为我没有用力是它自己在动。当然，兴致好的话，如果前面没有什么，视野宽阔，下坡我也会用力踩，体验一种极速的快感。

马路两旁一排排的树在后退，不时有几只麻雀掠过。快到中午的时候，终于到了郝强住的村子。向一个路人打听郝强爸爸的名字，他给我指了指，说："那一栋两层的楼房就是了。"我顺着他指的方向，果然看到了房子。觉得不远了，大约二里地的样子。我有点口渴，想买冰棒吃，找了很久也没有找到卖冰棒的地方。坚持一下吧，我鼓励自己，五分钟左右的时间过去了，离他家还有一百米左右。

门前有几块水田，不能直接骑过去。我只好下了车，推着走。田埂弯弯曲曲，宽宽窄窄，感觉一点儿都不踏实，松松垮垮的样子。一只中等体型的黑狗过来迎接了我，吠得正欢，给人一种"柴门闻犬吠"的错觉，仿佛回到了古代。我又累又饿又渴，样子相当狼狈。

郝强听到狗的叫声，出来了，一看是我，便对它说："黑儿，莫乱咬，是我的同学。"黑狗似乎听懂了，立刻不作声，尾巴欢快地摇了起来。

我定下神来，这时才发现他戴着一顶薄薄的绿色的军帽，帽檐向后。由于我爸曾经是军人，我对军用品相当敏感。从质地上判断，明显是仿制的地摊货。不过，戴在他的头上，仍然让人感觉神采奕奕。只是不知道为什么帽檐向后，古里古怪的。

楼房外墙贴着当时流行的马赛克，水泥地板的院子，黄色的木门，蓝色的窗户。十来棵橘子树环绕着院子，还有一个小小的池塘，搭了一座石板的小桥。我没有想到在这偏僻的乡村还有这样一个所在，先前的不适感立刻消失了。

他说："饿了吧？我爸妈吃完饭后去山上摘茶子去了，留下一些饭菜，我陪你一起吃。"

我说先喝口水吧。他便拿了一个烧水壶给我倒水，烧水壶原本是亮色的，不过已经变成纯黑色了。我判断他家一定是用木材煮水的。菜很简单，没有肉，只有青菜和泡菜。饭是早上煮好的，吃的时候又炒了一次。我边喝边说："为什么你们村里连个卖冰棒的也没有？"

他解释道："这里只有赶场的时候才有卖的。"

我明白他说的就是赶集的意思，又问什么时候赶场。

他说："每逢农历三、八就有，不仅有冰棒，还有卖油粑粑的呢！"

我喝了水，饿得不行了，开始狼吞虎咽地吃饭。他边吃边说："等下吃完饭，你要和我一起去摘茶子吗？"我说这个主意不错，因为我喜欢爬树。背着篓子，我出门的时候比较急，差点踩到鸡粪了。有几只鸡正在橘子树底下找吃的，咯咯地叫着。

他家的茶山就在屋后面不远的地方，一片墨绿色。沿路长满了不知名的小花，偶尔有几只色彩斑斓的蝴蝶翩翩起舞。在这样的地方，一种自然舒适的感觉油然而生。耳旁没有了爸爸妈妈没完没了的争吵，也不用和妹妹争什么东西了。我像一只离开笼子的小动物一样，舒心极了。

山上大都是枞树和茶树，杂草丛生。我见到茶子了，外形有大有小，颜色有深有浅，我特别喜欢红色的那种。这时一个中年男人背着一满篓茶子过来了，倒在箩筐里。年纪应该和我爸差不多，不过看起来比我爸要老，脸上满是风霜的痕迹。他说："郝强，你同学来了？爬树的时候要当心，不要摔下来了。"郝强说："放心吧，爸爸，我们都不是小孩子了。"确实不小了，都是十六七岁的年纪，我也这么想。

郝强爬上了一棵茶树，很大的一棵，站在下面，几乎看不到天。他身手敏捷，看得出来，是一个爬树的好手。我也不甘示弱，爬了上去。他说："你知道吗？一到春天，茶树上就会结很多茶苞和茶耳，可以生吃的。"我没有见过这些东西，因为我们那里没有茶树，便问："好吃吗？"他说："球状的叫茶苞，耳朵形状的叫茶耳，很好吃，清甜清甜的。"我刹那间对这种神奇的果实羡慕不已，就要求来年春天的时候也来。他说没问题，只要功课不紧的话。

他爸爸走了，留下我们两个在一起。一片乌云过来了，林子里立刻暗了下来。我说："你们这里会不会有野猪？"他说："没有，野兔倒有。我放牛的时候就见到过，不过根本没有机会捉到它，跑得飞快的。"我说："你也放过牛？"他说："当然了，我这个年纪的，谁没有放过？不过我弟弟就比较少，他总是偷懒。"我说："我也放过的。看到别的小孩子玩，自己又不能玩，生怕牛吃了别人的庄稼。我不喜欢放牛，好无聊的。"他说："也不能这么说。要看你自己怎么安排了，我放牛的时候吹口琴。"我觉得他真是一个与众不同的人，又问："吹什么歌？"他说："《乡间的小路》。"这首歌我也会，旋律流畅优美。我立刻联想到他骑在牛背上吹这首曲子的情景，简直是可以入画的了。

我又问："谁教你吹口琴的？"他说："没人教我。我有个表哥是城里的，他买了一个新的，旧的口琴就给我了。然后他送了一本书给我，我自学的。"我吃了一惊，心想乐器还能自学？一不小心把一粒茶子掉在地上了，准备去捡。他说："不用下去，等摘完树上的再去捡。"我说："乐器能自学吗？"他说："自己琢磨呗。都是人，别人能，为什么我们不能？"这句话触动了我。我从来都是被动地接受一切，敬畏权威，没有想到还能自学乐器。

天快黑的时候，我们回家了。郝强的妈妈见到有小客人来，特意多做了一份腊肉炒青椒。这个时节居然还有腊肉，虽然很干，但味道很香。我当晚比平时多吃了一碗饭，打着饱嗝，不知道说什么好。

回到学校，恢复了正常的学习生活。离高考还有一千多天，压力并不是很大。我和一个叫裘正的同学关系也不错。我不和郝强在一起玩的时候，裘正就是我的备用人选。他是县城的，戴着眼镜。可以推断出来，他看了不少书。他样子比较瘦弱，象棋下得不错。正是因为有这样一个共同爱好，我和他有不少话题。

我自认为我的象棋水平还可以，应该说是来自遗传吧。我爸爸就喜欢下象棋，不过他平时一般不和我下，只是大年三十的晚上才和我下，我也不知道什么原因。那个时候，他是认真的，精神也集中，有种壮志未酬而又满腔热血的复杂心态。他下棋时很少和我说话，不过我从他的神情中猜想到了这一点，尤其是当他把兵越过了河界当车使用的时候，有一种放松的表情，有难得的一点洋洋自得的笑意，这在平时是见不到的。

下课后，我和裘正下了几盘象棋，难分胜负。他不是寄宿生，要回家吃午饭了。我和郝强又到了烟雾缭绕的小食堂，照样炒了两个菜，青瓜肉片和西红柿蛋汤，小日子还不错。我问他："你会下象棋吗？"他说："何止会，还下得很好。"他流露出了自信，没有一点谦虚的样子。我说："那有空下几盘呗！"

他迟疑了一会儿，说："初中的时候，我喜欢下象棋和打扑克。打扑克用两幅牌打，升级或者说拖拉机，你知道吗？我那时玩牌很疯狂，常常通宵的。没有任何赌注，现在想起来，也不知道为什么会那样痴迷。"

我说："那个时候年纪小，不懂事。"

"我们总是认为自己以前不懂事，从来不觉得自己现在不懂事。"他喝了一小口蛋汤，润了一下喉咙，说："我想用象棋和扑克牌来比喻人生。象棋代表你的实力，双方都能看清楚对方兵力分布，这时候胜负靠的是实力。而扑克牌不同，代表的是你的运气，每个人得到的牌都有无限的可能，而且你也难以判断出对方下一步怎么打。"他的语气淡定而又冷静。

我沉默了一会儿。一束阳光透过玻璃射了进来，飞舞的灰尘清晰可见。虽然我看起来好像是一个对一切都无所谓的人，但我对智慧还是极为尊重的，顿时心中升起了一种敬佩之情，差点要顶礼膜拜了。不过我并没有打算此时让他看出我内心的浅薄，轻描淡写地说了一句："你说得对，我也是这么认为的。"

他盯着我说："那么，你相信命运吗？"

我有点慌乱，一块肉差点噎到了我。我没有想到他会问这样的问题，这超出了我的思考范围，我从来也没有想过这个问题，就说："我不知道什么是命运，也谈不上相不相信。"

我们的聊天就这样戛然而止，都只顾默默低头吃饭。我不知道他在想什么，他也不知道我在想什么。

学校的生活很平静。诗琴又陆陆续续教了我们一些流行歌曲，包括《同桌的你》，等等。她穿了一件花花绿绿的连衣裙，色彩相当鲜艳。尤其是走路的时候，胸前好像有个小兔子一动一动的，给人一种想要捕捉的感觉。我还没有搞清楚随身听到底是一种什么玩意儿，一有机会我就找她聊天。

她说话的时候一般是笑笑的，使我认为她并不排斥我，我也认为自己是一个不使人讨厌的人。

"星期天的时候，你就把随身听拿到学校来，给我看一看嘛。"我说。

她笑了，露出洁白的牙齿，说："这个星期天不行，是我的生日。"

我有点奇怪，说："为什么生日就不行呢？"

她说："我约了几个同学去我家呢。"依然保留着一种迷人的笑。

我有点想毛遂自荐，也去凑凑热闹，但还是忍住了，觉得这样太冒昧了，从而希望她能主动邀请我。然而直到上课铃响起来，她也没有说。这让我有点失望。我试图把注意力集中在课堂上，但我做不到，心里在想她为什么不邀请我呢？不邀请我也就罢了，又为什么要笑呢？历史老师的声音很小，好像隔了遥远的时空传过来一样。只是模模糊糊记得老师在讲法国大革命的历史，革命群众攻占了巴士底狱。这段历史和我没有一点关系。

低落的心情持续了几天后，裘正告诉了我生日晚会的大概情况，他有幸成为被邀请的人之一。我装作不在乎不想知道的样子，我越是这样，裘正就越是要说，好像他不说出来就不舒服的样子。

他说："知道吗？上个星期天我去白诗琴家了，她的生日，一共八个人。她家可真讲究，进门要换拖鞋。地板干干净净的，没有一点灰尘。进去后，开关在墙上，啪的一声开了灯。我们坐在沙发上，前面有一个茶几，茶几上有几个盘子，放了一些水果和糖果。彩色电视机带有遥控器，可以随意选台。我们唱了好多歌。VCD知道吗？画面很清晰。"开场白之后，他用的是当头炮——我们在下棋。

我胡乱应了一着，马跳了起来。

"她是我的初中同学，家里条件好，人长得漂亮，爱笑，我们之间很熟。她爸爸是公安局的，妈妈是棉纺厂的。父母在县城里都是好单位。她在棉纺厂子弟学校读小学时，喜欢跳舞，人活泼，逗人喜欢。"他也跳马了。

我没有说话，把炮移到了中间位置。

"生日那天玩得很开心，我们吃了不少苹果、橘子，还有香蕉，还有大白兔牌的奶糖。又吃了生日蛋糕，点了蜡烛，一共十七根，她一口气就全部吹灭了。"他不紧不慢地下棋，出车了。

我咽了一口口水，应了一句："她的肺活量可真大。"我想起了我过生日的情景。爸爸妈妈也许会买点肉，或者炖点豆腐之类的，但从来没有吃过蛋糕和点过蜡烛。那应该是一种浪漫的场景吧！但我生活的环境只允许我从实用主义的观点来看待问题，烛泪滴在蛋糕上，应该会浪费掉一部分吧！而且蛋糕分量还那么少，钱是花了却吃不饱。

他又下了一步，说："是的。她的肺活量有点大，不然的话她怎么教我们唱歌呢？"

我很想挖苦她一下，说："她的胸是不是也很大？"

裘正笑了，说："这个你可别问我，我真不知道，我没有摸过。"

我也出车了，说："从外面看不出来吗？"

裘正又笑了，说："外面看是有点大。谁知道是真的还是假的。"

我露出了奇异的表情，说："这东西还有假的吗？"

裘正说："说不定胸罩里面垫点什么的。"

我更加不解："有必要吗？"

裘正扶正了眼镜架，说："你不要老问我这个问题好了，有本事你自己弄清楚。"

我打趣说："你好像一本正经的样子。"

裘正说："我本来就是一个正经人。"

静了一会儿，我们继续下棋。我忽然想起了什么问题，说："你说她会喜欢什么样的男生？"

裘正头也没抬，说："那还用说，帅的呗。"

我说："那你认为我帅吗？"

"我认为你帅不管用，诗琴认为你帅才行。不过她说了，乡下来的男生不可能有帅的。可以推断，她应该更喜欢城里的男生。"

我急切地问："为什么？"

"没有为什么。你可能认为自己很帅，但在城里人的眼中只能称得上是一种野性。毕竟审美观不同。"他开始向我进攻了，棋风凌厉。

我脸有点变形，不过他并没有发现。我搓了一下脸，深呼吸了一口，调整了一下思路。那盘棋我没有给他任何机会，他几乎没有还手之力。车、马、炮全部过了河，把对方的子全部吃光了。裘正的帅像一个被刮光了毛的猪一样吊在架子上任人宰割，我享受着凌迟敌手的一种快感。我露出了神秘的笑容，如同蒙娜丽莎一般。他怔怔地望着我，说不出话来。看得出来，他很难理解，不明白我何以突然之间有这样一种似笑非笑的笑容。

宿舍离教学楼大约五百米，四层楼。一个花白头发的门卫老头，戴着眼镜，有时听收音机，有时写写什么。到底写什么，无从得知，或者是巡查日志。他上了年纪，还镶了金牙，真不知道他为什么要来当门卫，难道仅仅是出于一种爱好？要知道，那个时候的我们不好管，都很调皮。想起他，很能让人联想起古时的更夫。

每间寝室六张床，上下铺，十二个铺位，里面的公用设施只有电灯。刷牙、洗脸、大小便要去外面公共的地方，澡堂离宿舍更远。老鼠不少，不怕人，大白天也能见到。我们的行李很简单，基本上是一个箱子，木制的居多，一个塑料桶，外加毛巾之类的，也就这些。同学们的习惯也千差万别，有打呼噜的，也有不打呼噜的；有喜欢聊天的，也有喜欢做运动的，等等。不管怎么说，都要适应集体生活，没有选择的余地。

作息有规律，很早就要起来做早操和跑步，具体时间不清楚，很少有指示时间的仪器。郝强和我同宿舍，听见丁零零的响声后，我们不得不起来了。天还没有亮，一边往外走一边穿衣服，我开始抱怨了："这不是折腾人嘛，正睡得香呢！"

郝强打了一个哈欠，说："没办法，体育委员要点名。"

我说："你说这大清早起来，能锻炼身体吗？我们正是长身体的时候，应该以睡觉为主。"

他说："与其说是锻炼身体，不如说是锻炼意志。"

我说："专家学者应该做调查研究，指出这样不适合青少年的成长发育。"

他说："他们的研究已经有了结果，需要我们做有理想、有道德、有文化、有纪律的四有新人。按时晨练，至少算得上有纪律。"

很多同学都到了操场，广播体操的旋律也响了起来。我们像机器人一样开始伸伸腰、弯弯腿，面无表情，还没有睡醒。雾有点大，看不见月亮，隐隐约约有人影晃动。空气潮湿，草上都是水。温度不高，感觉有点秋天的味道了。操做完了之后开始跑步。操场周长四百米，约呈椭圆形，有直道也有弯道。球网睁着好奇的眼睛，好像也才刚刚醒来，注视着我们。也许是我们吵醒了它。郝强和我一起跑。

他说："知道吗？北京正在申奥，你觉得哪个国家会赢？我觉得我们中国是一个大国，而且是一个古国，应该会战胜悉尼的。"

我一向对国家大事不感兴趣。学校阅读刊物很少，以课本为主。偶尔看一本《读者文摘》或者《青年文摘》,老师也许还会没收。《红楼梦》和《水浒传》等被视为禁书，对升学没有帮助，不允许阅读。我们只学习对高考有用的东西，不需要提高品德修养，不需要了解艺术和审美，也不需要形成良好的生活习惯，对人生的意义也不需要追寻，对什么是幸福也不需要求解。不过老师依然要求我们知道中国四大名著是什么，仅仅作为常识知道而已。那个年纪能看懂名著吗？能领会多少呢？谁知道呢！

我承认自己思想狭隘，不开放，没有国际视野，淡然地说："那又怎么样？"

他说："你一点也不爱国。"

我有点不解，说："这和爱国有什么关系？"

他停了一下，似乎也找不到什么理由反驳我，说："举办奥运会，说明中国强大了。"

我们继续跑步，他又说："今天中午不是有篮球比赛吗，我给你加油。"

说实话，我个子虽然不算高，但步伐灵活，弹跳力好，平常也不少练习，是班上的主力之一。篮球方面，我的偶像是乔丹，对他也不甚了解，只知道他球打得好。给我加油的人不少，黄梦飞就是其中的一个。她是我以前的同学，高中和我同年级不同班。她扎着两条麻花辫，身材有点单薄，说话时眼睛总是望着远方，给人一种迷离的感觉。她爸爸平时干农活，逢场的时候卖猪肉，妈妈是乡村的民办教师，教过我。她还有一个姐姐，去广东打工了。

中午，篮球场聚集了很多人。太阳光线强烈，无风。有些县城的女生戴了帽子，也许是怕晒黑的缘故。有人准备了开水，有人搬来了记分用的架子，还有一个裁判拿着口哨，比赛一触即发。女生对篮球比赛的期待似乎超过了男生，对她们来说也许是一场别开生面的选美比赛或者其他什么的。她们基本上不懂规则，也不关心球进了没有，似乎把比赛抽象成一群充满荷尔蒙的雄性之间的对抗，也可能幻想自己就是篮球，希望被男生争来抢去。队员们穿着短裤和背心，露出没有发育完全的胳膊和腿，有的队员腿上还长了毛，个个生龙活虎的样子。

梦飞一早就来到了篮球场，占据了有利的位置。只要有我参加的比赛，她每场都看，从来没有落下一场。是不是看在我俩以前是同学的份上？还是我球技出色？我没有问她。我没有想那么多，一心专注在比赛上。她穿着褪色的牛仔裤，是她姐姐从广东带回来的，看起来有点时髦。一件红白相间的衬衫，红色的圆点，白色为底。

哨声响了，裁判抛了球，比赛拉开序幕。双方队员对攻十分激烈。球传到了我的手上，我开始强行突破，连续过了几个人，如入无人之境。三步上篮，球进了。梦飞的声音首先传进了我的耳朵："格格，你真棒！"掌声和欢呼声同时响了起来。我好像吃了兴奋剂一样，十分亢奋。正如裘正所说的，我觉得表现我野性一面的时刻到了。球场就是战场，没有什么好让的。

我横冲直撞，表现出了难得的个人英雄主义。正当我沉醉在自我表现的时候，发生了一点意外。我被绊倒了，膝盖摔伤了，流血了。裁判要求暂停，我下了场，上了另外一个替补队员。梦飞第一个跑了过来，一脸焦急的样子，说："没事吧，格格？"

我擦了一下血，并不严重，已经不流血了，只是有点青肿，说："不碍事。"语气中给人一种顽强的感觉。

裘正也过来了，虽然前几天下棋有点别扭，但都没有记在心上，他检查了一下，说："我给你去拿酒精和纱布。"

我喝了一口水，缓和了一下，叫住他说，说："不用了，这点小伤算不了什么。"

他坚持说："防止伤口感染。"说完，便去了医务室。

梦飞说："打球的时候，小心点，看你刚才一副不要命的样子。"

我们继续观看比赛。不一会儿，裘正来了，帮我涂了酒精，疼得我直叫，又帮我贴了纱布，问我："这个女生是谁？哪个班的？"我给他们互相介绍了一下，算是认识了。裘正唠唠叨叨地和梦飞聊了起来，好像很久以前就认识了一样。我在观看比赛，没有怎么插话，腿上的伤痛也不觉。

班主任是语文老师，年纪和我父母差不多，头发稍微烫卷了一点，算是比较新潮。她要求我们写日记，相对来说，比初中老师要开明许多。她并不要求看我们的日记，说只是希望我们保持一种写作和思考的习惯。这也合情合理，本来日记是一种私人的东西，如果有人检查的话，难免写的不是真心话。而且据我所知，很多有成就的人都写日记，日记通常也只有在去世后才会被人阅读和研究。当然，班主任不要求看，并不代表日记的内容不会被泄漏。每个时期，周围都不缺乏一些类似"福尔摩斯"的奇葩人物，喜欢探案。他们喜欢窥探别人的隐私，尽管隐私与自己无关，但可以创造出让人感兴趣的话题。正是他们的存在，显示出了生活丰富多彩的一面，让平静的生活泛起波澜。

高中生的日记大部分记录的是流水账式的琐碎生活，很少涉及崇高的理想，一般人的觉悟也没有那么高。偶尔也有一些真实情感的抒发，其中最让人想知道的莫过于谁喜欢上谁了。既然是写在日记本上，按理说可信度相当高。这时，一个消息传到了我的耳朵里，让我大吃一惊。

承包小食堂的老板三十岁左右，胡子拉碴的。他的老婆很漂亮，也一起帮忙，很难想象他能娶这样一个老婆。雇了两个伙计，看起来傻乎乎，却透露着一股憨厚的样子。我喜欢这两个伙计，常常称呼他们为大师兄和二师兄。他们也很配合，经常多放点菜或油什么的。他们从不穿白色的厨师服，也不戴白色的厨师帽，让人觉得不是"正规军"。这天我们换了口味，点了茄子炒肉和青椒炒豆角，还是两个菜，但菜的分量不少。

我压低了声音，神秘兮兮地对郝强说，好像革命党人在密谋："你知道白诗琴喜欢谁吗？"

郝强吃了一口茄子，说："管他是谁，反正不是你我。"

我夹了一块肉，说："就是你。"

他有点震惊，露出一种既希望是自己又觉得不应该是自己的神情，说："你可别瞎说，得要有根据。"

我说："'福尔摩斯'同学亲口对我说的，他不小心看了她的日记。"

郝强还是不相信，说："不可能吧？再说我有什么值得她喜欢的。"

我郑重其事地说："刚开始的时候我也不信，我知道她不喜欢乡下人。不过'福尔摩斯'同学说得煞有介事，不像在说谎，他没有必要传播谣言。原话我忘记了，大概意思是白诗琴觉得你是一个有无法言说的、独特气质的人，是一个率真的理想主义者。也就是说，她喜欢你这种'菜'。"

郝强有点迷惑，说："她是怎么知道的，我和她交往并不多。"

我说："这个我也不清楚，说不定有一种超距离的感应。不过她对你的评价倒是蛮中肯的，至少我也这么认为。这难道就是你所说的命运？"

他说："可是她太活泼，我接受不了。"

我只好笑着说："要不你让给我好了。"

他认真地说："这能说让就让的吗？这事还是先不要声张的为好，高中阶段是不能谈恋爱的，被老师知道就麻烦了。"

我说："还是你命运好，我想谈还谈不了。其实恋爱一下也没什么大不了的，听说过吗？有些体育专业的男生把女生的肚子搞大了。"

他说："他们搞体育的，发育得早。"

我说："我们已经十七岁了。在古代，有在这个年纪结婚的。"突然之间，我有点羡慕古代的男人，有一种生不逢时的感觉，沉浸在一种惆怅和失落的情绪中，小食堂里喧嚣的声音似乎也听不见了。

郝强拿筷子敲了一下盛菜的盘子，说："格格同学，不要想入非非了。这事就当没有发生过，我们都别说。"

"我暗恋一下总可以吧，这是做人的基本权利。"我说。

"应该是意淫，准确来说。"他说。

周末，裘正建议去搞野炊，让我叫上黄梦飞。我不知道什么原因，他们才聊过一次而已。我们在农贸市场买了一些菜，就上船了。同去的还有梦飞的同班同学蓝红霞，她是郝强的初中同学。

船在江面上前进，目的地单洲。单洲面积很小，江水冲积而成。春天涨水的时候会淹掉一部分，远远望去，只能见到树。江水清澈，正是秋天，水波不大。湛蓝的天空像洗过一样，没有杂质，十分纯净。几只鸟在自由盘旋，更显出天的空旷。嗒嗒的马达声，伴随着哗哗的水流声，并不觉得吵闹，似乎奏着和谐的乐曲。远远地见到有几艘大的货轮，冒着青烟。和煦的阳光渗透在空气中，迷人的水腥气静静地弥散在四周。船走得不快，轻微地颠簸着，好像一个巨大的摇篮。

郝强第一次坐船，显得十分兴奋，说："啊，太好玩了。"

裘正说："知道吗？这就是沈从文小说《边城》中提到的沅江。"

我说："你说沅江不就得了，干吗说得那么复杂，欺负我们没有文化。"

裘正得意地笑了笑，望了望靠着栏杆的梦飞。红霞在她的身边，穿着黑色的裤子，白色的衬衫。衬衫的底色是纯白的，略微泛出了土黄色，估计应该有些年月了。乌黑的头发及肩，不笑的时候也能见到浅浅的酒窝，笑的时候能看到两颗尖尖的牙齿。梦飞没有搭话，依然望着远方。

红霞说："裘正，你会游泳吗？"

裘正说："我自小在沅江边上长大，却不会游。我家就我一个孩子，爸爸妈妈管得很严，不让我下水，生怕我淹死。"

红霞嘻嘻笑了："你是男人吗？我认识的像你这个年龄的男的没有不会游泳的。"

裘正脸羞得通红，说："你这逻辑不对。不过话说回来，你会吗？"

红霞说："会是会一点，只是没有在这么大的江里游过。"

裘正说："游泳要脱衣服吗？"

红霞有点不好意思。白诗琴过来解围了，说："裘正同学，不要那么色好不好？"

梦飞突然插了一句，说："你们说那些大船最终会开到大海里去吗？"

郝强说："沅江是长江的支流，长江最终流向大海。理论上来说是可以的。"

梦飞打量了一下郝强，说："如果你是船长，你会怎么开？"

郝强说："我会在沿途的码头停靠，遇到好玩的地方就多玩几天。"

梦飞说："然后呢？"

郝强说："直到找到一个好的地方，就在那里住下来。"

裘正插话了："要我是船长的话，我要航行到大海里，然后继续前进，看看大海对岸到底是什么样子。人生就是一场寻梦之旅。"

梦飞说："格格同学，你又是怎么想的？"

我说："我开到单洲就行了。"

梦飞一脸吃惊的样子,说:"你的理想也太小了吧?你单名一个'格'字,想必你父母希望你能格物致知,将来大有前途的。"

我也有点吃惊,说:"我父母未必知道什么'格物致知'的,我也没有什么远大理想。"

梦飞说:"可是你初中的时候成绩挺好的。"

我说:"成绩好就应该有远大理想吗?再说像我这种程度的人多了去了,上次的摸底考试,我在班上的排名才二十名左右。"

梦飞没有说话了,似乎在想什么,继续望着远方。船上其他几个乘客在说话,不时传来一阵阵笑声。船努力保持着与水流垂直的方向前进,风不大,波浪也不大,时间过得也不那么快,没有过多久,我们就到了单洲。

这里每年都有或大或小的洪水,有些人已经搬走了。遗留下来的房子年久失修,瓦片散落。秋天的草有点枯黄,容易着火,树倒是挺拔、笔直。诗琴和我负责洗菜。秋日的江水是凉的,但能够和诗琴一起干活,我心里暖暖的。我们抬着塑料的篮子,边走边聊。我觉得她似乎对我有了好感。她说话的语气很温和,脸上充满了欢乐。洗菜时,我有几次险些碰到了她的手。她的手在流水中,显得细而白,宛如莲藕。裘正和梦飞去寻柴火,很快,就一人抱了一抱回来。在路上,裘正不时地望着她,又主动要求自己抱多一点。梦飞觉得没有什么必要,并不是很重,不过觉得裘正还是蛮体贴人的。我们返来的时候,郝强和红霞正在打灶。

郝强是这方面的行家,他说:"我以前在老家野炊的时候,只需要带火柴就行了。"

白诗琴不解地问:"那吃什么?"

郝强说:"那还不简单,就地取材。地里有玉米、红薯、花生之类的,挖一个小坑当作灶,找一个废弃的瓦罐当作锅。"

她问:"那些是自家种的吗?"

郝强说:"一般是别人家的。"

白诗琴说:"那不是偷吗?"

郝强说:"也可以这么说,别人家的东西总是好吃一点。我们乡里的孩子是野生的,谁都偷过。"

她问:"被发现了怎么办?"

郝强笑了笑,说:"还能怎么办,跑啊。他们一般也只会骂几句,就当作被鸟兽糟蹋了。"

白诗琴说:"庄稼人的心态可真淡定。"

郝强说:"我们那个时候小,父母也忙,没有人管,精力旺盛,喜欢做一些破坏的事。现在想起来觉得那时候我们真的不懂事。"

"你说的对,我们小时候是不懂事。"我说。

梦飞一边拨火一边说:"那你说,我们几十年后再回想起今天野炊的情景,会不会也会觉得不懂事?"

郝强说:"也许吧。这个我也不知道,谁知道几十年后我们会想什么。"

裘正说:"我想应该是觉得浪漫才对。"

蓝红霞正在烤玉米,说:"裘正,我觉得你是一个爱幻想的人,所以才会觉得浪漫。"

裘正说:"那你认为呢?"

红霞说:"我感情没有你那么丰富,如果要我回想的话,感觉就是在玩过家家游戏。"

裘正说:"可不能这么说,我们都不是小孩子了。"他又望了望梦飞,说:"梦飞,你说呢?"

梦飞还在拨火、吹火,没有抬头,说:"你的确不是小孩子了,你的理想也很远大。"

裘正说:"那你说说,你们女生都有什么理想?"

梦飞望了望他,说:"我的理想就是离开小镇。"

裘正问:"为什么?"

梦飞说:"我姐说了,广东那里很好的。晚上有霓虹灯,商店里有很多衣服卖,热闹。不像我们小镇,一到晚上黑灯瞎火的,什么也没有。我要赚钱,改善家里的条件。我爸其实不喜欢卖猪肉，也不喜欢杀猪，不过为了我们这一家子，他不得不多挣点钱。我妈是民办老师，心里也不踏实，总觉得没有保障，说不定哪天就被辞了。"

红霞说："我很赞同梦飞的说法。裘正同学，你是县城的，不了解农村生活。你知道吗？农忙的时候，我五六点钟就起床跟父母下田干活了。插秧，割稻，水田里面有蚂蟥，腿觉得有点痒，用手一抓，感觉黏糊糊的，吓得赶紧扔了。割油菜，收黄豆，捡棉花，什么活我都干过。"

裘正说："割油菜倒是一件浪漫的事，蜜蜂嗡嗡地飞来飞去。"

红霞说："这只不过是你的想法。不过，话说回来，油菜花的味道是真好闻，有催眠的作用。只要是开花的季节，我上课的时候都会打瞌睡。"

裘正又问："诗琴的理想又是什么呢？"

诗琴说："我也想离开小县城。"

我问："为什么？你家庭条件不是很好的吗？"

诗琴说："我喜欢文艺，也算是耳濡目染吧。我妈喜欢，每逢国家重大的节日，厂里有文艺汇演之类的事，她挺忙乎的，喜欢参与，唱歌、跳舞，不赚钱都乐意。我爸以前也喜欢，革命歌曲几乎都会，只是现在没有以前那么热衷了。于是有天，我跟我妈说我想搞文艺。她告诉我，我们这是小县城，舞台小，也没有特别专业的老师指导，这条路行不通。还是读书吧，等考上了大学，去到了大的城市，机会就多了。可是我对读书不感兴趣，就喜欢唱歌、跳舞。不过能有什么办法呢？父母的想法不会有错吧。而且老师也是这样教导我们的，考学是一条最便捷的路。"

郝强若有所思，说："可是我们为什么一定要离开出生的地方呢？难道这里不好吗？"

我们默默无语，停下了手上的活，好像在思考什么。晴朗的天空不知道什么时候布满了乌云，光线暗了下来。一阵风刮了过来，送来了秋天的一丝凉意。渡船也远离了，开向对岸。除了我们，四周不见人，连鸟兽也不见。我们置身在一个孤岛上，一种前所未有的孤寂感袭来。我们出生的地方不够好吗？这里的人不够亲切吗？这里的山水亏待了我们吗？这几个问题一连在我头脑里闪现，却没有一个清晰的答案。沅江水一层一层地涌向远方，似乎没有回头的迹象。

这时郝强又说了一句："那么你们说我们将来还会想要回来吗？"

问题如同石沉大海，我们继续保持沉默，没有人回答。我只是隐隐觉得，走得越远，回家的路就越漫长。老实说，这里是鱼米之乡，算不上富裕，但还算可以，养育了一代又一代的人。春有香花，秋有圆月，夏有凉风，冬有白雪，四季分明。要山有山，要水有水，水田、旱地错落分布。路上有公交车缓慢行驶，河里有轮船往来。村庄偶见两层的砖瓦楼房，城里人称为别墅。邻里相处和睦，微笑并不稀缺。县城古意盎然，各种物品供应充足。我们希求的远方又是什么样子呢？想象中应该是高楼大厦，车水马龙，流光溢彩。

裘正打破了沉默，说："不管怎么说，我们都是要离开的了。从我记事的时候开始，父母、老师，还有周围的人都在给我灌输这种意识。也许我原来并不这样想，不过这已经成为一种潜意识了，刻在了我的脑海里。"

诗琴说："我们之间能有个约定吗？十年后在单洲再聚一次。"

我们都觉得这个想法不错，表示赞同。野炊在继续，火苗呼呼地飘着。食材的种类真不少，有茄子、黄瓜、西红柿，等等，还有一种辅料辣椒末。我指着诗琴的脸，笑着说："你们看，白诗琴长胡子了。"诗琴说："哪里，哪里，别瞎说。"急切之间寻不到镜子，一脸着急的样子。梦飞和红霞看了，也说有。原来她吃的玉米烤煳了。她是一个爱干净的人，赶紧跑到江边去洗脸。郝强说："你陪她去吧，小心别被水卷走了。"我跑过去，跟紧了她。她照了照，江水波动，根本照不出胡子。又用手抹了一把，果然有黑的，便捧了水来洗脸。她问我洗干净没有。我说还没有，又指了指准确的位置，告诫她说，以后吃烧烤的食物可要小心。红薯米粥煮好了，火候很到位，是红霞做的，能见到红薯丝了。我们吃的时候，都觉得甜，赞不绝口。我想，生活要是总这么甜，该多好啊！

天阴了下来，下起了小雨，火渐渐冷却了。雨不大，却淋湿了我们。我们干脆脱了鞋，在周围欢快地跑了起来。又寻到破碎的瓦片，玩起了打水漂的游戏，看谁打得多，打得远。那水漂瞬间被流水淹没，消失在又长又阔的河道里。白诗琴不熟，往往打到一两个，瓦片就已沉没。她便向我们请教技巧。郝强说要尽量贴着水面打。我补充说瓦片形状的选择也很重要。我们玩了很久，都累了，就往回撤。沅江上有一层烟雾，能见度很低，只觉一片迷茫。

回来后不久，我就感冒了，头疼流鼻涕。梦飞见了，坚持要我看医生。我表现出了男子汉坚强的一面，坚持自愈。郝强没有嫌弃我，还是像以前一样和我同吃同玩。没过几天，症状就消失了。

下课铃响了，我们像圈在笼子里的动物一样，争先恐后地出来了。女同学利用课间几分钟，踢毽子。郝强和我靠在沙石的栏杆上聊天。他的穿着终于有了进步，不再穿拖鞋了，裤子也没有以前卷得高了。也许是由于天气变凉的原因吧，我这样猜测。他也没有先前那样黑了。校园里，初中部的学生在嬉戏打闹，看不出他们有什么压力，无忧无虑的样子。万年青郁郁葱葱，硕大的梧桐树开始落叶子了。在阳光的照射之下，一切都清晰可见。

郝强问我："你觉得历史老师教课怎么样？"

我说："一般般。"

他说："我也这样认为。他那种水平，我也有，基本上是照着书念。吐词不清楚，信心也不足，让人老觉得历史好像不真实。"

我说："所以我打算高二分科的时候选理科。"

"我也准备选理科，说不定我们还能分到一个班呢。我对文科没有兴趣，觉得文科不能提高人的智商。以前我初中的时候，成绩好。为了保住名次，我什么都得学，历史、地理、生物，等等。这些都是死记硬背，没有什么意义，浪费了不少时间。老师也没有教我们怎么推理，从中得出什么结论。"他说。

我说："我也有同感。理科的就业面广,学好数理化,走遍天下都不怕。"

他说："上次摸底考试,我排名和你差不多,也是中等水平。因为我放弃了文科,不想在这些科目上浪费时间。初中的时候可不行,如果你的排名突然下滑了。父母就会觉得你不用功了。现在,我可以向他们解释说,这里聚集的是全县的尖子生,中等排名就名正言顺了。"

我说："这么说,你初中的时候活得很累了。"

他说："谁说不是呢!我必须在下课的时候也得学,老师也觉得这种精神值得表扬。现在回想起来,既浪费了时间,又消耗了精力。而且,如果你成绩好的话,别人会要求你在道德方面也同样优秀。可是,道德有时往往也和智商一样是与生俱来的。所以我有时必须伪装,让大家觉得我的道德也高尚,比如有拾金不昧的精神,孔融让梨的精神。可是我觉得我也是一个自私的人。"

我说："也就是说你没有表现出真正的自己?"

他说："可以这样认为。所以高中的时候,我可以表现出我坏的一方面。有些恶在早期的时候就释放一部分,也许不是一件坏事,至少危害不会十分大。"

我得承认,和他的认识相比较,我相差那么一个等级,也就是说我不如他。他不是那种天才式的人,但比普通人要强那么一点。所以,我还是有点服他的,尽管我认为我也不差。

"也就是说,不要活得那么压抑,不要为了别人的预期而活。"他继续说。

裘正也过来凑热闹了,说："听说你们两个要选理科,可是我要选文科。"

我问："为什么?"

裘正诡异地笑了笑,说："文科班女生多呀!听说梦飞也准备选文科。"我们同时白了他一眼,他停顿了一下,又说："其实真正的原因是我喜欢读书,里面有很多有趣的故事。"

我又问："为什么文科班女生多?"

裘正说："因为女生好感性思维,也许是基因决定的吧,我也闹不清楚。

总之，从历届文理科的数据统计来看，这是一个既定的事实。"

我说："原来你是冲着女生去的，没有安什么好心呀。"

裘正说："话可不能这么说。而且还有一点，就是城里的孩子选文科的多，乡下的孩子选理科的多。白诗琴是铁定选文科的了。"

我问："这又是为什么？"

裘正推了推镜框，乜斜了我一眼，说："劳心者治人，劳力者治于人。"

我有点恼火了，说："你的意思是我们理科生是劳力者？"

裘正说："我可没有这么说，你爱怎么想怎么想。"

郝强对我说："不要那么生气，也许他说的有道理。"

裘正说："理科生追求的是一种确定性的东西，其实生活往往是不确定的。"

有个毽子飞了过来，我见是白诗琴踢过来的，正要飞起一脚踢回去。上课铃响了，我们又一窝蜂地进了教室，继续方程求解之类的课程。老师解题的思路很巧妙，基本上都能求出解，让人感觉办法总比困难多。

那天，下了晚自习，天已经黑了。我们照例回到了宿舍，刷牙、洗脸。不一定洗脚，因为不是每天都打热水。天也有点凉了，并不适合用冷水洗脚。宿舍十分凌乱，袜子和鞋摆放没有规则，满地都是。人的习惯不同，即使有那么一两个喜欢规则的人，也会不可避免地被同化掉，混乱是宿舍的一种常态。虽然已经是秋天，蚊子还没有走，必须用蚊帐。家庭条件好的蚊帐白一点，差一点的成黄色，几乎成黑色的也有。蚊帐尺寸参差不齐，里面仅有枕头和被子，家庭条件好的或许有饼干。常常发生偷吃饼干的事件，但始终查不出是谁干的。关灯之后，同学们喜欢夜聊。

"你们说说班上谁的胸最大？"

"你这个流氓，光关注这些关键部位。我觉得胸大并不值得骄傲，最主要是挺才好，有一定的手感。"

"我还以为你是什么正人君子呢！跟我想的问题也是一样的。"

"你们太龌龊了。女生好不好看，脸是关键。白诗琴的脸太美了，纯净，对称，有某种弧度的美。"

"请解释一下，什么是弧度？"

"我的意思是她的脸在下巴合拢的位置闭合得很完美，简直可以用某种函数来描述。"

"其实我觉得屁股上有肉才好看。"

"你的眼光好独特啊！"

外面传来了门卫老头的呼喊声："不要说话了，关灯睡觉了。"同学们顿时静了下来。门卫老头也许在念叨，这些孩子和他年轻时候想的问题几乎差不多。不过保持宿舍的安静是他的职责所在，所以他不得不一个宿舍一个宿舍地巡视和警告。他可真是一个负责任的人，没有他我们不知道会说到什么时候。尽管电子手表已经普及且价格也不贵，但很多人都没有戴手表的习惯，基本上靠学校的铃铛声来判断时间的大体区间。大家认为知道确切的时间也没有什么用途，更多的时候是用上午、下午或晚上来习惯性地描述时间，倒也没有造成生活上的诸多不便。

过了一会儿，我脑海中突然闪现出了一个念头，静悄悄地爬到郝强的床上，用一种只有我们两个人能听到的声音，说："我们去看录像吧！"这个想法已经盘旋很久了，以前在老家的镇上由于周围人都认识我，我不好意思去。而且我初中时成绩还可以，无形中对自己道德水准的预期也比较高，不想在同学们心目中树立不好的形象。后来又听说如果高一的时候不放松玩玩，到了高二、高三功课紧，就没有时间了。我知道郝强是一个不同寻常的人，常常会打破固有的观念，他也许会同意我的要求。果然，他没有犹豫，二话没说，开始穿衣服了。

门卫老头也已经关灯睡觉了。我们爬上了铁门，越过了尖锐的顶端，像野猫一样，悄无声息。估计夜已经深了，校园里面没有人走动，和白天热闹的场面判若云泥。不过我们还是很小心，蹑手蹑脚，不敢翻越学校的正门，有保安，决定翻墙。围墙有点高，郝强比我高，他蹲在下面，让我先过去。我不客气，踩在他的肩膀上，爬了上去。随后，他跳了起来，双手扒在围墙上，弯曲双臂，也爬了上来。我们义无反顾地跳了下去，干净利落，没有惊动任何人。

我们的心情是复杂的，忐忑的。一方面觉得突然之间挣脱了束缚，有了自由。另一方面内心又充满了茫然，并不知道后果会怎样。没有路灯，夜很黑，除了眼前的路，什么也看不见。街上没有行人，人力车也不见了。偶尔见几辆摩托车呼啸而过，骑手是古惑仔也不一定。那是一个漆黑的夜晚，漆黑的尽头依然是漆黑。为了壮胆，我开始和郝强聊天。

我说："会不会有警察把我们带走？"说完这句话，我立刻后悔了，更加害怕。

"我们看起来不像坏人吧？不要怕。"他的语气也不那么肯定。

我说："要是真被抓了怎么办？"

他说："白诗琴的爸爸不是公安局的吗？"

听了这句话，我算是有底了。又说："那些街上的小混混会不会敲诈我们？"

"这个也说不定。不过我们不像带了很多钱的人。"他总是安慰我。

我问："你怕黑吗？"

"不怕，我曾经独自走过山里的夜路,常常吹口哨或者哼歌壮胆。"他说，"不过倒是这种突然之间降临的自由，我有点不适应。"

"我也是。"

"也许以后慢慢就习惯了。"

我停顿了一下，说："你知道我想看什么片子吗？"

他说："色情片。"

我有点吃惊，问："你是怎么知道的？"

他说："英雄所见略同。"

"这么说，我们是英雄了。"

"狗熊也有可能。成为英雄之前也许先要成为一头合格的狗熊。"

"不顾一切往前冲的那种？"

"是的。"

白天经过县城的街头时，录像厅的海报五颜六色，五花八门，以港台片为主。各种各样的古惑仔片、武打片、赌片，还夹杂着一些色情片。单是听到里面的声音，就令人浮想联翩，驻足不前。不过白天我通常不敢去，因为容易被发现。要是白诗琴偶尔逛街，见到我从录像厅出来，情何以堪？而且听说色情片白天很少放映，这也是我白天不去的理由之一。

大家都希望我做一个好人。家长叮嘱我在学校里面要听老师的话，好好学习；老师教导我要尊敬长辈，团结同学。社会也希望我做一个遵纪守法的好人，便于管理。他们从来没有给我们机会表达自己的真实想法。我表面上装出一副很顺从的样子，可内心是不可理喻的，是充满反叛的。我不是一个道德很高尚的人，但我也不会存心去伤害别人。我只想做我自己，我有我的判断力。我不希望别人给我指明道路，我只想自己去找。

郝强建议去看看晚上的沅江是什么样子，我表示同意。江风夹杂着水气扑面而来，让人不觉有一丝寒冷。我打了一个冷战，头脑清醒了些，我已经离开学校了。江面上什么也看不见，鸟儿去哪里了，轮船又停靠在哪里，不得而知。只隐约听见流水的声音，感觉水流一定很急，浪花一定很大。头顶上既不见有星星，也不见有月亮。此时此刻，只有郝强和我。时间似乎不存在，很难说这是怎样的一种体验。江中的单洲也不可见，不久前我们还在那里野炊过，似乎只是一种幻觉。那里的火应该早已熄灭了吧，我不禁这样想。为了驱散寒冷，我开始做扩胸运动，像在拥抱什么，然而空中什么也没有。我很想大喊一声，打破沉静，然而又怕失去这种沉静，终于还是忍住了。郝强也有点冷，开始跳跃，手不停地摆动，能听到他的呼吸声。这时做什么都可以，没有人会嘲笑，无拘无束。

此地不宜久留，冷且风大，我们继续前行。空气中渗透着腐烂的水果的味道，还有死鱼的气味，都往鼻孔里钻，有点刺激。刚刚应该是经过了农贸市场。离县城中心不远了，终于有光亮了，发廊的彩灯在旋转。这么晚了，还有人理发吗？我暗自问自己。透过模糊的玻璃门，我很想弄清楚里面的姑娘究竟长成什么模样。郝强看透了我的心思，警告我说里面危险，不要进去。我只好留恋不舍地多望了几眼，离去，但身体的某个部位已经有了反应。

郝强说："你不是会唱《堕落天使》吗？"

"是的，刚学没多久。"

于是我们相视而笑，一起唱了起来，声音不大，但吐字很清晰，"你那张略带着一点点颓废的面孔，轻薄的嘴唇含着一千个谎言……"自我感觉良好，潇洒而又自在。

路过一家电子游戏厅，我们决定去玩几把。好像坏人做坏事一样，做两件和做一件本质上没有什么区别。况且我们并不是干坏事，只是想放纵一下自己。见到有几个学生模样的人也在玩，年纪比我们小，乳臭未干。这帮孩子为什么没人管，家长都干吗去了，我心想。声音很吵闹，有玩麻将的，打得好的，还可以脱去屏幕中少女的衫；有玩战斗机的，轰隆隆地响。投币后，我们玩对打，屏幕上显示了几个日本漫画风格的肌肉结实的人供选择。我们操纵着手柄和按键，玩了一会儿，觉得无聊，就离开了。没有和老板打招呼，和他不熟，平时玩得少。

录像厅门口的售票员给我们打招呼，说今晚的片子不错，里面还有空位。做这行竞争也挺大的，一连就有几家。由于我们目标明确，没有理他，径直奔向了裘正推荐的那家。他是县城的，听他的没错，他不知道看过多少回了，城里的孩子见过世面，开放。每次他给我绘声绘色描述的时候，我只能想象，插不上话。

录像厅的海报很吸引人，在深夜的灯光照射之下，更加醒目。我们略微犹豫了一下，低着头，买了票就进去了。里面有不少人，空气混浊刺鼻，有口香糖的味道，也有香烟的味道。我鼻子不适，打了一个喷嚏。也不知道到几点钟了，郝强开始打哈欠，有点犯困的样子。我提醒他要打起精神，正片子很快就要开始了。正在放映赌片，这类片子我们看得多了，没有多大的兴趣。有观众开始大声叫唤："到时间了，该换片了。"放映工没有理会，说："看完这部吧。"观众的情绪缓和了一些。有人开始睡觉了，有打呼噜的，需要养足精神。郝强似乎也有点支持不住了，躺在了座位上，嘱咐我说放正片子的时候叫醒他。有几个年轻人被警告说不要在里面抽烟，小心火灾。他们只好出来，我也跟着出来了。售票员困了，穿着军大衣，趴在桌子上睡觉。夜深了，香烟形成的雾袅袅升起，年轻人有说有笑。不远处，有警车的声音传过来，后来又弱了下去，直到听不到。我感到饿了，环视四周，没有一家店铺开门营业，连烧烤摊也不见。外面的空气是好一点，但温度低。我只好再次进去了。

赌片终于完了，换了一部片子。这是一部枪战片，并不是我们需要的。观众再次爆发了抗议，要求换片。放映人员解释说，今晚不行，县里正在整顿和严打，不能在风口浪头上冒险。我觉得他说的好像是真的，因为刚才听到了警车的声音。于是有人要求退票，放映人员又说，不行，买了票就不能退。我感到很失望，我是千辛万苦，下了很大的决心才到这里的，竟然没有满足我的愿望。不过没有办法，只能怪自己运气不好。郝强也醒了，知道了情况，说："要不我们回去吧？"我说："太晚了，不如就在录像厅过夜。"他也没有说什么。我们开始睡觉，睡得迷迷糊糊，不是很踏实，扩音器里总是传来稀里哗啦的枪炮声。投影机的灯光在黑暗中穿越，呼噜声和枪炮声交织在一起，口香糖和脚臭的味道难以分离。

墨色的天空逐渐变浅，有几只麻雀出来觅食。一轮红日出东方，新的一天来临了。县城的街道开始苏醒过来，我们肚子饿得咕咕响，昨晚消耗的能量太多。米粉早餐店人不少，我们分别叫了两碗，为了省钱，第二碗没有要浇头。每个月家里给的钱很固定，如果有一天花多了，意味着另外一天就得少花点。米粉很地道，滑溜，顺着喉管往下滑。我妈曾经跟我说，越是饿的时候越要慢慢吃，吃得快撑肚子。大人的经验我选择性地加以传承，为了防止吃得太快，我加多了一些免费的辣椒酱和泡菜。郝强很快就吃完了，果然说肚子太撑，而且没有吃到味道。但我还在津津有味地享用。我想多年以后，如果我离开了这里，我会很想念米粉的，尽管它只是一种普通的、廉价的食物。老板丝毫没有怀疑我们的饭量，认为我们正处于长身体的阶段，吃两碗很正常。其实我们平常只吃一碗就够了。他是一个慷慨的人，第二碗的分量比第一碗还要多。

因为太饱，我们坐着休息了一会儿，见到人力车夫在吆喝。这种车当地人称为"慢慢游"，属于一种三轮车，有篷供客人遮风挡雨。他们总能带你去想要去的地方。

郝强说："蓝红霞的爸爸干过这行。"

我应了一声："哦。"

"她姨父在郊区，每当农忙完之后，她爸爸就会去那里踩三轮车。他们一起有个伴。"他补充道。

我说："她家条件不好吗？"

他说："也谈不上好不好，我们那里比较平均，条件都差不多。只不过她家有三个孩子，还有个姐姐和弟弟。"

"比我们家多一口人吃饭。"

他说："听说那一行也不好干。三轮车夫分地盘，欺生。"

"新时代的骆驼祥子。"

他说："所以蓝红霞有种强烈的愿望，就是要挣脱她出生的环境。"

"不难理解。"

路上行人渐渐多了起来。三三两两的学生，踩着自行车上学。估摸着差不多了，我们开始回学校。电子游戏厅的门已经锁了，该休息了。发廊的灯不再旋转，也许要到下午才营业。农贸市场上，卖菜的小贩和买菜的主妇在谈着什么，像往常一样热闹。昨晚的腐烂气味已不可闻，由新鲜的蔬菜味道所代替。沅江泛起了一层浅白色的水雾，偶尔传来汽笛的声音。经历了这一晚，我们似乎成熟了不少。

来到学校，我们连升旗仪式也没有落下，和同学们一起唱国歌，庄严的国旗冉冉升起，随风飘扬。紧接着是教导主任训话，他说了什么，我已经忘记了，大概意思总逃不出好好学习、天天向上、报效祖国，等等。教导主任常年穿中山服，戴鸭舌帽，穿皮鞋，表情严肃，没有笑容。我们都很敬畏他，但又说不上来为什么，总感觉他的理论深不可测。他说话的时候先要静默一会儿，等到鸦雀无声的时候，才开始说。一来可以保证他的话能被我们听清楚，二来可以显示出一种威严。我其实有点累了，耷拉着眼皮，心不在焉。不过人很多，他也没有注意到我。他说完了话，我们机械性地鼓掌，然后就散了。

晨读的时候，班主任巡查。我强打着精神，读书声音不比其他人小。晨读可以选择语文或英语，我选的是读英语，这样我可以避免思考，不那么疲惫。我瞟了郝强一眼，他也在打哈欠，目中无神。白诗琴的头发比以前长了一点，如果再不剪，就不能称为娃娃头了。我似乎出现了幻觉，觉得她就像一个仙女一样，鹤立鸡群，在对我打招呼。我不由自主地打了一下盹，回过神来，继续朗读。同学们的朗读声也此起彼伏，犹如交响乐一般。教室外面有鸟在叫，声音清脆，一会儿又飞走了，跟平时没什么两样。

当天我值日，有几次竟然忘记擦黑板了，上课也没有喊"起立"和"老师好"，显得很没有礼貌。同学们也不以为怪，认为只是偶然现象。课间十分钟，我也不像往常一样在走廊里玩耍。只有裘正觉得不正常，他一再追问我，我就是不告诉他，知道的人越少越好。上课时，我双手托着下巴，装出很认真的样子，脑子里却一片空白，没有思维的痕迹。到上午第四节课的时候，我终于忍不住了，趴在课桌上睡了起来。不幸的是我和郝强双双被送到了班主任那里，毕竟有两个人同时上课睡觉是很蹊跷的事，而且这两个人平时关系还不错。

我已经忘记是怎样离开教室的了。班主任在办公室坐着，戴着眼镜。透过镜片，依然能感觉到她目光的严厉和深邃。我们站在那里，好像罪犯一样接受审判，心里滋味难受。她双手平放在办公桌上，态度严肃。我们起初百般抵赖，说什么也没有干过。不过她并没有放过我们，她是一个经验丰富的教师。几个回合之后，我们便败下阵来，和盘托出，一五一十地交代了经过。

她说："我教了这么多年书，也没有教过像你们这样的学生。"

我们保持了沉默，我们确实不同寻常。

她又说："你们家长辛辛苦苦挣钱，送你们来这里读书学习，希望你们考上大学，脱离农村，你们叫他们怎么想？他们赚钱容易吗？"

我心想，确实不容易。我想到了大热天父母在田里割稻，一担一担肩挑回来，又把稻穗喂到机器中脱粒的情景。谷子晒干后，又争先恐后地上交给国家，换来几张薄薄的钞票当作学费。我的眼睛有点湿了。

她继续说："你们的青春年华就这样浪费掉，将来回忆的时候，你们不后悔吗？"

这点我倒不清楚，没有感应。头脑里继续闪现农忙的景象，打稻机在田里呼啦呼啦地响着，每一脚踩下去，都很费力。男人们齐声发力，推着打稻机前进，所过之处，留下了深深的痕迹。

"没什么可商量的，必须叫家长过来。"她最后说。

郝强说："可不可以不叫家长，怎么惩罚我们都可以。"

我有点害怕，害怕事情闹大了，叫家长来，多没有面子啊！简直无地自容。初中时，我可是品学兼优的好学生。我低声说："我们错了，以后不敢了。"

班主任在思考，当时并不是每家每户都有电话，叫家长过来也不方便，往返坐车至少需要四个小时左右。我想，她似乎要原谅我们了，她脸上流露出了一种松懈的表情，她有着一颗慈母般的心。而且因为这样一件事叫家长过来，对学生将来的成长也不利。年轻人处于成长的阶段，犯错误也是情有可原的。

她说："念到你们是初犯，而且承认错误的态度还算真诚，家长就不叫了。不过罚你们搞一个星期的卫生。"

我们如同被特赦一般，连连说"好，好"，退了出来。

她叫住了我们，说："还有，在班会上要做书面检讨，写一篇不少于五百字的检查。"

我们无话可说，没有反抗的余地。

我作文水平不好，平时写作文很难受，总是很空洞，写的题材也是设定好的，没有生活经验，也无法发挥。我把这次看录像的缘起、经过，写了出来，又从思想高度上有认识、有总结，洋洋洒洒下来，居然也达到了五百字左右。心中不由欣喜不已，原来自己还是有一定文采的，也算是因祸得福吧！

班会的时候，我开始念检讨了。我很少面对这么多的人说话。虽然他们都是我熟悉的人，我还是有点害羞，不好意思，声音像蚊子一样。班主任提醒我要大声点，她听不清楚。我只好提高了声音的分贝，念到最后，我几乎被自己感动了，大意是从小处说这是一次自由主义的放纵，从大处说不利于学校的安定团结，在同学们中造成了不良的影响，我要改正，洗心革面，等等。同学们的神情各异，有幸灾乐祸的，有表示同情的，有吃惊的。很多人没有想到我竟然有这样的胆量，而且还是主谋，因为我看起来是一个老实的人。我瞟了白诗琴一眼，她露出了鄙夷的神情。这对我的打击很大，脸不由自主地红了，恨不得找个地缝钻进去。裘正同学一脸坏笑地望着我。

检讨完了，没有掌声，只有唏嘘声。紧接着郝强也做了类似的检讨。班主任再总结发言，希望同学们以此为戒，不要再重蹈覆辙。

本来打扫卫生是学生们之间轮流干的活，结果我俩干了一个星期，成了一道独特的风景。路过的人对我们行注目礼，从他们的表情可以推测出各种各样的想法。有人可能想知道我们的尊姓大名，有人可能想知道背后的原因。当时并不是学雷锋的时节，而且我们也没有流露出助人为乐的喜悦，学雷锋做好事是可以否定的了。梧桐树的叶子每天都在落，怎么扫也扫不完。这里地属亚热带气候，树木四季常青。我拿着扫把，他端着簸箕，活儿并不重，配合还算默契。但风不时刮过来，我不得不追着叶子满地跑，真折腾人。

休息间隙，我靠着扫把，问郝强："你有没有觉得后悔？"

他说："没有。至少我们经历过了。"

看来他并没有埋怨我，我说："我心里好受一些了，你不怪我。"

他说："即使你不邀我，我心里也想去，怎么能怪你呢？而且有了这段经历，我以后就不会再期望去看录像了。我们并没有做什么坏事，没有伤害到别人，只不过随心所欲，是一种释放罢了。"

他认识比我深刻，听了他的解释，我也没有先前那么强烈的羞耻感了，继续扫地。一会儿后，我静静地说："我只不过是表现出了真实的自己，真实的欲望而已。难道人不应该做回自己吗？"

郝强没有回答我。风继续吹，凉飕飕的。

那天晚上，我做了一个梦，梦见自己成了一个寺庙的小和尚，每天在师父的安排下，打扫卫生。我不解，问师父为什么老是让我干活。师父说，他也不知道，只管扫就行了。

第二天，打扫卫生的时候，我把这个梦给郝强说了，希望他给我解解。他说，他也不明白，只是觉得我的梦做得很好玩。头一次听人说我做的梦好玩，我说："你不是在安慰我吧？"他说："没有必要，是好玩。其实我蛮喜欢扫地的。"我说："你确定不是在安慰我？"他说："你不觉得扫地对身心有益吗？"我们把叶子倒在了垃圾车里，一起推到了指定的地方。垃圾在燃烧，冒着青烟，有点呛人。叶子很容易着火，很快就化为灰烬。我寻思着梦，只顾埋头扫地，别人觉得我好像着了魔一般，只有郝强觉得我是一个正常人。

事情还是传到了梦飞和红霞那里。她们边走边聊，一起回宿舍。秋天的阳光不再那么强烈。红霞穿一件新买的红色羊毛衫，开胸有纽扣，两个小袋。远远望去，不再显得那么土气，步伐中却缺少都市少女的那种娴静。据说他爸最近赚钱了，狠了狠心，给她买了一件。梦飞依然是牛仔裤，配一件紫色夹克外套，拉链拉到了脖子边，胸部略微突出了一点。

红霞说："初中毕业后，我去过郝强家。"

"单独一个人去的？"

"哪里好意思一个人，和几个同学。"

"为什么？"

"一个人去，别人还以为我喜欢他呢。"

"你不喜欢他吗？"

红霞稍微红了一下脸，说："他家条件还不错，父母都是本分人，肯干。郝强初中时成绩很好，经常得第一名。只是……"

"只是什么？"

"只是现在堕落了。"

"这不能算堕落，其实我也想看录像。"

红霞几乎不相信自己的耳朵，吃惊地睁大了双眼，说："不会吧？"

"怎么不会。只不过我们是女生，不敢轻易说出来，更不敢去做。"

"这话你可不要张扬。"红霞说，"看不出来瞿格也有这样的胆量。"

"我了解瞿格，他表面上很温顺，其实也是一个有性格的人。"

"不过这事发生在他们身上，还是有点奇怪。"

"我没有觉得奇怪。相反，我认为他们表现得比其他人更真实。"

到了宿舍，她们停止了说话，其他人正在睡午觉。女生宿舍稍微干净、整洁一点，基本上没有化妆品，生活俭朴。和男生宿舍相比，只是多了胸罩、卫生巾、镜子、梳子、发卡之类的物品。反正这里不会有男生进来，有些任性的人也不讲究，衣服堆在床上，并不折叠；胸罩搭在线上，散发着体味。

升旗仪式每个礼拜照例举行一次。教导主任发言，意思是最近有一股歪风邪气在学校漫延，希望我们提高警惕，以学习为第一要务，切不可放任自由。他神情严峻，声音低沉，中山服依然穿得很齐整，袋盖左右对称，露在外头。他并没有提到郝强和我的名字，不过我老觉得他是在隐射。莫非这件事他老人家也知道了？随后我们唱了校歌，"五星红旗在晨风中升起，美丽的校园青春洋溢……"歌词也不知道是谁写的，朗朗上口。

转眼之间，秋去冬来。皑皑白雪覆盖了校园，十分纯洁。不见麻雀前来觅食，不知道它们飞到了哪里。天空也不可见全貌，只见雪花成片飘舞。

有几只肥硕的乌鸦在梧桐树间穿梭。偶见老鼠或猫留下的痕迹，但不久便被白雪遮掩，杳无踪影。课间，低年级的学生在追逐，相互扔雪团，留下一串串脚印。万年青的积雪不时被抖落。下雪天不需要撑伞，戴上帽子或者围巾即可。雪花不会立马融化，轻轻掸一掸，恢复如初。鼻孔中冒着白气，有人双手搓着冻红的脸颊。有人手脚冻伤了，红肿，一到晚上的时候奇痒无比。有穿套靴的老师，到了教室后，换上了棉鞋。

这节课，我们上的是高尔基的《海燕》。班主任分析了课文所表达的主题思想，接着声情并茂地带我们朗读。然后，她介绍了作家的其他作品。我对俄国人写的小说不喜欢，主要原因是他们的名字太长，而且什么夫斯基又太多，经常搞不清楚谁是主要人物、谁是次要人物。而且，在当时的环境下，也不可能找到他们的原著。不过我喜欢听《莫斯科郊外的晚上》那首歌，白诗琴应该也会唱吧！

然后，她又要我们记住高尔基的原名，说可能会是一个考点。我很疑心学校教育的重点出了问题，记住一个俄国作家原名到底有什么用，仅仅是为了考验一个人的记忆力吗？外面大雪纷飞，我把那几只乌鸦想象成了海燕，真是顽强的生命，如同黑色的精灵，在白色的世界里画画。它们比我更自在，不用记作家的原名，只管挥毫泼墨。

班主任似乎看出了我们的心思，说："也许大家觉得这些知识点没有用，不过知道多一点总不是件坏事。高尔基的作品你们现在没有时间读，将来或许也不会读，或许也有人读。"当时的语文教师讲课基本上是跟讲义，很少能有自己的观点，自身的知识难以成系统，七零八落的。不过不应该对他们有太高的要求，他们经历过文化的沙漠。

第一学期结束，寒假到了。郝强和蓝红霞坐上了公共汽车，一起回家。这是他们第一次单独在一起，其实也不叫单独，周围还有一些陌生的乘客。红霞对他的爱慕来源于对智慧的向往，在她看来，郝强的头顶有一种光环。他总是那么的自信，认为课本上没有不能理解的知识，甚至可以自学成才。这能称得上恋爱吗？她也闹不清楚，没有人传授恋爱的知识。当一个人了解了什么是恋爱以后，已经老了。

郝强觉得红霞也不错。他们有共同的生活背景，对双方的家庭也有一定的了解，这点很重要，意味着有共同的语言。红霞看起来结实、健康、红润、纯真，不像大家小姐那样耍脾气。生活也不容许她耍脾气，家里人多，生活拮据，父母干活辛苦，她是一个懂事的孩子。她的脸很光洁，几乎没有斑点，如同有一层透明的薄膜。他们坐在同一排座位上，相隔一尺有余，车颠簸的时候会不小心碰撞一下，接着又分开了。他们聊了一些学校的见闻，接着又提到初中同学的一些境况。有些去了职校，有些干脆辍学打工去了，也有上中专的，务农的也有……干什么的都有，过上了各种各样的生活。

红霞问："你选文科还是理科？"

"理科，我理科成绩好一点。"

"其实我觉得你文科、理科都可以选。不像我，只能选文科。女生年纪越大，脑子越不灵活。"其实她希望他也能选文科，这样就有机会在同一个班了。

"文科老师课讲得不好，我不喜欢。你这件毛衣好看，谁给你买的？"

"真的吗？说不出来不怕你笑话，我爸前段时间,踩'慢慢游'生意还好,就给我买了一件,说大姑娘了,也该注意打扮了。我弟还闹了一阵子意见呢。我不敢跟别人说，跟你熟才说的。"她露出了尖尖的牙齿，可爱的样子。

"哦，你爸挺喜欢你的。"

"哪有爸爸不疼爱女儿的！"

"以前我路过你家几次，不敢去找你，怕碰到你爸。"

她咯咯笑了，说："我爸又不吃人，怕什么？"

"倒是你妈见到我之后，认识我，叫我进去玩。我不肯，她又打红枣给我吃。你当时好像不在家。"

"是的。我家门前是有一棵枣树，很高，分叉也多，可以乘凉。"

"我家有桃树，我很想送些桃子给你吃，最后还是不敢。"

"为什么不敢？我最喜欢吃桃子了，汁多又甜。"她开始嗔怪他了。

"不敢就是不敢，我也不知道为什么。"

"你一向不是个胆大的人吗？"

郝强脸红了一下，说："看录像的事你也知道了？"

"知道。不过你放心，我不会给家里人讲。"

"我相信你，这样就好。"

车子走走停停，不断有人上车下车，没有站牌，随叫随停，尘土飞扬。售票员耐心地询问目的地，她清楚沿途的每一个地名，或者某些标志性的景物，比如什么河什么树之类的。天空云卷云舒，呈现出有意象的图案，有的像奔马，有的像走象，有的像城堡。有几片绿色的菜园，散养的黑牛悠然地吃草，白羊咩咩地叫着。干活的人见到有车经过，抬起头无意识地打量，见到没有熟人下车后又继续干活。若是见到熟人，总要打招呼，"去街上干什么去了"或者说"抽根烟再走"。正值冬季，人们并不十分忙，过年的节奏。

郝强回到家的时候，家里正在打糍粑，聚集了男女老少。妇女们忙着添柴，蒸糯米饭。火很旺，青烟顺着烟囱往外冒，呛不到人。灶房里弥漫着白色的蒸气，水在锅里呼啦啦地响，木制的甑外凝聚着水珠。小孩子到处乱窜，狗在摇尾巴，鸡也不安静，随意地叫。一个石臼放置在中央，打糍粑的工具也准备好了，木头的棒子或者干脆就用锄头把。有人用筷子插了几下糯米饭，又尝了一口，觉得差不多了，于是把糯米饭倒在了石臼里。每个小孩子都分到了一小团，先让他们吃着，免得吵闹。郝强的爸爸正值壮年，中午喝了一点酒，面色通红。他已经开始了，吐了口唾沫，搓了搓手，顺手拎了一把锄头，显得轻而易举。他的对手是一位二十出头的年轻人，年轻人早就听说郝强的爸爸是一位远近闻名的好手，这次是特意来挑战的。刚开始的时候节奏很快，糯米也不粘，越到后来越是拔不出来。而且每次务必打到点子上，否则会被别人笑话。年轻人毕竟嫩了点，空有一身蛮力，一会儿后开始脱衣服了，累得不行。这不仅需要力气，也需要技巧，考验的也是一种耐力。中年人是最有耐力的了，他们肩负着生活的重担，知道力气需要源源不绝地使出来，不再像年轻人一样血气方刚，光知道使猛力。

糯米已经打得黏糊糊了。有位年长的老人负责出坨，均匀地分成一坨一坨。刚出石臼时温度很高，老人抹了一手的茶油，顺着木棒往下拔。孩子们和女人们上场了，糍粑的形状各异，以圆形为主，有调皮的小孩子甚至做成了三角形。孩子们争抢着印花的模具，胜利的一方总是得意地高举着。

郝强也跟着做糍粑，不一会儿听到爸爸的声音："儿子，来替我打几把。"郝强脱了外套，像大人们一样唾了两口，接过了锄头。不久，他便觉得手几乎要起血泡了。他出生在农村，也干过一些农活，不过基本上属于业余玩票的性质，家里希望他还是以学业为主。没有一定厚度的手茧，是干不了这种活的。打糍粑看起来很轻松，好玩，其实并不那么简单。有些事情是非要亲身体验才知道的。他还是在坚持，不过心中已经逐渐体验到农村生活的艰辛了。打糍粑在庄稼人的眼里，是小儿科，是农闲时的娱乐。但对于一个未曾干过重活的健壮的年轻人来说却是颇费力的一件事。灶房里没有风吹日晒，也很热闹，不会感到孤单，打糍粑的氛围相对来说非常好。

成年男人们在抽烟，相互借着火，间杂着一些似是而非的成人笑话。不一会儿，糍粑就铺满了一席一席的。小孩子做了一会儿，没有新鲜感了，又去玩了，相互追逐，或追猫、狗。大人们也不理会，继续干活，没人觉得小孩子一定要干活。况且这是一年中最轻松、最惬意的时光，平时的辛苦和委屈随着青烟消散在空中。

高一下学期

　　过完新年后不久，又回到了学校，同学们之间有一种久别重逢的喜悦。经过一个学期的相处，相互有了一定的了解。又有多愁善感的同学因为再过一个学期就要分班了，不免有一丝惆怅。郝强找到了我，商量一件事，样子很神秘。

　　他说："衷正转给了我一封信。"

　　"谁写的？"

　　"白诗琴。"

　　我吃了一惊，有点嫉妒，说："啊，都写了些什么？"

　　"她约我元宵节去吃元宵。信里并没有提到什么，只是结尾处写道'月上柳梢头，人约黄昏后。'"

　　我想起了乡下的元宵节，只是称作正月十五，从来就没有吃过元宵，不免心生向往。爸爸常说"三十的火，十五的灯"，意思是说大年三十要烤很旺的火，正月十五每家每户都把家里所有的灯亮着。那天也没有什么其他的活动，先前见到有舞龙灯的，这些年倒是越来越少了。有钱的人家会买些花炮，半夜里烟花冲向空中，力图刺破黑暗。

郝强见到我不出声，问："在想什么？"

我应了一句，说："想我们乡下是怎么过的。"

"你说我要不要去？"

"这么好的事，为什么不去？"我咽了一口口水。

"你陪我去好吗？我知道你对她有好感，这也是一个机会。"

郝强太了解我了，不过我还是说了一句："这样合适吗？"

"就这样定了，我知道你想去。"

我又说："她会喜欢我吗？"

"你喜欢别人，便希望对方也喜欢自己，其实这是一种幻觉。"他说，"不过如果你表现好的话，或许能够改变对方的心意。"

我特意买了一小袋飘柔洗发液，打了热水洗头，然后对着镜子梳，三七分好了，五五分有点像坏人。没有吹风机，我去外面跑了一会儿，把头发吹干，感觉天气还有点冻。

傍晚时分，我们如约来到了一家小饭馆。木桌子、木凳子，环境还算素雅。诗琴比我们先到，她见到我也来了，起先有点不悦，不过这种表情并没有停留多久，毕竟是元宵节，大家都要开心点。他俩面对面坐着，我在旁边，成品字形。诗琴穿一件长的红色的呢子衣，配一条白色的涤纶料围巾，端庄又大方。嘴上涂了唇膏，有点反光。耳垂上钉上了花形的黄金坠子，她平时没有戴的。很显然她跟我一样，也经过特意打扮的。

店主端来了三碗热气腾腾的元宵，有几粒已经破了，露出了黑色的馅。诗琴用调羹舀了一勺，吹了吹，啜了一小口。虽然不觉得是大家闺秀，也有小家碧玉之感。我也尝了一口，并不觉得烫。我吃得很快，声响也大，好像猪在进食一样。

她问："元宵好吃吗？"

我说："好吃，甜。是什么馅？"

她说："我问的是郝强。"她并没有看我一眼，让我有点失落。不过，能和她一起吃饭我也心满意足了。

郝强也连连说："好吃好吃。应该是芝麻花生的。"

她说："对。黑色的是芝麻，里面脆脆的是花生。"

我说："这是我第一次吃元宵。"

她见我老是说话，从包里拿出一样东西，说："你听随身听吧。"我打量了一眼，接了过来。简单来说，就是一个磁带播放器，播放的是小虎队的歌《星星的约会》。不过我从来没有用过这玩意儿，觉得很新奇，摆弄了一阵子。过了会儿，我戴着耳机，把音量调得很小，一边听歌，一边听他们说话。

她问郝强："你喜欢音乐吗？"

郝强说："谈不上，只是喜欢吹口琴。"

我说："我也喜欢乐器，喜欢吹笛子。"

诗琴白了我一眼，说："怎么耳机也塞不住你的耳朵。"

我说："我是说真的，不过我爸不支持，也许乡下人不适合搞艺术。我只好把这个爱好抛到银河系中，让它随流星一起消失。"

"想不到你还挺会说的。"她这时有了一丝笑意，说，"你的意思是说你出身的环境负荷不了你的才情？"

我看到她的表情，有点沾沾自喜，觉得是自己把她逗笑了，我还有这样一种能耐，便回答说："算是吧。"

她转了一个话题，说："其实古代的人过元宵节比现代人要浪漫。"

郝强问："为什么这么说？"

她说："'蓦然回首，那人却在，灯火阑珊处。'你们不觉得这个意象很有诗意吗？"

我应了一句说"是"。

她又说："不知道是现代社会进化了，还是人的想象力退化了，总之不浪漫了。"

我说："我们三个人一起吃元宵，你不觉得浪漫吗？"

诗琴似笑非笑地说："多了一个人。"

我明知故问："多了谁？"

她说："你真是傻得可爱。"她的心情并不差，显然已经适应我的存在了。

郝强对她说："我和他是哥们，你就当我们是一个人，当他不存在好了。"

诗琴哈哈笑了，笑得前俯后仰的。我没有见她这么开心过，难道真的可以当我不存在吗？我有一定的体积，占据了一定的空间，理论上是一定存在的。如果由于我的不存在能让她开心，我宁愿自己不存在。不过反过来，如果我不存在，她开不开心又关我什么事？我的心情有点矛盾。

我只好自我解嘲地唱了一句："我不得不存在啊，像一颗尘埃。"

诗琴的声音笑得更大了，笑得流泪了，完全失去了我心目中淑女的风范。不过即使她再笑得纵情一点，我也不会介意。

突然停电了，我停了声。黑暗中，安静了一阵子。店主给我们送来了两根蜡烛，有点歉意地说："真没有想到这个时候会停电。"

诗琴说："不要紧，这样更好。"烛光一闪一闪地，映照着她的脸，更有一种古典的美，仿佛回到了前朝。我觉得她像是一尊放光的圣像，很想站起来去抚摸。

她又说："瞿格，你的影子在墙上，摇摇晃晃的。"

我只好镇定了下来，挺直了身板，说："是蜡烛的光不稳定吧？"我先后用手做了老鹰和狗的形状，影子在墙壁上生动极了，问诗琴好不好看。

"有趣。"她说，"吃元宵的时候点蜡烛效果会好一些，郝强，你认为呢？"

郝强说："也许是吧，有点朦朦胧胧的在梦境中的感觉。"

我取下了耳塞，说："原来你也是一个喜欢做梦的人。当然了，每个人都有做梦的自由。我喜欢那种亦真亦幻的感觉。"

诗琴说："亦真亦幻？"她好像对这个词感兴趣，或许有同感。这个词让她思索了一会儿，此情此景到底是真实的还是一种幻象呢？

蜡烛还在燃烧，只剩下一半了。我们必须在燃完之前，结束这顿饭。我们已经吃光了，诗琴还剩下几个。她说吃不下了，我很想帮忙吃几个，并不嫌弃那碗里可能有她的口水，不过还是没有说出来。在关键时刻，我需要保持适度的矜持。结了账，诗琴独自回家，天不算晚，还有月亮。临走的时候，我建议我送她回家，她迟疑了一下，说不用了，又说县城的街道她比我还熟，似乎在宽慰我的心。

郝强和我回了宿舍，刷牙洗脸之后就睡了。很快，我睡着了，做了一个梦。梦见我吃完了诗琴剩下的那碗元宵，连汤也喝光了。舌头依稀能够分辨出她的口水的味道，有一种说不出的清甜。我又送她回家，我俩手牵着手，一起聊天，沿着沅江的堤岸，清风徐来。头顶是轮满月，清澈而又明亮。诗琴身穿一件白色的长袍，宛如刚从月宫中出来的仙女一样，纯洁而又善解人意。我好想让时间静止下来，使劲地扳着钟表的秒钟，不让它走动。

诗琴的声音清脆而又悦耳，她说："你不是会吹笛子吗？"我取出了竹笛，吹了一曲《花好月圆》。笛声婉转悠扬，绕梁不绝。隐约中能听到鱼儿跃出水面的声音，它们好像也来凑热闹，见证这美好的一刻。诗琴随着笛声翩翩起舞，那长长的衣袖，如行云流水，无拘无束。真是琴瑟和鸣，绝配之极。

突然，她好像要跌入水中，我赶紧抱住了她。醒来的时候，发现怀里紧紧地抱着一个枕头。天已经亮了，我感觉内裤黏糊糊的，换了一条内裤，又开始一天新的生活。我没有把这个梦告诉任何人，藏在了心里。那天上课，我总是在走神，沉浸在梦境中。有时现实生活中不能实现的，通过梦境来实现，倒是一种很好的解脱。

去年郝强约我去他家摘茶苞，这件事我一直还放在心上。我逮住一个放假的日子，决定再去一次他家。这次，爸爸没有借自行车给我，上次我弄丢了一个螺丝，他配了好久才配到。再说，下起了小雨，也不适合骑车，这样会溅一身的泥。我怀着雀跃的心情，坐上了公交车。我没有吃过这种果实，对于新鲜有趣的玩意儿，我很上心。

一路上油菜花开得正旺，使人联想到土壤的肥沃。这个地区的历史不可考，也不知道存在了多少年，谁也不知道第一批人是什么时候来的。见到农人正在耙田，站在耙上，拿着鞭子，如同出征的武士一样雄壮而又威武。那鞭子只不过是一个道具，一般情况下，他们是不舍得抽在牛身上的。他们与土地相依为命，融为一体。前几天也在下雨，田里的水涨了不少，犁耙经过的地方，泛起了小小的水波。

下了车，径直去了郝强家。那只黑狗这次只是摇了摇尾巴，并没有吠我，好像认得我一样。它的记性可真好。我们二话没说，就上山了，生怕去得迟了，好的茶苞就被别人摘光了。春天的山颜色浅一些，嫩绿嫩绿的，树发出了新芽。我发现了几朵白色的花，我生平喜欢白色，摘了一朵，闻了一下，奇香无比，就问郝强是什么花。他说是栀子花，这里比较常见，有时也会挖几株栽在房前屋后，算是一种点缀。但凡热爱生活的人，是不难把握一些小小的幸福的。我把它小心地放进了口袋里，想等到开学的时候也给诗琴见识一下。

树林里到处能听到孩子们的叫声，显然他们也在寻找这种果实。不过树林很茂密，很难见到他们的身影。所谓"空山不见人，但闻人语响"，指的也许就是这种境界了。斑鸠不时地被惊起，拍打着小翅膀，从一个枝头飞到另外一个枝头。不一会儿，郝强已经硕果累累了，我由于经验不足，只是寻到了不像样的几个。没有想到，寻找茶苞还需要经验。他给我分享了几个大的，长得饱满的，我感激不已。我觉得还是茶耳的味道好像更好，汁液更多一点。

我说："我们都希望离开家，向往城市的生活，只怕将来没有机会摘茶苞了。"

他也感叹了一下，说："谁说不是呢！不过至少我们曾经摘过。我很小的时候，就有一种要去外面闯荡的想法，总觉得周围的环境限制了我，不能让我有更好的发展。这确实是一个事实。比如说，你喜欢吹笛子吧。但喜欢艺术对乡下的孩子来说是一场灾难，周围的环境没法满足你。可是人除了生存之外，还需要那么一点精神上的追求。"

我说:"我赞同你的说法,小镇青年也志在四方。"

他说:"我爸对我很慈爱,可是我觉得他又教不了我更多的东西。而且,他一到农忙的时候,脾气也不好,很火爆。到开学的时候,又为学费犯愁。"

我说:"你说的太对了。我也有同感,你知道我爸当过兵。他回到家里,心里不甘,总觉得壮志未酬,有种压抑的感觉,有时难免发泄到家人的头上。我与其说是向往外面的世界,不如说是要离开我爸。我要独立!"

"我知道你是有点反叛精神的,这点和我很像。"他说。

"所以我们成了朋友。"我笑了。年轻的时候如果没有趣味相近的朋友,到年长时交朋友更是不可能的了。我这么认为,这个时期处于一种可塑造的阶段,人生还如同一张白纸,可以涂涂画画。

"你反叛好像还不够彻底。"

"也许没有你那样有个性。"

他说:"你知道吗?有次我爸农忙完回来,看到我在家里玩,不知道为什么他突然之间升起一股无名的怒火,骂了我一顿。我觉得心里委屈,怎么就这样无缘无故地挨骂了。于是,我跑到了山上,藏了起来,心里暗下决心,再也不回家了。"

"还有这样的事?后来呢?"我问。

"后来,天黑了,他见我还没有回家,便召集了叔叔婶婶们到处找我。我看到天黑了,心里也很害怕。想到是不是将来要流落街头了,无家可归了。这时见到了手电筒的光,又听到了他们喊我的声音,才镇定了一点。我知道他们来找我了,反而不着急了,故意不出来。"

"听起来挺有趣。"我说。

"在这山上,如果不主动出来,是很难被发现的。我和他们玩起了捉迷藏的游戏。爸爸也在喊我的名字,离我很近,就在几米远的地方。他的声音显然很焦急,如同猛兽在寻找失踪的幼崽,触动了我。我出来了,他并没有责备我。光线虽然不太亮,但我依稀能够感受到他那种宝物失而复得的表情。"

我说："看来你不是一盏省油的灯。"

"回到家后，叔叔婶婶们都劝我以后可不要跑了，有话要好好说。他们都说我的脾气倔强。我低着头不说话。"郝强说，"你说我们是不是总有一段时期要顶撞父母？"

我说："我可不敢顶撞我爸，他的力气比我大多了。不过我倒是理解他们很忙，干活又辛苦，发发脾气是难免的。"

我们就这样有一搭没一搭地说着，天灰白灰白的，下着蒙蒙细雨。

郝强说："你见到树上的茶耳没有？我给你摘下来吃。"

我顺着他指的方向望过去，在树顶果然有好几片，颜色和茶树叶子很像，不仔细看还真辨认不出来。不过看样子不容易采到，便说："不好采吧？"

他说："没事，看我的。"说完，他便像个猴子一样灵巧地往树上爬，不一会儿，就接近茶耳了。刚要采的时候，只听咔嚓一声，他脚踩的树枝断了，摔了下来。我连忙跑了过去，把他扶起来，看到他的额头上流血了，眼睛闭着，不说话。我惊慌极了，不知道他到底什么情况。摇了摇他的头，又喊他的名字，依然没有反应。

我把他背了起来，很沉的，一步一步往他家走。这是一段漫长的路程，终于到了。他爸见了，也很着急，赶紧送医院。我回了学校，第二天还要上学，他爸让我给老师请假。我好像一个做错事的孩子，处于一种深深的自责当中。我想如果我不去他家摘茶苞，就不会发生这样的事了。

我上学了，一个星期之内，都没有看到郝强了。我的心情很低落，心里默默祈祷，但愿他不要出什么大事。口袋的那朵栀子花，我也扔了，没有心情给诗琴看。诗琴知道我和郝强关系不错，便向我打听消息。知道后，她眉头紧蹙，说："为什么不早点告诉我，你带我去看他。"我忧喜参半，忧的是不知道郝强到底怎么样了，喜的是有机会和诗琴同行。

星期天，我们约好在车站见面。她穿一身蓝色的运动服，神色凝重，没有往日的那种笑容。她比我还先到，在那里等我了，不时地看手表。细细的金属表链套在她那白皙的手腕上，时针指向了八点。她见到了我，说：

"怎么才来，快急死我了。"我接受了指责，没有多说什么，上了车。

我和她坐在同一排，只觉暗香袭来，一时不知道说什么好，只顾呼吸。那种香味绝对不亚于栀子花的味道。油菜花嗖嗖地往后跑，路上很少人上车，连平时的飞鸟也不多见。诗琴似乎不大习惯尘土，把车窗关上。一旦关上，车内的空气又显得浑浊。她只好又开了一个小缝。

道路高低不平，车颠簸了。诗琴有点不适应，说是头晕，恶心想吐。我很想拥抱她一下，给她安慰，但又不敢，便说前面就是一块平地了，再忍一会儿。不久，公共汽车果然驶入了一段稍微平坦的公路。她感觉好了一点，开始说话了："你倒是对路很熟的。"

我说："我记性好，去过一次的地方基本记得。"

她想了一会儿，说："多年后，你会记得我的样子吗？"

我没有想到她会问这样的问题，脸也红了，说："可能吧。"我想，我怎么会不记得呢？

"不要紧张，随便问问而已。你喜欢听歌，是吧？"

"是的。你教过我们不少，没事的时候我便唱唱。"

"哦，倒是挺上心的。下次我准备教《小城故事》，你听过吗？"

"没有。"我老实说。

她又问："你觉得我的性格怎么样？"

我一时找不到什么准确的形容词，便说："性格好。"

她说："这种说法太随意了。别人都说我的性格直爽，敢爱敢恨。"

我想了想，觉得有那么点道理，说："是的。"

她说："你说话好像很刻意，生怕说错。"

我说："是的。"并且不由自主地点了点头。

她又说："听裘正说你口才还不错。"

"是的。"

她说："可我也不怎么觉得。"

"是的。"

这种交谈似乎不能再继续下去了，我们沉默了一会儿，想着各自的心事。其实我认为我的口才确实还可以，有时也能夸夸其谈，不过碰到这种场面，我还真不知道说什么好。车内也没有往日的喧嚣，显得很安静。有位乘客拿出了散装的烟丝，开始卷烟，点着了。烟雾有点呛人，我咳嗽了一声。诗琴捂住了鼻子，露出了厌恶的神情。我便对那人说，我同学不习惯这种味道，叫他不要抽了。那人也配合，猛吸了两口，将剩下的扔出了车外。看得出来，她有点感激，说："你这人还挺细心的。"我说："为人民服务。"

她笑了，我感到很欣慰。不一会儿，她困了，闭上眼睛打盹。我近距离地偷偷打量着她，她的嘴唇淡红色，好像半成熟的草莓；耳朵从头发里露出来，如同长在草丛中的蘑菇；胸部微微地挺起，像藏着一对鸳鸯鸟。我猜想她用的什么颜色的胸罩呢？尺寸多少，质地如何，戴在身上舒服吗？时而又觉得我的想法不健康，她在我的心目中是纯洁的神圣的，我不该有这样的想法。转念一想，又觉得像我这个年纪的人或许都有类似的想法，便又不觉得那么自责了。

车内其他乘客也昏昏欲睡。司机是个小伙子，吹着口哨，油门踩得很深，一路狂奔，车速相当快，全然不为乘客的安全着想。很快，我们就到了郝强住的小镇上。我叫醒了诗琴，下了车。

小镇显得冷清，没有闲逛的人，人们应该都忙着干农活去了。我带她去医院，她说应该买点东西吧，不能就这样光脚两手地去。我想了想，也觉得有道理。诗琴想买点苹果，我们到处寻找也不得，这地方连卖苹果的地摊也没有。倒是见到有卖甘蔗的，便买了几条，让小贩给砍成几节。诗琴觉得这里的物价可真便宜，东西很实惠，付了钱。我抢着要付，她不许，我只好听她的，其实我口袋里没有多少钱。春天的风很和煦，阳光暖暖的。她穿着白色运动鞋，我拎着一袋甘蔗，并排走着。

她说："这地方还不错，就是街上脏了点。"

我说："我们乡下都这样，习惯了，就不觉得脏。"

"我的鞋子上都是灰，回去就要洗了。"

"你比我们讲究，我一般不穿浅色的。"

"你不喜欢白色的吗？"

"我喜欢，只是穿着上不选择白的，不好打理。"

诗琴的香气不时地流进我的鼻孔，我似乎忘记了郝强还在医院里。街道两旁的房子不高，不过二层而已，颜色灰灰的。前面是一个三岔路口，有一个邮电局，两个绿色的邮筒立在外面。不远处，有一处石砌的桥，是我们的必经之路。桥底有水流过，白白的浪花并不大，偶见有小鱼。桥上有个老太太在卖油粑粑，布满了豌豆粒或是红薯丁。诗琴觉得好玩，便买了一个吃，连声说这味道还不错。油在锅里翻滚，闻得出是菜油的香味。老太太眼可真尖，说道："这妹儿是城里的吧？"她好像在问我，又像是在自言自语。我倒是觉得奇怪，诗琴的脸上也没有写字，凭什么就断定她是城里的。

不知不觉，就到了医院，里面弥漫着消毒水的气味。郝强躺在病床上，脸色苍白，眼里失去了先前的锐气。他见到我们来了，坐了起来，很开心，说："医生说我没有什么大碍，我爸正给我办出院手续呢。"

我问："那你感觉怎么样？"

他说："其他倒没有什么，只是感觉脑袋里有根筋跳得厉害。希望过一段时间就没事了。"他说得很轻描淡写。

我说："都怪我不好。"

他说："这不能怪你，我自己太逞能了。"

诗琴说："来，吃甘蔗吧。"

我们一人拿了一节，便啃了起来，病房里没有其他人。这甘蔗很硬，也很甜。我的吃相很惊人，使劲地咬着，一边吃一边说："好吃。"诗琴没有吃，只是看着我们。郝强劝她，说："你也来一节呀。"诗琴便说刚才吃了油粑粑，不饿。我想了想，也觉得对，那东西很容易饱肚子。郝强说："吃了油粑粑吃甘蔗刚刚好，助消化。"我怎么没有想到这一点，确实有这么个理。诗琴也就没有拒绝，吃了起来。只不过她啃得很小，一片一片地慢慢撕着，跟我有所不同。我疑心她的牙齿不如我的结实，怕弄折了吧。

下学期即将结束，我们要分班了。每一次的选择都会对人生产生不可估量的影响，尤其越是早期的。同学之间忙着写赠言，有相互送明信片的。其实也不是离别，只是有可能分到不同的班而已，也无非是文科班和理科班。不过，一些仪式还是必要的。郝强就收到了诗琴的，上面究竟有什么内容我不知道，只是觉得那明信片的画面极其优美。我也很希望有这么一张，不过竟然没有收到，莫非她忘记了我？

高二上学期

　　裘正、诗琴、红霞在文科班;郝强、梦飞和我在一个班,我们选择了理科。我选理科是有理由的,我觉得文科的那些知识太不确定了,不同的国家和地区在不同的时代,历史和政治都可能有所不同;而数理方面的知识相对来说比较固定,一加一等于二的结论很多年来都未曾更改过。而且,我出生亦非书香门第,没有文学的熏陶,选择理科也是情理当中。我妈认为学文科只要记性好就行了,我虽然记性尚可,还是和文科无缘。我的奢望不高,能写一纸感人的情书就够了,因此觉得没有必要去学文科。

　　郝强的精神状态明显不如以前了,上课经常打瞌睡,无精打采的,步伐也不像以前那样孔武有力了。吃完晚饭后,我和他去操场玩,坐在草坪上。淡红色的夕阳有一半被远处的楼房遮住了,另一半露在外面。晚霞如同火山口的岩浆一样,色调深浅不一。同学们正在一窝蜂地踢足球,毫无章法可言,很多人追着球跑,既无有效的进攻,也无必要的防守。队员们更像联合国部队,各个年级和班级的都有。可是他们玩得很尽兴。不远处有人在打乒乓球,男女都有,白色的小球跳来跳去。

我说："你最近好像不对劲。"

他说："是的。我这种感受没法给人说，有些创伤也许全世界只是一个人有，说出来也没有人理解。"

"我知道你很难受。"

"你知道吗？我本来头脑很好使的，可是现在只要一思考问题就会头疼，而且平时不思考的时候，也难受得厉害。这是一种痛苦。我现在连数学也不能学习了。"

我说："希望你能尽快好转过来。"我想起了他在高一的时候，是班上的数学课代表。有次，数学老师因病没有来上课，那节课是他代上的，他分析试卷，他从头到尾讲得头头是道，一点也不亚于老师。那时候，他是胸有成竹的，意气风发的。他天生具有理科的直觉，从那之后我愈是对他敬佩有加。

"希望这样。可是我现在就像一个擅长跑步的运动员一样，突然之间失去了双腿。这种感受，你能明白吗？"

"就是说你本来有跑步的天赋，但又不能跑了，只能眼睁睁地看着别人跑。"

他叹了一口气，说："可以这样理解。"

班上的成绩排名已经出来了，他已经跌落到了三十多名，数学还没有及格。按照这种趋势发展下去，他似乎没有考上大学的希望。由于理科班的女生非常稀少，我的注意力也不得不放在了学习上，我已经是十几名了，一直在进步。无论是老师还是同学都不理解郝强，认为他的能力只不过如此。只有我还期盼着奇迹出现，我相信他可以学得更好。

梦飞走了过来，和我们坐在一起。这在当时是很需要勇气的，男女同学在学校见面一般只是笑笑而已，很少在教室外的场合有这么近距离的接触。我们挪了挪地方，离她远一点。她有点生气了，说："喂，我说你们两个怎么了，好像怕我一样的。"一只手抓着一个辫子，眼睛睁得大大的。也许，她姐姐在广东打工，给她灌输了一些开放的思想。我这样想。

我说："怕你干什么？只是害怕有些闲言碎语。老师一再教导我们，高中阶段应该以学习为主。到了上大学以后，就自由了。"

她说："放心吧，我不会追你们的。只是听说郝强有点不舒服，才过来看看的。"

郝强说："谢了。你们说是不是很奇怪，人的命运可能因为一件偶然的小事而改变。"

梦飞说："也就是说那几片茶耳改变了你的命运。"

郝强说："也可以这么说，也许是我的性格决定的。我凡事都好逞强。以前我认为我成绩好，便认为我在各个方面也会比别人出色。其实这是一个误区。一个人头脑好使，并不意味着他在跑步方面会比别人跑得快。在自己不擅长的方面逞能，往往会付出一定的代价。"

梦飞说："可是你并没有逞强啊？"

郝强说："有的。我当时就是想在瞿格面前炫耀一下我爬树的本领。"

梦飞说："应该说你喜欢冒险。"

郝强说："这样说也有一定道理。"

梦飞说："我们都希望你振作起来。红霞跟我提过，你以前成绩很好的。"

郝强说："看到地上的蚂蚁了吗？它如果爬到了你的腿上，你可能会打它一顿。它并不知道那里是危险的。命运就是这样的不可测。"

梦飞说："这个比喻好懂。"

我插了一句，说："你怎么也会选理科的，裘正还以为你要选文科呢。"

梦飞说："我知道你们两个会选理科，所以我才选的。"

我说："你这样也太草率了吧，你应该根据你的能力来选才好。"

梦飞有点生气了，说："你的意思是我不适合学理科。"

我赶紧说："我没有这个意思。"

梦飞说："刚才是逗你玩的。虽然我更擅长文科，不过我是一个理性主义者。根据以往的经验，相对来说理科的录取率更高。所以，你不能认为我是一时心血来潮。"

不管怎么说，我不相信她是一个纯粹的理性主义者。她的神情中无疑透露着一种浪漫主义气质，而且我们很小就是同学了，我对她还是有一种直觉上的了解的。她是常常自言自语的那种，对未来的生活充满了幻想。她妈妈是我们以前的班主任，曾经当着全班同学的面夸她会背很多的古诗。从某种程度上讲，她比我们多一点文艺的熏陶。以我的理解，她向往的是一种充满诗意的生活。

我说："那你会的那些古诗不是白学了？"

她说："可不能这么说。我们还是要学语文这科的，由于我有一定的基础，觉得古文并不是特别难。"

我说："可是你的理科并不突出。"

她想了一会儿，说："我们一直都在谈读书。是不是如果考不上大学，将来的生活就会过得一塌糊涂呢？"

郝强回答道："我没有经历过，没法回答。不过大家都这么认为，高考是改变命运最有效的途径。"

我说："至少大学生在我心目中的地位是崇高的，是某种有特殊才能的人。我长这么大，还没有认识一个大学生呢。"那时候，大学生在我们村还是一个稀有的物种。

她说："说实话，我对有些科目确实不感兴趣。孔子在几千年前就说要因材施教了，到现在还做不到。要是人人都能当科学家，谁生产粮食呢？"她所说的倒是有点道理。我承认，我就不喜欢化学。不过说归说，要考试的科目还必须得要学。高考是要看总分的，不能偏科。

"让机器人干。"我说。

"机器人什么都能干的话，那还要人干什么。"她说完，拿出了几个棒棒糖，一人分了一个。我不是很喜欢吃，不过碍于情面，还是接了。这么大了，她还吃棒棒糖，这不是一种幼稚天真的表现吗？太阳已经被楼房完全遮住了。有的云彩变成了浅灰色，还有的一片黑。踢足球的没有先前多了，打乒乓球的也散了。

郝强说："棒棒糖好甜。"

梦飞突然神秘地说："知道吗？我姐姐谈恋爱了，前不久，她寄了封信回来，还有他们的合影。照片的背景是有喷泉的广场，男朋友是北方人，很帅气。"有喷泉的广场，我还是比较神往的。我们拍照经常是在照相馆，背景也只是相馆的风景画而已。

我问："打工认识的吗？"

她说："是的。我姐比我才大三岁。"

郝强说："这么说，你也快到谈恋爱的年纪了。"

她脸红了一下，说："别瞎说，还要等几年。"说完，她望了我一眼。我有点不知所措。

我说："北方人吃面食，我们吃大米，只怕不大合适吧？"

她说："我姐信里提到了，说男友为了迁就她，准备改变原有的饮食习惯。"

我深吸了一口气，说："他决心很大，改变饮食习惯可不是一件容易的事。"心想，如果要是我，这事多半成不了，除非对方的食物真的很好吃。

"你这人就是自私，光想着自己。"她说着拿出了一双崭新的手套，能露出手指头的那种，款式很新潮的，说："这是我姐厂里生产的，我给你要了一双。"

"为什么给我？"我有点纳闷。

她说："去年见到你们扫叶子，天很冷的。本来想织一双给你，考虑到功课紧张，没有时间，就问我姐要了。"

我说："想不到你还会织手套。"

她说："会那么一点吧，不是很熟。我妈织毛衣的时候，我偷学了一点。"

"原来你当时穿的毛衣是你妈织的。"我说。

"当初为了学织毛衣，我费了不少工夫，织围巾最简单。"她说。

我们聊了一会儿，要上晚自习了，就散了。等梦飞走后，郝强对我说："看出来没有，她对你有点意思。"

我吃了一惊，说："不会吧，我们只是普通同学。"

他说："那她为什么没有给我送手套？"

我说："他跟你不熟，我们很早就认识了。"虽然我并不确信，但心里还是蛮开心的，毕竟还是希望有人喜欢自己的，不管我喜不喜欢对方。

分科后，虽然还没有到悬梁刺股的阶段，但学习气氛明显紧张了。物理老师要求我们上课必须记笔记，说好记性不如烂笔头。我对于这种强制性的东西向来反感，就不是很认真了，有时记记，有时画画。我画的当然不是那些力学图，而是一些乱七八糟的东西，小猫、小狗或是花草之类。我有这种爱好，说不定我在这方面还有某种才能。只不过按照我爸实用主义的观点，这都不能当饭吃，没有什么用，他都不予鼓励和支持。

我瞄了郝强一眼，发现他也似乎对做笔记不感兴趣。他正在用左手抄写，这不是他正常的习惯。他曾经对我说过，虽然他认为牛顿定律是对的，但也没有必要抄下来。我们的思想比较接近，具有某种抗拒性。我没有料到物理老师要收上去检查，他看到我画的东西后，显然很生气，认为我太离谱了。他把我的笔记给全班的同学看了，点名批评了我，说："瞿格，你这样下去，只怕连高中都毕不了业。"要想得到高中毕业证，每门功课必须及格。所以，理论上来说并不是每个人高中都能毕业。同学们看到我画的东西，有些人想笑，不过不敢笑出声。物理老师是一个严肃的人。

他要求我必须写书面检查，而且要深刻。随着阅历的加深，我对这种文体已经驾轻就熟了，并不是一件难事。况且诗琴并没有在我们班上，念检查的时候，我也觉得没有那么难为情。从某种程度上来讲，这是朗诵或是表演。我表面上必须装出痛心疾首的样子，内心却风平浪静。我告诫自己，不能投入太多真实的感情，人生就是一出戏。后来他又批评了郝强同学，说他字迹潦草。这不能怪他，他并非擅长用左手。

我画画的才能终于有点用途了，学校要求班级出黑板报。我被推荐负责黑板报上的图画。据说要评比，理科班也许在内容上不能胜过文科班，但在形式上不能输。我知道诗琴有一本插图集，想借过来参考。而且有好长一段时间没有和她说话了，心里痒痒的。为了避免流言蜚语，我决定和郝强商量。

我说:"我们去找诗琴吧,借插图集。"

他说:"你自己去吧,还可以多说几句。"他好像知道我的心思。

我说:"还是一起去吧,给我壮壮胆。"我似乎没有单独面对诗琴的勇气。

他说:"好的。"

我们在走廊里找到了她,她正倚靠栏杆望着校园。秋天的校园仍然郁郁葱葱,充满了生机。低年级的同学自由自在地奔跑跳跃,这也许是人生中最美好的时光。我看到的是诗琴的侧面,她好像在思索什么问题。从这个角度上看,她仍然很美,鼻子轮廓分明,耳朵小巧玲珑,巧夺天工。横看成岭侧成峰,远近高低各不同。我说明了意思,她转过头来看着我们说:"好的。只是我放到了家里,明天带给你吧。"

我问:"文科班好玩吗?"这个问题好像有点无聊。

她反问了我一句:"理科班好玩吗?"

我说:"不好玩,女生太少了。而且她们都自认为很牛,让人难以忍受。"

她笑了笑,露出玉石一般的牙齿,说:"你可以要求换科嘛。"

我认真地说:"已经选了,就不能换了。"

郝强说:"瞿格是一个执着的人。"

我又说:"你好久没有教我们唱歌了。"

诗琴:"你们班应该也有文娱委员吧?"

我说:"没有你教得好。"

她又笑了笑,不知道为什么。

郝强说:"瞿格说的是真的,真没有你唱得好。"

上课铃响了,我们只好又回到了教室。又是历史课,虽然这已经不是主修课了,但还必须学一段时间。我知道了鸦片战争发生在一八四零年,不久之后清朝灭亡了。不过这些知识我在初中就知道了,直到高中,也没有更深一步的认识。我头脑中满是白诗琴的影子,她的音容笑貌,一言一行,都在脑海中反复出现,如同一艘船在海浪中颠簸,不断地驶入我的心中。我不知道她会不会像我想她一样想我，总之即使她不想我，我也要想她。历史老师的声音低沉而又缓慢，好像一个经历沧桑的老人一样，不过他明明是一个年轻人。我听着有点昏昏欲睡的感觉，也无心看窗外的风景。不知道树的叶子是否落了，是否有鸟在筑巢。

第二天，诗琴把插图书借给了我，并且嘱咐说，不要弄坏了。我回答道："放心，你的东西我会小心的。"我摸着这本书，感觉纸质比一般的书要好，非常平整，没有卷角。我闻了闻，又有一种墨香，更是爱不释手了。我选了其中几幅插图，再稍微修改了一下，就画在后面的黑板上了。同学们也啧啧称赞，说有新意。我便喜不自胜，成就感油然而生。多亏了诗琴借给我这本书，我得要找个机会感谢一下。

我思前想后，也不知道采取什么方式好。约她吃饭是不行的了，我没有那么多闲钱，而且县城的餐厅我也不熟。我想还是画幅画给她好了。于是我利用业余时间开始行动，比如上历史课的时候。我画了一列火车，火车在一片油菜花中穿过。那时候我还没有见过真正的火车，电视里倒是见过，长长的，有很多节车厢。火车里坐着两个人，只能看到侧面，看得出来，是一男一女，幻想中应该就是诗琴和我。

这么长的火车中，只有两个乘客，很浪漫也很奢侈了。我想到了我们一起坐公交车的经历，多么幸福啊！现在是在火车上，更加幸福。已经是晚上，火车在夜晚还没有停下来。月亮从远处的山上升了起来，见得到火车在冒烟。火车只管前行，也不知道要开往哪儿。感谢历史老师给了我灵感，他讲到了工业革命时期，英国率先发明了火车。

图画中的两个主人翁在谈些什么呢？也许在谈情说爱吧！令人浮想联翩。断定他们不会谈什么人生理想和意义之类的宏大话题，可能是日常生活中一些鸡毛蒜皮的小事，仿佛能听到他们的说笑声。这么好的时刻，应该让火车停下来。好的，我在火车的窗户外又画了一个长长的梯子，这梯子一直延续到了山顶。这两个年轻人应该打开窗户，从车里爬出来，沿着梯子去到山顶。在山顶，他们可以一起看月亮。他们在这无人的地方，无所不谈，想说什么就说什么，没有固定的主题。或许男主角还会拿出一根竹笛来吹一曲呢！

到时候了，他们又回到了火车上，火车发动了，冒出了青烟，开向了茫茫的远方。我正在这样想的时候，下课铃打断了我的思路。我把这幅画夹在了插图书中，还给了诗琴。我想，她能够在这幅画中体会到我如此多的想法吗？或者，她只是当作一张普通的画呢？她会发现这幅画吗？

这个冬天有点冷，我戴上了梦飞送给我的手套，还真管用，手也没有冻伤了。裘正和我的交往越来越少了，毕竟不在一个班。我们偶尔还会下几盘棋，地点也已经从教室转移到宿舍了，在教室里是不准的了，否则会被举报，被视为不学无术。这天，我们兴致很好，中午下了几盘，不分胜负。他掏出了一封信给我，说要我转交给梦飞。信封是他自己制作的，看得出来他费了不少心机。我问："你为什么不亲自交给她？"

他说："我跟她不是很熟，说不定她会拒绝我。"

我说："都这个时候了，你还有心思写信？大家都在忙学习呢。"

他说："不写信，怎么能表达出我的意思。诗琴跟我提到，你的画还不错。"

我顿时有点激动，那幅画她最终还是看到了，便觉得没有枉费一片苦心。裘正要我帮个忙，我觉得也是可以的，举手之劳而已。

我把信交给了梦飞，她以为还是我写的，说有什么事不能当面说，还要写信。我说是裘正给你的，她"哦"了一声，见到四周没有人，便收下了。于是寻到一个僻静处，拆开信封。里面的信纸叠成了一只鸟的性状，准确来说应该是鹤，显得很别致。她又小心翼翼地打开，信的内容如下：

梦飞同学，我跟你不是很熟，仅仅和你一起野炊过，真是一次难忘的经历。回想起和你一起捡柴火时的情景，至今历历在目。那天的柴火好多，火也很旺，照得四周通明，足以驱散一切寒冷和幽暗。虽然我对你了解不多，但我还是很欣赏你的气质的。尤其是你眼睛望着远方的神情，令人心动。我想我们应该是有共同的爱好的，没有想到的是你选择了理科班。从此我们又天各一方了，如果你不讨厌我的话，我们是否可以继续交往？

裴正

内容不温不火，不过梦飞看完之后，心里还是泛起了涟漪。不管怎么说，裴正在字里行间还是表达了某种爱慕之情的。这是她第一次收到男同学的信，难免是要激动一番的。有人欣赏，正好说明了自己的价值。可是，这信要不要回呢？怎么回好呢？像这种事情，又不好和人商量。她为此纠结了好几天。她觉得，裴正这同学虽然看起来油腔滑调的，但本质上还不坏，而且眉宇之间有点城市知识分子的样子，最后这点瞿格是比不上的。她本来就是一个好幻想的女生，这几天老觉得生活在幻境中。窗外的蝴蝶，翅膀一张一合的，正在花丛中干什么呢？是在采蜜吗？为什么总是成双成对地出现？谁知道它们在做什么，也许只有法布尔知道。

梦飞回到了家，她爸拎了点猪肉回来。由于家里是卖肉的，总不能少了这样菜。在那个年代，并不是每天都有肉吃的。这么说来，她家的生活水平算是相当高的了。不过尽管如此，梦飞的身材也不显得丰满。按理说也应该到了发育的年纪了。妈妈正在切肉，她帮着择菜。姐姐和男友的照片摆放在台子上，用镜框裱好了，显得神采奕奕。她看到这张照片，心想自己总会有这一天的。一边忙着，一边想着心事。青菜里有不少杂草，要拣选出来，免得吃到肚子里去。妈妈看到她的成果，说了一句："飞飞，今天怎么了？菜也没有择干净。"也没有再说什么，她没有觉得女儿有什么大的异常。

到吃晚饭了，梦飞又不小心咬到了舌头，爸爸这才说："你今天有点魂不守舍的样子，是不是功课太紧了？"他又夹了几块肉给她，希望能补一补。梦飞说："没什么，现在功课还不是那么紧张，跟得上。"妈妈就说："我就知道女儿功课还行的，随我。"水壶正在煤气炉上突突地响着，开了。她爸有饭后喝茶的习惯，也许是猪肉太油腻的缘故，需要冲淡一下。梦飞又放下碗，把开水倒进水瓶中，一不小心又洒了一点在地上。总之，她今天做事比往常要毛糙一些。

　　吃完饭了，她去外面走走，就在屋周围，也没有去远的地方。天还没有完全黑，有些小学生在玩跳橡皮筋的游戏。有人给她打招呼，说："飞飞姐，要不要一起玩。"她应了一声，说："你们玩吧。"邻居的孩子多，挺热闹的。不一会儿，天就黑了。小学生们都回家了，只剩下她独自一人。她坐在秋千板上，荡来荡去。她还在想要不要给裘正回信。天上的星星，星星点点，偶尔见有流星划过，更显得夜空深邃。她想了想，还是觉得回信好了。她对他印象并不坏，而且这也未必就会影响学习。这样写好了，她心想。

　　裘正同学，你好。收到你的纸鹤，我很高兴。想不到你还是一个心灵手巧的人。本来我对戴眼镜的男生没有好感，总觉得难以捕捉到镜片后面的眼神。不过，我相信你是一个真诚的人。至于交往，我们可以先通过写几封信了解一下。

　　　　　　　　　　　　　　　　　　　　　　　梦飞

　　星星越来越多，意味着天越来越晚了。不能太晚回家，否则父母会担心。其实她很喜欢这样一个清凉的夜晚，有一个独处的空间。不过，她还是决定回家了，写了信。也如同裘正一样折成了鹤的形状，刚开始并不好折，她费了不少工夫。一只小花猫蜷伏在台上睡着了，梦飞也关灯睡觉。

　　她不好意思亲自交给裘正，我便成了他们的邮递员，负责送信。他们都很信任我，觉得我不会报告老师。

　　郝强每况愈下了，他经常不来上课，只是待在宿舍里面。没有人知道他在干什么。的确，从精神面貌上判断，他已经没有足够的精力进行学习了。要在以前，学习对他来说并不是一件烧脑的事。班主任对他的过去也不是很了解，对于这样成绩不好又不遵守纪律的人，他有点伤脑筋。毕竟，对于带毕业班的老师，升学率是头等大事。不遵守纪律，意味着会影响其他同学，他只好把郝强的座位排在了最后一个。这对郝强来说也无所谓，反正都不能学习了，排在前面和后面是一样的。

　　郝强在早读的时候还是蛮认真的，内容是英语和语文。这两门功课不需要费多大的脑筋，多朗读就可以了。在朗读的时候，他似乎可以忘掉一部分痛苦，以此来麻醉自己。他常常想，要是初中毕业后考中专就好了，还可以考一个好的专业，早点出来工作，减少家里的负担，最主要的是就不会去摘茶耳而摔下来了。人生中有些偶然的行为，改变了人的一生。难道人的一生是上天安排好的吗？这问题他也百思不得其解。学校里没有心理辅导之类的老师，也无从问讯。

　　我们对郝强不上课习以为常了，他不上课的时候，在宿舍里总能找到他。他在宿舍里也没有干什么，不是躺在床上就是坐在床上，或者走来走去。可是有天中午，我回宿舍并没有见到他，也不知道他干什么去了。下午，我上课也没有什么心思，担心会发生什么事。那年的冬天来得特别早，已经在下雪了。虽然不是很大，但积雪仍然足以淹没脚踝。外面一片萧瑟的景象。这么冷的天，他会去哪儿呢？

　　很快我就放心了，吃晚饭的时候，我见到了他。他正在小食堂等我，我如释重负，问他去哪里了。他的神情很平淡，说："我去外面走了走。"我说："去了哪儿？为什么也不打声招呼？"

　　他说："就在不远的地方。我想到一个没有人认识的地方，这样我的压力会小一些。不过那里的人依然对我很惊奇，从他们的目光我判断得出来。一个十七八岁的少年，没有上学，独自在风雪中走着，让人觉得不可思议。"

　　我说："以后可别这样，天太冷了。今年幸亏戴上了梦飞送的手套，不然都没法写字了。"

　　他说："我有什么办法呢？我的理想在还没有开始的时候，就已经夭折了。你知道的，家里人对我的期望很高的，他们认为我一定能够考一个名牌大学。我很郁闷，所以想去外面走走。"

　　我问："去外面感觉怎么样？"

　　他说："也没有什么特别的感觉。周围的人除了惊奇的目光之外，也没有什么其他的。外面白茫茫一片，真干净。我却觉得我的前途渺茫，如同这风雪一般，让人看不到头。我真希望从这风雪中走出来。"说完，他苦笑了一声。这个年纪的人是不应该有苦笑的，我心里也好像被触动了一下。

小食堂的灯光昏暗，排气扇呼呼地响着，油烟被卷入到雪花中不可见。火苗向上蹿，想要努力化解寒意，然而气温仍然很低。同学们都缩着脖子吃饭。

"我就这样深一脚，浅一脚地在雪地上走着，不一会儿，新落的雪就填平了我的脚印。在这冰天雪地中，由于我一直在走，也不觉得特别冷。"他继续说，"人也许有时需要某种独特的体验，尽管并不愿意有这样的体验，或许将来才会有回忆的资本。"

我对他的说法感到吃惊，这是一种乐观主义精神吗？从书本上好像不能找到准确的答案。我说："我无法理解你说的话。"

他说："我看见雪地上有一只黑色的乌鸦，在唱歌，很难判断它是高兴还是忧伤。我想过去拥抱它，可是它飞走了，逐渐从我的视线中消失。每个人总有一些有别于他人的体验，一种特别私人的体验。"

我觉得他说的话已经超出了他的年纪，以前他和普通人没有两样，有说有笑的。自从经历过那一段之后，整个人的思想和行为都让人难以捉摸。

我说："你将来还要考大学吗？"

他说："当然要考，所以我希望能尽快好过来。"

由于天气冷，来小食堂的同学也不多，不久又三三两两地散去，只剩下郝强和我了。我们说了很多话，好像久别重逢一样。连炒菜的大师兄也问："郝强你这是去哪儿了，身上还有那么多雪？"我们常来这里吃饭，他已经知道我们的名字了。郝强对他笑了笑，说去看雪了。大师兄便笑话他说："雪有什么好看的，我都看了好多年了。"我觉得大师兄说话可真逗。

高二下学期

高二上学期很快就过去了，没有什么特别的事，一切都很平常。新的老师和同学还处于磨合期，高考的压力渐渐逼来。老师布置了很多寒假作业，似乎不想让我们过个好年。我和梦飞一起坐车回家，公共汽车像往常一样摇摇晃晃。我问她，最近和裘正交往得怎么样了。我做邮递员已经有一段时间了，因此这样问她。

她说："裘正的文笔还不错，他约过我几次去外面玩，不过都被我拒绝了。"她并没有露出少女那种羞怯的表情，也许是跟我很熟的原因，我们打小就认识了。

我说："也就是说，你们还停留在纸上谈兵的阶段？"这时我才注意到她改梳一条辫子了，好像比以前成熟了一点。

她望着窗外的风景说："我可不敢跟他去外面玩，到时候满城风雨就不好了。"

我说："是的。高中阶段应该以学习为主。"我这样劝她，其实也是不得已。我内心向往和诗琴交往，却不知道从而下手，也不知道她对我的印象究竟怎样。

"他这个人很好的，写出来的话挺关心人。"她说。

我说："同学中很少有什么坏人，至少读书的时候这样。"

她看了我一眼，没有反驳我，也无法反驳我。

气温虽然低，但天还是很蓝的。冬季的田野不时地见到紫红色的紫云英，这种草牛很喜欢吃。黄色的稻草垛这里一堆，那里一堆。孩子们在那里跑来跑去，有玩捉迷藏的，还有淘气的点火烧稻草玩的。

后来，她说："我有点后悔了，不该选理科。"

我说："你的意思是选文科的话可以和裘正在一个班？"

"不完全是这样的。"她说，"期末考试的排名我有点靠后了，可能我不是很擅长理科。"

我说："不过也没有办法改了，加把劲吧。"

我的名次还算可以，可以说有进步了。按照这样的发展趋势，考上大学应该没问题。我对自己还是有点信心的。回到家后，发现梦飞的爸爸在我家。我叫了一声"黄叔叔好"。他说："你来得正好，等下帮我按猪。"原来他是来我家杀年猪的，他正在和我爸喝茶，又说："你儿子长高了。"我爸说："我在他那个年纪，都已经是家里的主要劳力了。"他说："年代不同了，不能比。"

黄叔叔拿了一个铁钩躲在了墙后面，我爸把猪从里屋里赶了出来。他瞅准机会，钩进了猪的喉咙里，使劲往案板上拉。我和爸爸赶紧帮忙从后面推，好不容易推了上去。他用一把尖刀捅了进去，猪嚎叫了几声，拼命地蹬腿。好家伙，猪的力气可真大，差点把我甩开。不过，黄叔叔的刀法特别好，猪痛苦的时间并不长，不一会儿，血就放得干净利落了。黄叔叔赞许地说："这小子不错，长大了。"我听了，心里美滋滋的，这意味着我可以干大人的活了。我爸很少这样夸我。

烧了开水，给猪吹了气，鼓鼓的，便开始刮猪毛。黄叔叔又把猪吊了起来，开始分割，该大的地方就大块，该小的地方就小块，看起来是那么游刃有余。有几个邻居过来买了一些去，毕竟我们家过年也用不了那么多。大家都称赞猪的膘可真好，用来熏腊肉再好不过了。一切安排妥当后，天快黑了。按照惯例，我们要招呼黄叔叔吃晚饭。我爸知道他喜欢喝酒，就叫我去买酒。

卖酒的地方不远，是一对上了年纪的夫妇自己用土方酿的。我拎着塑料壶，快要靠近的时候，就闻到了酒香。他们家修了一个类似于塔的建筑，用来酿酒，又用一根水管从前面的水塘引水。院子里堆放了不少劈柴，房子有点简陋，是瓦房。厨房就是酿酒的地方。他问我吃过饭没有，如果没有的话，就在他家吃点，想喝酒的话也行。这老两口正用炉子炖着一锅鱼，冒着热气。因为酿酒的缘故，女主妇也喝酒。我说不了，家里正等着呢。"晚来天欲雪，能饮一杯无"的境界也莫过如此。

妈妈已经做好饭了，杀了年猪，就地取材，炒了一盘瘦肉、猪腰子、猪肝，再配了两个青菜，非常丰盛。他们正等着我开饭。我爸不允许我喝酒，说喝酒伤脑子，等考上大学后再喝不迟。黄叔叔便说，没有那样的事，喝酒不影响智力，他从来没有因为喝酒算错过卖猪肉的帐。他们一边喝，一边说话。天南海北地侃，我没有喝酒，只是吃饭，也听着。原来黄叔叔和我爸还是小学同学，我还以为他卖猪肉的，大字不识几个呢！

黄叔叔是不是有点喝多了，我不是很清楚。他摸了摸我的头，说："你这孩子，我喜欢。听说成绩还不错吧？"爸爸也点了点头，说："这学期的成绩还可以。"黄叔叔又说："还是他们这一代人命好，我们那个年代想读书也没有条件。"爸爸就说："是的，当时要是有机会，说不定你也可以考上大学呢。"他一点也不谦虚地说："这可不是我吹牛，那是肯定的了。"我不知道他们以前到底是怎样的状况，只是知道那个时候日子苦。

黄叔叔喝了一大口，说："还是你命好，有儿有女的。"

我爸说："现在都什么年代了，儿女都一样。"

他说："你看我们打亲家，合不合适？"他显然醉得不轻了，也没有问我同不同意，再说像这样的事也是不能勉强的。

我爸说:"这个我也做不了主。"

他又夹了一口菜,下了一口酒,说:"我大女儿在外打工,谈了一个外地的朋友。如果小女儿也嫁到了外地,将来我年纪大了,走个亲戚也不方便。"

我妈插了一句:"这确实是真话。以后的事谁也不知道,他们都一个劲儿地要往外跑,家里留不住。"

我爸说:"这事,我看也行。"他是不是也醉了。在我的记忆里,我爸酒量不小,很少喝醉的。他也许只是为了敷衍黄叔叔而说的吧。醉酒后的话不必信以为真。我这样想。

总之,那天他们说了很多话,有些我也记不清楚了。直到月亮升得老高了,黄叔叔才挑着那些工具回家。我妈收拾了碗筷后,给猪肉洒了盐,腌在一口大水缸里。

新学期开始了,我们班准备组织一次春游,目的地是桃花源。《桃花源记》这篇文章,我在初中就已经熟悉了,却还没有去过这个地方。衷正也知道了,便跟我说要求搭伙一起去,他的费用由他自己出。

我说:"你不是跟我说过,桃花源你都去过几次了吗?"

他说出了真实意图:"这次不同,有梦飞一起去。"

我说:"这样不大好吧,梦飞可是我班仅有的几个女生之一,其他男生知道了会吃醋的。"

他说:"我想好了,我装作和你一起去,给你做免费的导游还不行吗?"

我说:"这样也好,不要太明目张胆哦!"

我把这件事跟梦飞说了,她没有说什么。郝强没有以前那样活跃了,对于这样的集体活动,他没有什么兴趣,便没有参加。我想起了我小学的时候,班上要组织一次去市里公园旅游的活动。我妈对我说,那里没有什么好玩的。公园里的花还不如家里的种类多。看到其他的小朋友都去了,我在家哭了一整天。后来听回来的人描述,花的种类确实没有家里多,不过湖里有可以踩的小船,让我想念了很久。这次可不能浪费机会了,我一定要去。我长大了，有些事情应该当家做主了，而且桃花源离我们学校不远。

袭正那天也精神抖擞，他平时和我有来往，班里的同学也不觉得奇怪。他穿了一套灰色的西服，显得文质彬彬的，蛮合身，平时很少见他穿。头发也梳得一丝不苟，连风也吹不乱，说不定上了摩丝。

我们先坐车，到了一个渡口，停了下来。见到一个很大的渡轮正停靠在河边，车开上了船。由于要当天往返，我们去得很早。远远望去，江面上一片白雾，水气缭绕，能见度不高。近处，波光粼粼，水青而明澈。船平稳地前行。有些没有见过这种场面的同学开始大呼小叫了，有点兴奋失常。他们都有一颗向往新鲜世界的心。班干部开始维持秩序，希望大家不要乱动。同学们暂时忘记了高考的压力，文武之道，一张一弛，过度的紧张没有什么好处。

我怀着一种莫名的心情，很想知道桃花源究竟是不是像课本上所说的，还保存着古风。每个时代的人都自诩为现代人，代表着历史上最发达的文明。他们怀着一种自大的心情，很想知道祖先是怎样生活的。我开始了幻想，白诗琴如果生活在几百年前的古代，大概是一个什么样子呢？是不是也纺纱织布？发型应该是要变的了，缠着高高的头发，有着各种各样不同的装饰物。看心情的好坏，有时用金属器物，有时用路边的野花。袭正打断了我的思绪，说："喂，你怎么好像走神了。"我"哦"了一声，从幻境中醒了过来。

到了桃花源，果然有好多桃花在招蜂引蝶，桃花是粉红色的，又有那么一点白。这些树并不结果，只是开花，那花就开得十分繁茂，算是术业有专攻了。桃花很容易让人联想到感情，据说来这里的人有很多是想交桃花运的。渐渐地，我们三个走到了一起。袭正嗅了嗅鼻子，说："好香。"我说是桃花的香味吧。他又闻了闻，说不像。这时，我才感觉是从梦飞的身上散发出来的。梦飞说："我用了一点香水，我姐给我的。"袭正说："我就说不是桃花的香味嘛。"于是他又建议梦飞头上插几朵花，看是不是好看。梦飞就说不用了，这样会显得像个村姑一样。她还是梳着一条又大又长的辫子，好像特意编织过一样，没有多余的头发跑出来。裘正又随口说了两句"黄四娘家花满蹊，千朵万朵压枝低"，显得调皮而又活泼。梦飞立马投以赞许的眼色，好像在说你真棒。

紧接着，他又给我们普及了陶渊明的背景知识，说他是彭泽县的县令，门前种了五棵柳树。听他这么说，觉得他的课外知识确实比我要丰富。我于是便问："他为什么要辞掉县令的工作？"裘正说："可能是他更喜欢写文章吧。"梦飞说："我欣赏这样的人。文章能够传诵千古，如果他只是一个县令，谁也不会记得他。历史上的县令多了去了。"

裘正又卖弄了一下，紧接着背诵了几句诗，据说是《桃花源记》中后面的部分，我也没有听清楚。梦飞便说确实有这样一部分。他们两个一问一答，聊得很投机。我突然想到我老是充当配角，上次诗琴和郝强约会的时候也是，心里别有一番滋味。

景点大体上根据文章的内容而建。我们俯身钻进了秦人洞，漆黑一片。从里面出来，并不见有古装打扮的人。倒是见到有些卖擂茶的人，《桃花源记》并没有这样的记载，由于我们身上钱有限，也没有消费。裘正和梦飞一路谈笑风生，好像无视我的存在一样。我觉得这样的旅游实在索然无味，还不如多读几遍文章好。

见到前面一片竹林，裘正说："你们摸摸，这竹子跟普通的有什么不同？"我摸了摸，也没有觉得什么。梦飞仔细摸了一下，就说是方的。这时我才注意到确实是方的。很多人在上面刻了"某某到此一游"的字句，让人觉得完全是多余。谁认识谁呢？裘正这才问郝强为什么没有参加。我解释说，他不舒服，而且他不喜欢这样的集体活动。裘正就说集体活动好，热闹。说完又望了梦飞一眼。梦飞和他对视了一眼，也没有说什么，算是有眼神交流了。

我并不嫉妒他们之间的感情有发展。我对梦飞没有那种感觉，一个人喜欢什么样类型的人可能是先天注定的。不过我还是打算捉弄一下，说："梦飞，你爸上次回去后有没有说我俩之间的事。"和她开开无伤大雅的玩笑，我放得开，没有和诗琴说话时那种想要突出表现自己而又拘谨的感觉。

梦飞一脸茫然，说："我们之间的什么事？"

我说："他想和我家打亲家。"

她笑了，说："我爸酒后说的话不可相信。我知道他去年去你家杀过年猪。"

我说："裘正你可要小心点，她爸是杀猪的。"

裘正说："我又不是猪，有什么好害怕的。"

梦飞说："再说现在都什么年代了，哪里还有订娃娃亲的。"

我又说我们都不是小娃娃了，他们都笑了。

很多同学跟我一样，是没有见过大世面的人，开始的时候对旅游充满了期盼，一旦游完，便也觉得不过如此。于是我就想，将来我们有一天到了外面的世界，是否也会有这样的感觉呢？景点并不如想象中的美，有到处扔垃圾的，有兜售各种商品的，显得杂乱而又嘈杂。远不如在单洲野炊好玩。

回来之后，班主任请教导主任给我们做学习总动员。他依旧带着那顶鸭舌帽，好像地下党员一样，端了一杯茶，揭开了盖子，热气往上冲。看架势，估计要讲很久。他首先说了努力学习的目的，引用了"先天下之忧而忧，后天下之乐而乐"这句话，高度拔得很高，放之四海皆准。声调抑扬顿挫，很多同学听了很受用。教室外，阳光均匀地、慷慨地洒满了整个校园，惠风和畅。他清了清嗓子，说："就算你不是为了社会，为了天下，那你也应该为了家庭，为了自己而读书吧！要努力冲破自己的阶层。""阶层"这个词很具有前瞻性，多年后，我才知道它的大概含义。教导主任不愧是做思想工作的，很有经验。教室后面黑板的上方张贴着几位伟人的照片，他们目不转睛地望着我们的背影，似乎在期待着我们成长。

他喝了口茶，又说了在非常时期采取非常手段的必要性，也就是说要有一套相应的规章制度，或者说用纪律来保障我们有一个好的学习环境。我看了郝强一眼，他耷拉着双眼，似乎没有兴趣听，面容也显得很疲倦。

都什么时候了，他还是一副无所谓的样子。"当然了，每个班的情况不同，这就需要班主任因地制宜。"说完，他望了一眼班主任。班主任也点了点头，表示非常赞同。

最后，他说我们学校是一个有着光荣传统的学校，又举了例子，前几届有哪些学生考上了清华、北大之类的名校，意在激励我们以他们为榜样，一步一个脚印向前进。他又喝了几口茶，茶已经不多了。我看到他喝到了茶叶，又吐进了杯子中。校园里燕雀翩翩起舞，自由自在，它们的飞翔似乎没有什么目的，不像我们人类这么复杂。要说有什么目的的话，是为了吃虫子，还是为了锻炼身体？我可从来没有听说动物有锻炼身体的想法。

他说了很多，有些我都已经记不清楚了，并且讲话多次被同学们的掌声打断，只有郝强没有鼓掌，我注意到了这一点。课后我问他为什么不鼓掌。

他说："我觉得一个人如果热爱知识，他会自发地去学，规章制度只是为了庸人来设计的。"

我有点惊讶，不过觉得他说的还是有点道理，又问他头还疼不疼。

他说："还是很疼，学习对我来说是一件奢侈的事了，我一动脑筋就头疼。"

"再去医院看看吧。"

"医生也没有办法，他们没有碰到类似的病例，也束手无策。脑袋里面的问题，看不到，摸不着，也检查不出来。"

"难道就没有办法了吗？"

"也只能顺其自然，听天由命了。不然怎么办？"接着他问我去旅游感觉怎么样。

"没有什么感觉。只是感觉梦飞和裘正好像有感觉了。"

他"哦"了一声，没有说什么。

班主任制订了详细的计分制度，比如成绩前进多少名计几分，迟到扣几分，等等，一切都可以被分数量化。连拾金不昧的品德也可以计分，让人大开眼界。他当时还年轻，显得雄心勃勃，励精图治。我们就像一颗颗棋子，可以被随意挪动；又像盆景一样，可以按照需要生长。随着这些规章制度的实施，确实收到了一定的效果。同学们的学习热情被点燃了，有人课间也不休息，还在做功课。我疑心这是否有必要。

只有郝强依然我行我素，把这些都不放在眼里，想上课就来，不想上课就不来。同学们对他不了解，以为他故意和班主任作对。班主任更是忍无可忍，多次找他谈话，不过都没有什么效果。终于，有天班主任让他把课桌搬到了外面的走廊上上课，希望他不要影响别的同学，同时起到了杀一儆百的作用。

郝强起初有点不适应，同班同学的议论倒是无所谓，关键是隔壁邻班的同学还指指点点，叽叽喳喳的，让他的自尊心很受伤害。在大家的眼中，这一定是一个成绩差的学生，一定是个不听话的学生。他处于一种被误解却无法申辩的状态中，就像有个人被栽了赃物，便被误认为是小偷一样。好在他慢慢接受了这一点，什么事情时间长了之后都能逆来顺受。

他有些话只对我说："你知道，我以前可是我们家的骄傲，老拿第一名的。现在一落千丈，生活很有戏剧的意味。"

我安慰他说："一切都会变好的。"

他说："这就是命运，我得接受它。"

我说："我还记得你的那个比喻，摸到的那把扑克牌象征着命运。"

他说："不管牌怎么样，我们还得打下去。其实在教室外面上课的体验也不错，外面空气好，风声，雨声，读书声，声声入耳。"

我笑了笑，觉得他很具有乐观主义精神，说："有机会我也体验一把。"

他说："上课的时候，我愿意听就听听，还是听得见的。不愿意听的时候，我可以看看外面的叶子是怎样飘向地面的，鸟儿是怎样盘旋的，云朵是怎样变化的。还有就是下课铃响后，我肯定是第一个到教室外的人。"语气中带着一种自嘲，又有一种自我解脱。

我说："这么说来，我有点羡慕你。"

他话锋一转，说："我有时真想从这里跳下去。"

我当时还年轻，并没有考虑到生命结束这样的话题。可是郝强考虑到了，可见他的内心经历了多么痛苦的挣扎。这不是那个年纪考虑的问题。十七八岁正是意气风发，踌躇满志的时候，很少有人会觉得生命不美好。我慌了神，说："你可千万别这样，我不能失去像你这样的朋友。"

"放心吧，虽然我不能实现我的理想了，但我还得活下去。"他苦笑了一声，说，"对于遭遇过不幸的人来说，活着不仅需要耐心和信心，还需要勇气和担当。"

听到他这句话，我心里好受了一点，说："是的，应该振作起来。"

"风雨的街头，招牌能挂多久。爱过的老歌，你能记得的有几首。"他唱了起来。

"交过的朋友，在你生命中，知心的人有几个。"我和了几句，谭咏麟的《像我这样的朋友》。

"确实是一首好歌。"

"我有同感。"

他说："不过我不会得到女生的青睐了。我精神萎靡不振，成绩一落千丈，你说我该怎么办？"

我也确实不知道怎样帮他，我没有经历过他的处境，只能说一些安慰的话，说："从前有女生喜欢你的。"

他叹了口气，说："你说的是从前？是的，从前的确有。"

在走廊上了几天课之后，班主任又让他进了教室。老师和学生之间本来无冤无仇，是教育和被教育的关系，没有必要把关系弄得太僵。

不久，学校组织了一次班级合唱比赛，算是学习之余的一项文娱活动吧。这次有机会一睹白诗琴的风采了，她会打拍子。我想象着她在众人面前英姿飒爽的样子，像个指挥家一样，多么神气啊！我们班这方面的人才紧缺，找不到一个合适的人选。但这又必须由本班的学生来担当，班主任于是多次问有没有愿意毛遂自荐的。这虽然不是一件什么大事，可也关系到班集体的荣誉。我从小在集体主义精神的熏陶之下长大，觉得集体的利益高于一切。心里于是有了想法，我希望白诗琴能教教我，这样我就可以负责打拍子了。这样一来我可以出出风头，证明我是一个有才能的人；二来我也有更多的机会和她接触，这是一个名正言顺的理由。

课间，我找到了她，说了这件事。没有想到她居然很爽快地答应了，并且说我是一个敢于担当的人，又问我郝强在外面上课是怎么回事。那真是一个阳光灿烂的日子，校园里的青松在微风的轻拂下频频点头，各种不知名的小花竞相开放，到处一片生机盎然的景象。

我给他解释了一下郝强的事，说："你知道的，自从他摔伤之后，就不对劲，整个人都变了。不过我知道他不是故意要违反纪律的。"

她那天穿了一件纯白的裙子，说："有些事情真是难以预料。"她停顿了一下，又望了我一眼，说："想不到你还这样爱好音乐。"

我说："音乐虽然对高考没有直接加分的好处，但是可以陶冶情操的。"为了和她说得上话，我不得不说一些我平时不说的词，文绉绉的。其实我并不知道情操一词的具体含义，而且有些词好像也是不能准确下定义的。

她说："要想打好拍子，可不是一件容易的事，关键要有乐感。"

"试试吧，我们班实在没有这方面的人选。小时候，我见过别人弹棉花。那可以算是节拍吧，我也算是受了熏陶的。"我尽量想逗她开心。

她果然笑了，无邪的样子。一阵风吹过，她的白色裙摆动了一下，她用手牵了牵。这时我又注意到她穿了一件肉色的尼龙袜，小腿是那样的匀称，像白色的萝卜一样。凉鞋也是白色的，上面缀着一朵塑胶花，似乎也在含情脉脉地望着我。"我喜欢做别人的老师。"她说，"这样我有一种成就感和优越感，你这个学生我收了。"语气好像是在开玩笑，她从前很少这样跟我说话。我心里一阵激动，心想她对我终于不再那么排斥了。

同学们对我主动请缨都露出了敬佩的目光，我心里也美滋滋的。诗琴当然也是她班上负责打拍子的人，当她忙完自己的事后，就教我。我们班选的曲目是《秋收起义歌》，还好歌的旋律简单。也因为我爸的缘故，这首歌我小时候就比较熟悉了。没有道具，就用一根筷子来代替。试了几回，她说我的乐感还不错，基本上能踩到点子上。得到她的肯定，我很激动，因此更加用心了。走路的时候，也在琢磨技巧，如入无人之境，有几次差点碰到别人。

吃饭时，我也不忘用筷子表演一番。

郝强皱了皱眉头，说："瞿格，你别走火入魔了。"

我这才把筷子停了一停，开始夹菜，说："你不说我都快忘了吃菜，菜都被你吃了。"

"你小子还挺行的。"

"没办法，我们理科班没有文艺人才。"

"感觉怎么样？"

"一个字——爽。有次我的手不小心碰到了诗琴的胳膊，瞬间感觉有一股电流流遍了我的全身。"

"有那么夸张吗？"

"总之我的感觉是这样的。她好像没有什么感觉，继续给我讲解要点。她工作时的状态是很投入的。"

记得当时她也拿了一根筷子比画。我亦步亦趋地跟着比画，眼睛不断地瞟着她。她全然没有看我，只是不停地说，然后不停地做示范。她的娃娃脸是粉红的，略带一点汗水，让人升起一种怜爱的情感。我想起了一首歌《在那遥远的地方》，她被我幻想成了歌词里的姑娘。她手中的筷子就好像一根驱赶羊群的鞭子一样，我就是羊群中的一只羊。正当我这样想的时候，节拍便没有打到点子上。她觉得很奇怪，问我为什么搞错了。我尴尬地笑了笑，只好又回到了秋收起义的意境当中。

她说："你要投入。打节拍时，手势是一回事，脸上还要有表情。"

"怎么个有表情法？我又没有经历过那种烽火连天的岁月。"

她说："靠的是想象力。"

我认为我还是有想象力的，不过对《在那遥远的地方》的想象力占了上风，我很难在这两种意境之间穿梭自如。因此那天的练习总是难入佳境。诗琴也觉得怪怪的，说我退步了。她一旦怪我的时候，我立马显得很紧张，反而更加乱了。

她问我："你是不是在想什么其他的事情？"

我支支吾吾地说："没有，没有。"

她说："你好像分心了，改天来练好了。状态不好的时候，不要勉强。"

那天的排练很快就结束了。我有一种怅然若失的感觉，心想她下次会不会不教我了。

郝强继续说："你们会不会擦出什么火花来？"

我说："这，我也不知道。你不会吃醋吧？"

他说："我对她没有什么意思，你放心。再说我现在连自己都顾不上，哪有精力去想那些事。"

灶里的火苗一闪一闪的，掭勺的大师兄说："你们要放醋吗？你们平常都不喜欢吃酸的。"他是不是听错了？总感觉他傻乎乎的。我用筷子示意了一下，表示不用了。二师兄笑嘻嘻地望着我们，好像听见了我们的谈话。

我说："你知道我不是一个主动的人。不过她如果对我主动示好的话，我会照单全收的。"

"我就知道你是一个来者不拒的人。然而她主动的可能性很小。"

我说："你错了。城里的姑娘大方，不像我们乡下的那么含蓄。她们大都敢爱敢恨。"

郝强没有再说什么。我胡乱地扒了几口饭，又喝了几口汤，就一起离开了小食堂。

过了几天，又到了排练的日子。诗琴还是那样的诲人不倦，我也学得很认真。几个回合之后，我渐入佳境了，动作也有模有样，表情也自我感觉到位。我发现她脸色苍白，预感要出什么事。果然不久，她捂着肚子说肚子痛。我赶紧关切地问怎么回事。她说应该是"大姨妈"要来了，叫我去买卫生巾。我有点不知所措，我知道女人是要用卫生巾的，但我从来没有买过，也不知道人家愿不愿意卖给我，就问："这合适吗？"

她说："有什么不合适的？赶紧去，我肚子痛。"

我只好飞快地跑到了商店，说我要买卫生巾。店主诧异地望着我，还是给我拿了一袋。她没有理由和钱过不去。我也感觉羞愧难当，要求她用一个黑色的塑料袋装了。我把头埋得很低，生怕她看清楚我的样子。我接过了找的钱连数也没数，一路小跑回到了礼堂里。诗琴正在等我，她拿了袋子，离开了。我反过来想了想，至少她没有把我当外人看，连这东西都让我买，便理所当然地认为我们之间的感情又进了一步。

合唱比赛开始了，我如愿以偿地当上了指挥家。同学们的表现也不坏，唱得很卖力。名次居中，既不靠前，也不靠后。不过对我来说，是一次美妙的体验。没有想到，我还能干这一行。也有人对我刮目相看，我的自信心空前膨胀，期末考试的成绩也进步了，感觉美丽的大学正在向我招手。

暑假里，我像往常一样过，去表弟表妹家玩，帮家里干点农活，等等。不过做作业的比重明显增加了，下学期就是高三了。下午做完作业后，我喜欢独自去水库游泳。水库离家不远，地势比较高一点。三四点钟的时候，太阳很大，这时最适合去游了。水很清，水面很平静，没有大江大河的波浪。我下了水，先是自由游了一会儿，感觉有点累了，就开始仰在水里。不用使力，稍微动一动，保持身体的平衡就好了。我望了望天，天很干净，有云朵流动。我闭了闭眼，想要睡会儿，无比的惬意。我想到了诗琴，要是她和我一起在这里游，那该是多么美好的一件事啊！像两条小鱼儿一样，赤裸裸地游；又或者如同鸳鸯一样戏水。人很容易沉浸在幻想当中，幻想比真实更让人舒服。

我睁眼一看，只见一条小水蛇也露出了头，向我游过来。不由有点吃惊，虽然这种蛇毒性不大，但被咬了肯定还是痛的。我赶紧避开了它，我看清了它的颜色，青青的。心想莫非是来送信的青蛇？想到这里，又哑然失笑。那故事里的事情哪里会是真的。不过我还是在想诗琴这时在干什么呢？城里是没有水库的了，也不会有我这样的消遣。况且如果女生经期的时候游水必定会暴露无遗的了，还是不要游的好。一定是在练习做题吧，或者学唱歌什么的。她有没有想我在干什么呢？

这时，我忘记了我所要追求的未来的城市生活。只是静静地飘浮在水中，享受着阳光，聆听着细微的水波声，感受着水的抚摸。我喝了一口水，又像喷泉一样地吐了出来。我又呼吸了一口洁净的空气，空气很淡，一点味道也没有。平平地望过去，水的颜色也无法形容，似白非白，远处群山的倒影又使水的颜色深了点儿。水面有白色的细鸟掠过，随之泛起细纹，很快又如平镜，好像什么也没有发生过。

高三那一年

高三刚开学不久，发生了一件事，蓝红霞的爸爸被车撞了，住了院。肇事的司机逃逸了，无人赔偿。像这种事又不能报案，因为本身踩"慢慢游"就属于非法营运。交警也经常"扫荡"，通常抓到后也是罚款了事。她们班为了这件事，组织了一次捐款。我们几个知道后，也愿意捐一点，金额不大，是自己平时的零花钱，多少表示一点心意。筹集之后，就委托郝强交给她。

吃了晚饭，郝强约她去操场走一走。这时已经是秋天了，略有一丝寒意。天空的云彩流转不定，太阳早已不见了。操场上做运动的人不多，一些体育系的同学在做日常的训练。蓝红霞依旧穿着那件羊毛衫，脸色不是很好，没有往日的明亮，酒窝里也盛有那么一点忧愁。郝强说明了意思，把装钱的信封递给了她。她起先是拒绝，郝强就说这是几个要好的同学凑的，能帮一点就帮一点，又问她爸爸的伤势怎么样了。

她只好收了，说："倒是没有什么大事，过几天就出院了。只是那辆'慢慢游'撞坏了，我爸很心疼。我劝我爸说只要人没事，车坏了就坏了。我爸说我们几个的学费可怎么办。他在这个时候还想着我们。"说话的时候，她几乎要落泪了。

郝强说："重新买一辆吧。"

她说："我可不想让他做这行了。我姐今年师范毕业了，可以赚钱了，家里的负担也小了一点。她建议我也考师范，说师范院校几乎不需要什么学费，而且容易就业。"

"一个女孩子将来当个老师也不错了。"

"也只好这样了。你有什么打算，你成绩下滑得厉害，我知道你本来不是这样的。"

"能怎么办？尽量努力一点吧。"

"我们是同一所初中毕业的，为什么现在的处境都有点不好。是不是冥冥中有天意在作怪？"

"这个你也想得出来？你相信命运吗？原来我以为只有我有这样的想法。"

"相信一点。有时生活不得不让你相信。"

这时，有只足球滚到了郝强的脚下，他奋力一踢。只见那球划出了一道长长的漂亮的弧线，不偏不倚，正好射进了几十米之外的球门。云彩亦四散开来，隐约有霞光闪现。

红霞惊讶中包含着敬佩，说："想不到你还会射门。"

郝强笑了笑，说："无他，唯脚熟尔。"他好久没有开玩笑了，难得有这么一笑。苦涩中的自得其乐。

带毕业班的老师们从黄冈中学考察回来后，学习气氛明显紧张了。后面的黑板上写上了距离高考还有多少天，又有一些励志的话语，什么"宝剑锋从磨砺出，梅花香自苦寒来""卧薪尝胆""破釜沉舟"之类的，让人感觉战事仿佛一触即发。空气也显得格外凝重，让人呼吸困难。连裘正和梦飞之间的通信也不得不中断，同学们一心扑在学习上。停电时，老师就要我们去买蜡烛，一个晚自习也不能虚度。我却很怀念和诗琴点蜡烛吃元宵的情景，所以经常走神。模拟考试一个接着一个，我们不知道做了多少题目。天资好的同学还是排名在前，因为大家都在努力，成绩似乎与努力无关，但又不得不努力。我甚至觉得人最大的不平等就是基因的不平等。

这一年，并没有给我留下太多的回忆，大部分时间都在重复做习题，并无多少新鲜感可言，也无乐趣。或许有人会觉得充实，但我更喜欢的是娱乐。我有时难免也会开小差，想想白诗琴。我想为了她，我是不是应该好好读书呢？毕竟马克思说过经济基础决定上层建筑。只有我考上了大学，进了这个保险箱，爱情才会现实一点。可是读书这件事，不能说有什么目的的，否则适得其反。越是为了国家、家庭、恋人之类的目标，就越学不进去。这让我有点苦恼，我必须调整心态。不过我所有的想法都无效，我好像一只在题海中游泳的小鱼，想要寻找机会浮上来透口气，然而那波浪却一浪接一浪地打过来，只见各种 XYZ 如同鱼钩上的饵料一样包围着我。

又听说高一的两位男生为了某事而单挑决斗，裘正跟我和郝强说的，他是县城的，总是有很多小道消息。我们三个也好久没有在一起说话了。他说得绘声绘色，说那两位男生也没有拿什么器械，约好了赤手空拳地搏斗，两边都有围观的同学，但谁也不准上前帮忙。我问："你亲眼见到了吗？"他说他也是听说的，不过一定是真的，在学校里还见到那个同学的脸受伤了。我们只是作为谈资，一面感叹低年级的学生血气方刚，活力十足；一面想到自己水深火热的生活，感叹休闲的可贵。

又风闻有同学去到附近的寺庙求签，求神灵保佑能够考上大学。郝强问我要不要去。我说，这你也相信？他说，有时心灵的力量很强大。我说，我不去，我是学无神论的。他就说，你不去我也不去了。我们最后都没有去，继续练习做题。

见到白诗琴的机会越来越少了，她有时下课了也不出来。我知道学文科需要背很多知识，尽管这些知识不一定是真的，但考试时用得上。每个人都做好了最后冲刺的准备。人生难得几回搏。有些同学的眼睛在那一年近视了。物理老师和生物老师都说，人到了六十多岁时，近视的程度就会减缓。如果能考上大学，近视一点点也无所谓，反正老了会恢复。所以有人也不为此介怀。

高考前夕，县城连日下暴雨，据老人们说这是他们有生以来见到的最大的雨，谁也不知道这是什么兆头。篮球架只能见到篮筐了，水面上漂浮着垃圾。有冲锋舟在县城的各个角落巡逻搜救。城区的家长给孩子送来了干净的水和干粮之类的食品。我不记得那几天我是怎么度过的，总之家里没有任何人来。他们也许不知道；知道了也爱莫能助，一切只能听天由命。即使要来，坐什么交通工具好呢？整个县城一片汪洋。耗子在水面游泳，鸭子倒是没有，因为县城人基本上没有养鸭的。

在宿舍里，我见到郝强正拿着望远镜望着前方。

我问："你在望什么？幼师不是已经放假了吗？"我们宿舍和隔壁师范学校的女生宿舍相对，隔了一堵墙，相距约五六百米的样子。平时有男同学喜欢望那边，而且还有大声打招呼的，不过对方都听不清楚我们在说什么。

他说："有个女生刚刚在换衣服。"

"这个时候，你还有心思看这个。"我说，"给我也望望吧。"

"换完了。"

"你不担心高考吗？听说洪水不退的话，我们要换地方考试。"

"别跟我说这个，说也没用。洪水迟早会退的。"他若无其事地说，"你说那个女生为什么还没有放假呢？会不会有危险？"

我拿着望远镜望了望，果然对面有个女生，看不清楚对方的神情，面貌模糊，我说："你操什么心？自身都难保。"

"我只是觉得好奇。"郝强说，"这水面上要是有鸭子多好啊，鸭子会游泳。"

"你跟我想到一块儿去了，但是县城人不养鸭子。养鸡的有，鸡肉的味道好。而且鸭子不容易脱毛，做起来也不那么方便。"他既然想瞎扯，我也瞎扯一通。

"我家有养鸭，你去我家见过没有？"他说。

"见过。"

他家附近的水塘里，确实有。不止一只，是一群。它们在水塘里游泳，不时地呱呱叫，捉些鱼虾来吃。我还见到有吞吃螺蛳的，消化能力真的强。它们不怕冷，不怕水，适应能力也强。

洪水退去，高考如期举行。同学们的压力都很大，毕竟这是头一回。有几个同学晚上睡觉时翻来覆去的，不知道他们在想什么。郝强和往常没有什么异样，躺在床上，没有什么动静。

我出来小解了几次，发现也有其他人在上厕所，便索性靠在宿舍的栏杆上，望了望天。肃穆的天空中悬挂着半轮明月，并不见有嫦娥仙子。有几颗星星陪伴在月亮四周，也不动。矗立的树如同哨兵一样挺立着，在月光中投下一片阴影。篮球场上还躺着未来得及打扫的洪水残留物。铁门上的尖锐想象中也应是锈迹斑斑。虫儿的鸣叫声，比往常是更加响亮了。我想明天就是决定命运的时刻了，无形当中感到一种沉重的压力，却又不知道如何卸下。我想到了古代即将上战场的士兵，又或者犯人临刑的前夜，心情亦不过如此。完事后，我蹑手蹑脚地回了宿舍，生怕吵醒别人。上了床，听着外面虫儿单调而又聒噪的叫声，不知道什么时候睡去。

第二天，见到有些同学的眼睛红红的，满脸倦容，有的还在打哈欠。一连考了三天，终于结束。我回到宿舍，将所有的书都扔到了窗外。看着它们在万有引力的作用下，纷纷下落，有一种说不出的快感。我想即使我将来落榜需要复读，也会有各式各样新的书出现，这些旧的书应该退出舞台了。至少在这一段时间内，我可以不再看到它们。我想我应该早几天扔掉就好了，它们可以随着洪水一起消失得无影无踪。

考完后是估分填报志愿。老师们对我们填报什么专业似乎并不关心，再说学生那么多，也不可能一一指导。我生性懒惰，便报了一个机械自动化之类的。我们对专业冷门热门的认识很有限，全凭自己瞎琢磨。因为谁都没有上过大学，父母更是不懂，也无法咨询。郝强没有估分，只是问我报了什么学校，便报了同样的学校，他可真大意。我问他为什么不估分，他说不管怎样估计，分数都是一定的了，没有必要为这事费脑筋。我又问他填什么专业，他说反正自己也没有精力好好学习了，好坏也无所谓，就随便填了一个。志愿好像有三个，从高到低，我们都勾了服从调配。这可不是耍性子挑三拣四的时候，只要是大学，我们就上。

过了一段时间，我们去学校查分数。成绩还算可以，我们六个人，除了梦飞没有考上外，其他人都上线了。她一脸悲情的样子，几乎要落泪。我也不知道怎么安慰她才好。

我没有想到的是郝强居然也考上了，而且分数和我不相上下。我顺便邀郝强去我家玩，认识这么久，他还没有去过我家。我们一起上了公交车，离开了县城。我的心情是雀跃的，如同外面的小鸟一般。我们一路有说有笑，毕竟这三年的生活算是圆满结束了。正是大热天，郝强脱了衬衫，只是穿着背心，脚上依然着一双凉拖鞋，一点也不像将来大学生的样子。他吹起了口哨，旋律是《年轻的朋友来相会》。我觉得我们简直就像二十一世纪的接班人，一副踌躇满志的样子。车外的风景唰唰地一闪而过，车内的人仿佛不存在。我只听见，汽车加大了油门，一个劲儿地往前冲。我惬意地背靠着车椅，头向后仰着，不知不觉就到了我住的镇上。

我们走了一段小路，水田的秧刚插没多久，不过已经长直了。各家各户的场院里铺满了刚刚收割的早稻，有小孩子正在晒谷，用几个齿的耙子拉来拉去。老人们安详地坐在树底下，摇着扇子乘凉。又听见有人吆喝鸡的声音，不允许它们偷吃稻谷。

爸爸见到我之后，第一句就问考上没有。他看我的情形也应该猜得出来吧，不然我怎么会带同学回来玩呢。我说考上了，他的样子比我还激动，露出了难得的笑容，心情好像再也不用上交公粮一般开心。我向他介绍了郝强同学，郝强也打招呼说瞿叔叔好。爸爸只是知道我和郝强关系不错，从来没有见到他。他开家长会的时候，也听说过郝强的成绩是很糟糕的。知道他也考上了，露出了诧异的神情，就问："你的成绩后来是怎么追上来的？"郝强打了一个比喻，解释说："好像一个学习武功的人一样，虽然不能学习外家拳法了，但内功还是在的。"爸爸和我对这个说法都惊奇不已，爸爸说："你们玩吧，我去找点好吃的。"他拿了一个脸盆，去了外面。

我们下了几盘棋，觉得无聊，我建议去游泳。来到了水库，水质纯净，云彩倒映在上面，分不清楚哪里是真正的天空，真是水天一色。有一片碧绿的水草，长成葫芦的样子，开着蓝色的花，轻微地随着水波浮动。太阳还很晒，便一人摘了一片墨绿的大荷叶，戴在头顶，下了水。水温不凉也不热，十分舒服。水库旁边有一片花生地，刚刚长出新叶，还有些黄色的小花。红色的蜻蜓点着水，似乎在播种。

郝强舒了一口气，说："这地方不错，我喜欢。"

"我也喜欢，只是我将来就要离开这里了。"

"不要紧，上大学也有暑假，可以照样在这里游泳。"

"你说得有道理，至少还可以游几年。"

"只有在这个时候，我头脑里才是清醒的，没有那么累。真希望时间能够静止下来。"

我们停在水库的中央，去掉了荷叶，仰望着天，飘浮着。感觉一切很静，云彩慢慢地漂移，水波微微地荡漾。

太阳要下山的时候，我们才回家。见到爸爸正在下厨，他不轻易做饭的，平时一般由我妈做。炖了一锅肥肥的泥鳅，锅里翻滚着白汤。他看了我们一眼，说："回来了，今晚吃泥鳅，我刚刚捉的。"妈妈收拾了桌子，准备了碗筷，妹妹也帮着摆好了板凳。我们享受到了上宾的待遇。爸爸又问："你们俩要不要也喝点，今天可以破例了。"郝强说无所谓。我想尝尝酒的味道，也不表示反对。

我喝了一口，只感觉喉咙开始很辣，又顺着喉管，一直辣到胃里。郝强满脸通红，有点醉的样子。爸爸就说："刚开始是这样，喝多了就习惯了。你们已经成年了，可以喝点。我虽然不恋酒，但已经少不了了，尤其是这土法酿的酒，隔几天总要喝两口。"郝强说："泥鳅真好吃，连骨头都不用吐。"

我们不胜酒力，有点晕晕的，不久就上床朦朦胧胧地睡了。高中三年的青春期就这样结束了，还没有来得及谈一场像样的恋爱。

我家决定摆酒，请所有的亲朋好友一起来吃饭。这在我家可算是一件大事，意味着我家终于有人要脱离农村了。我的心情也是兴奋的，终于圆了多年的梦想。我爸的精神状态特别好，皱纹也舒展开来不少。总之一家人都很高兴。厨子们提前一天就到了我家备菜。到了第二天，客人陆续地到场了。除了常见的舅舅、姑妈，等等，连一些很远房的亲戚也来了，有些我连名字也叫不上。邻居们也来了，这些我比较熟，他们露出了羡慕的神情。

爸爸让我逐一递烟，他们也乐呵呵地接了，有的夹在了耳朵上，有的直接点着了。有的给爸爸道喜，说你家的小子真有出息。爸爸也没有了往常的严肃，喜上眉梢，招呼客人喝茶。鞭炮噼里啪啦地响个不停，一串接着一串，门前的田里炸出了一个坑。有花炮直入云霄，在半空中开了花。小孩子们发出了啧啧的赞叹声，说从来没有见到这么好看的花炮。

梦飞的爸爸也来了，他看起来也是很喜庆的样子。我递了一根烟，问梦飞怎么没有来。他说："她没有考上，不好意思过来，在家里闹情绪呢。"我才发觉我无意中说错了话，他的神色稍微变了一下。我又招呼了一些客人，见到差不多开席了，才找个位置坐下来，也吃点东西。场面很热闹，有些客人在给我爸劝酒，我看他快要顶不住了，就代他喝了几杯。客人有夸我懂事的，也有不依不饶一定要我爸喝的。

梦飞的姐姐刚好从广东回来了，见到她沮丧的样子，就劝说："大不了再复读一年吧。"

梦飞揉了揉眼睛，说："我不想复读了，想和你去广东打工。"

姐姐说："我是没有办法了，才去打工的，我不是读书的料。你是选错了科才没有考上的，复读时选文科肯定可以考上。"

梦飞说："可是复读很丢人，压力也很大。"

她妈听见了，就过来说："有什么丢人的，能考上就行了。隔壁村子有个人考了几届，最后考上了，听说现在在城里过得挺好的。"

姐姐也说："像我这样打工也不是长久的事，在厂子里总也给人看不起。稍微有点文化的，都是坐在办公室里不用干活。学费你不用担心，咱家三个人供你一个还供不起呀？"

梦飞见家里人都反对自己去外打工，就说让她再想想。她把门关了，独自在房间里。她照了一下镜子，发现自己瘦了一些。眼中没有了往日那种灵动的光，好像蒙上了一层什么东西似的。她又漫无目的地翻着梳妆台上的一本《唐诗三百首》，却也看不进去，只觉得字影晃来晃去。她只好放下了书，又把一根辫子分成了两根，一边扎一边看镜子，觉得这样还是好看一些。听着不远处传来的鞭炮声，又觉得五味杂陈，便蒙着被子睡了。

一年一期

郝强和我约好一起去上学，由他爸爸带我们。由于我是第一次出远门，妈妈还是很不舍得，不过也没有办法。大清早给我做了饭，一再叮嘱我多吃点，路上要小心。我自认为是男子汉了，就安慰她说没事，况且还有郝强的爸爸在呢。我爸爸目送了我一程，没有说什么，他依然保留着军人的作风，很淡定的样子。只是我上车的一刹那，觉得他的眼角有点湿。

我上了车，看了看电子表，刚刚六点钟。行李很简单，一个包，包里有录取通知书、身份证、学费之类的重要物品，不能离身，爸爸交代过了。还有一个爸爸用过的军用的箱子，他给了我，里面有几件换洗的衣服。我把箱子放在了座位下面，双手抱着包，一直打盹。天已经亮了，我很少这么早坐车，车上没有几个人。虽然是夏天，也觉得有点清冷，空气中混杂着露水的味道。见到有三两个卖菜的妇女，已经挑着担子在路上走了，有我喜欢吃的西红柿和黄瓜，没想到她们起这么早。

过了很长一段时间，我到了火车站，见到他们已经在等我了。郝强的行李比我更加简单，只有一个包，连箱子也没有。我问他有没有带衣服，他说衣服就在包里面。看得出来他的包有点鼓。火车站人不多，有些人像农民工，正把包当枕头在座椅上睡觉。这是一个县城的小站，卫生状况看起来不是很好，方便面的盒子满地都是。我捂了捂鼻子，找了个远一点的座位。心想自己是大学生了，应该和农民工保持适当的距离。可是我为什么看不起他们呢？难道仅仅因为我刚从其中脱离出来？

我们的行程是先坐火车，再坐船，直达目的地重庆，据说这是一座山城。记得刚拿到通知书的时候，有人说怎么这山区的孩子最后报的志愿又报到了山区。买了票，上了绿皮火车。火车跟我想象中的还是有很大区别，原来我以为坐火车是很浪漫的一件事。首先座位很硬，我坚持不了多久，便要走一走，便嘱咐郝强帮我看着包。其次没有空调，很热，有人便打开了窗子，风呼啦啦地往里面灌。

郝强的爸爸话不多，不一会儿他就睡着了。他肤色晒得很黑，胡子也没有怎么刮，不像要出远门的样子。不过他对环境的适应能力看来相当强，随遇而安，要不怎么这么快就打呼噜了。我看着外面的风景，起先跟我老家差不多，慢慢就有了变化。火车一会儿钻进了隧道，黑乎乎一片。出了山洞，觉得火车好像在山里穿梭，并不见有多少水田。有些山高高的，树也不多，给人一种荒凉感。于是我便觉得外面的世界也不过如此，后悔报错了志愿，应该报东部的大城市才对。

中午时分，有人手推着车来卖盒饭了。工作人员穿着白色制服，不过衣服已经变颜色了，很邋遢的样子，让人觉得没有胃口。郝强推醒了他爸爸，问要不要买。他爸爸说："火车上的饭不好吃，我带了一些熟的红薯，就吃红薯好了。"他分了两个给我，味道确实不错。很快我便觉得口渴了，要买矿泉水，问他们要不要。他爸爸又说："水也带了。"说完，又拿出了一个很大的塑料瓶，里面是白开水，问我有没有带杯子。我说没有。他就说："那你就买一瓶自己喝吧。"

我一边喝水，一边注视着窗外。云低低地飘着，火车仿佛要驶进云层中一般。流转的风，流转的云，一个个小站也在流转，我的心也随之流转，漂浮不定。下了一阵小雨，火车继续前进，又从雨中走了出来。见到有人上车，也有人下车，全是陌生的面孔。我不由想起了我曾经送给白诗琴的画，也是坐火车的情景。不知道她现在是不是也在另外一列火车上，她是怎样的一种心情呢？不得而知。

傍晚时分，下了车，我们找到了码头，买了船票。坐船的感受要比火车好，可以在甲板上自由活动。像我们这种在乡村长大的孩子，喜欢大空间。我们都很兴奋，如同去西天取经一样。想到孙悟空当时孤身驾一叶小舟，我感到很知足了，这艘船很大。船追着夕阳前进，速度并不快，一会儿夕阳不见了，只剩下两岸的高山。

郝强和我靠在栏杆上聊天，清风徐来，异常清爽。我见到他的面孔模糊，如同一个剪影，声音却听得很清楚。

他说："在长江上航行确实比在沅江凶险，波浪很大。"

"那当然了，长江是中国最长的河。"

"只是梦飞不能和我们一起来，还是有点遗憾。"

"她正在复读呢，一年后应该考得上。"

"想起以前我们几个一起去单洲野炊的情景，到现在还记忆犹新。"

"说不定重庆更好玩呢。"

"希望这样吧，毕竟是大城市。"

过了一夜，第二天起来，我们依旧在甲板上吹风。这是一艘旅游船，不时会在沿途的景点停留。长江充满了泡沫和垃圾，在狭窄的地方激流回荡，更显浑浊。来到一个名叫小三峡的地方，却有一股清流汇入到长江的浊流中，算是注入了新鲜的血液。游客们下了船，预计要停几个钟。我们没有旅游的打算，只好在船上等待。见到有几只小船过来兜售盒饭和当地的特产。郝强的爸爸买了几个盒饭，因为相对来说，价钱要比旅游船便宜。味道马马虎虎，还算合口味，有几丝辣椒横七竖八地卧在其中。

船又走走停停地路过了一些景点，虽然我们是大学生了，但实际知识仍然相当贫乏，也不知道是些什么景点，有着什么样的历史和民间传说。

从船上望过去，只觉得是大同小异，无非是一些码头和山，还有一些卖东西的人。时间长了，便觉得厌倦和无聊了，起初的新鲜感一扫而光。

郝强和我继续聊天，这时只见一个女学生模样的人走了过来，说："听你们口音，也是桃源的吧？"我望了望她，感觉虽不如诗琴好看，但很清秀，连忙说："是的，是的。"

她说："真的不容易，在这么远的地方，还能碰到老乡。"她穿一件蓝色条纹 T 恤衫打底，外套一件浅红色衬衫，敞开着，没有扣上。头发并不比我长，很精神。

我说："哦，你去重庆干什么？"

她说："跟你们一样，去报到的。"

我说："那我怎么以前不认识你？你好像不是我们学校的吧？"

她显得有点不开心，说："难道只有你们学校才能考上大学吗？"

我说："我不是这个意思。"没想到刚说几句话，就得罪了她。

她看到我窘迫的样子，不再追究，说："过三峡的时候，我心中并没有升起课本中那种雄浑的感觉，你们觉得怎么样？"

郝强说："那只是作者的个人感受，我们没有必要跟他一样。"

郝强的话引起了她的兴趣，她说："你的见解很独特。"

郝强说："自己体会到的东西才是真的。我只是觉得这里的景色和老家不同而已，仅仅是一种差异化的感受。"

她说："确实不同。你们看，那里有些小孩子在跳水。"顺着她手指的方向，我看到一群小孩子，有些还光着屁股，从岸上跳下来，全然不觉得有危险。他们毕竟是大河边长大的，对水有种超级娴熟的驾驭能力。她又问："你们敢跳吗？"

我说："说实话，真不敢。"我猜测她是一个喜欢听真话的人。

说了一会儿，我们就散了。原来她的名字叫叶梓辛，也是去上学的，中文专业。睡觉时，我一直在想她的名字有点特别，该会出生在一个什么样的家庭呢？我对中文系是有点鄙视的，觉得凡是一个认识了三千多个字的中国人，都可以自称是中文系毕业的。周围的人都睡着了，我突然之间升起了一种孤寂的情绪，前所未有的。我独自一人离开了家乡和亲人，在这样一艘巨大的船中，朝着一个未知的城市前进。我决定起来走一走，果然如同前人所描述，山高月小，水落石出。月儿弯弯，也不见伴有星星。我想那月亮也该和我一样孤寂吧！

"瞿格，你在赏月吗？"传来了叶梓辛的声音。

我回头看到了她，说："我可没有那么浪漫。"

她走过来，靠着栏杆，说："你看那月亮多美啊！你不觉得吗？"

说实话，我并没有觉得那月亮有多美，哪里看还不是一个样。只觉得文科班的学生难免会多愁善感一些。我不好直接说哪里的月亮还不是一个样，只是应了一声"是吗"。

她说："看你好像不开心的样子。"

"没有啊。只是有点想家。"

"原来这样，习惯就好了。"

"习惯什么就好了？"

"在外漂泊的生活呀。"

"这也能习惯？"我反问道。

"我也不知道。这是我在书上读到的，你想想，古代的大诗人，李白、杜甫，哪个不是在外漂泊，过完了一生的。"她说。

"你一个人来上学吗？"

"是的。本来家里人要送我，被我拒绝了。我好不容易出趟远门，不想被他们打扰清静了。只要给我足够的钱就行了。"

我觉得她真是一个勇敢而又奇特的人，限于初次见面，我没有说出来，只是说："我们是同路人。"

船逆流而上，水浪的声音在夜晚显得更大。两岸的山峰不断地变换着形状，如同没有规则的波形图。我见过山，但没有见过这么长的山；我见过河，但没有见过这么长的河，好像无穷无尽一样。人置身于山河间，显得异常渺小，或者不复存在。我们没有再说话，各自望着前方。终于困了，便回舱睡觉。

两天三夜之后，黎明时分，终于抵达了朝天门码头。她是另外一个学校的，我们分手告别。

梦飞执拗不过家人，只好复读一年，而且她也不甘心，觉得自己完全有能力考上。这次她选择了文科，觉得还是文科更适合一些。她想起来也纳闷，怎么当年就鬼使神差地选了理科。学校依然是原来的学校，只不过在另一处单独的教学楼。这是一个独立的世界，宿舍就在教室的上一层，便于节约时间。同她住一个宿舍的人，没有应届生的那种天真，笑容也不那么多。作息没有规律，有人深夜还在亮着手电筒学习，有人还在外头没有回来。早上不用做早操，也没有体育课，除了几门必考课之外，没有其他课程。整个人像脱粒机一样被重复地喂进稻穗，关键要看机器的能力，是否能将谷粒和稻草分开。

一切重新开始。复读班的复杂超出了她的想象，汇集了形形色色的学生。有的年纪已经很大了，看起来愈挫愈勇，也有看起来颓废的。气氛显得沉闷而压抑。有几个老油条，偶尔也开些玩笑，算是活跃了一下气氛，说人生早经历挫折比较好，将来走上社会后抗压能力强。上课时，偶尔能闻到男生的烟味。这让梦飞有点不习惯。也许他们压力大吧，也情有可原，梦飞这样想，有时她甚至也想抽一根。

不久，她收到了裘正的一封信。信的前半部分简单介绍了大学生活，后半部分是鼓励的言语，大概意思是希望梦飞要努力，不要沮丧。这让她感到既意外又感动，裘正还没有忘记自己。因此，她暗下决心，一定要挺过一年的复读生涯。她认真听讲，仔细做笔记，遇到疑问就问老师。有次问到答历史、政治题目的时候，能不能有自己的观点。老师就说，观点都是教科书规定了的，切不可随个人的意愿发挥。不过为了升学，还是必须得听老师的。这又让她感到文科和理科还是有区别的。答理科题，只要解题的思路正确，得到老师的认可，就可以得分了。

在复读班，她觉得突然间成熟了很多，少了一些天真的想法。她不再像以前一样用迷离的眼神望着远方，而是脚踏实地，一步一个脚印。毕竟目的很简单，就是要考大学。她暂且放下了一些爱好，比如说古诗，等等。有时她也去散散步，不过都是一个人沿着操场走。这时，她会想起裘正来。不知道他是不是在等着自己。上次信中有提到让她报考同一个学校，这样他就是学长了。学长意味着可以给学妹一些无私的关怀。听说大学是允许恋爱的，这样如果他真的追的话，她也可以光明正大地接受了。只是希望他这一年内，不要变心，被什么别的女生迷住就好了。想到这里，她又不觉哑然失笑，都还没有考上呢，操心得也太早了吧！不远处，就是篮球场。她想起了瞿格，这个家伙没良心，也没有问候自己，当初还给他助威呐喊呢，这时也不知道在哪里得意。

她打扮也不像以前那样新潮了，姐姐给她捎的衣服，她尽量不穿，免得招蜂引蝶。她暗暗告诫自己，不能在情感上出问题，影响学习。她抱着孤注一掷，势在必得的心态。如果这一次再考不上的话，就再也不参加高考了。至少人生就关上了这扇大门。她在操场上走，也没有人注意她，这样不知不觉走了几圈，直到上晚自习的时候，才回到教室。

郝强的爸爸带着他去报名。他特意买了一包红塔山香烟，给老师递了一根，问宿舍的位置。老师见到这个农民打扮的父亲，并不是十分热心，随意指了一下方向，说得也不具体。这个学校比中学大多了，要不怎么说是大学呢。而且地势也不平，适合建一个有山坡的公园。郝强的父亲沿途又问了几次路，道路弯弯曲曲，好不容易才找到宿舍。拣了一个下铺准备放行李，其实也没有什么行李，被子和包而已。郝强说不喜欢下铺，他爸觉得奇怪，说："上铺爬上爬下的，多麻烦。"郝强说不喜欢别人坐在自己床上，所以选上铺。他爸不说什么，随他意。

安排妥当之后，他爸在学校找了一间便宜的旅舍，准备住一晚第二天就回去。晚上他们约我去外面吃一顿饭,饭馆离学校很近。我开始抱怨,说："这地方可真热。"

他爸说："这是中国的四大火炉之一。"

我不知道他是怎么知道的，便问其他三个是哪里，他又一一说了，我说："听说是山城，我还以为这里凉快呢。"

他爸又说："听说还是雾城，我没有机会看了。"

我装作老练地说："山里多雾，这没有什么奇怪的了。"

不一会儿，上菜了。菜不多，两菜一汤，青椒肉丝，麻婆豆腐，西红柿蛋汤。他爸还挺会点菜的，口味跟老家差不多，只是这豆腐味道有点不同。不过还算可以接受，我尝了一口，很麻，赶紧喝了一口汤，就问饭店端菜的，为什么放这么多花椒。她解释说是要除湿气。我暗地嘀咕了一声，什么鬼地方，还有"湿气"这么一说。我在老家待那么久，也没有听过这个词。他爸要了一瓶啤酒，说难得来这里一趟，尝尝这里的酒什么味道，问我们两个要不要喝点。郝强就说："好的，我俩一人半杯，剩下的归爸爸。"倒了后，才发现一瓶啤酒倒不了几杯。这几天来，我没有吃一顿好的。随着凉凉的啤酒下肚，肠胃总算被激活了。

他爸便说大学的老师好像也并不那么热心。我就说，也许他见你操着外地口音吧。他爸又说感觉那老师看不起他，我说也许大学老师自我感觉身份比较高吧。他爸就说像他这种农民，确实和大学老师没有什么共同语言。

郝强说："老爸，其实也没有什么。你干的活，他也干不来。"

我说："郝叔叔，郝强说的对，分工不同而已。"我和他爸碰了一下杯，他爸也喝了。

第二天，郝强送他爸爸去码头。公交车一会儿上坡，一会儿下坡，一会儿钻山洞，真让人开眼界。父子俩在车上默默无语，没有说话。下了车，爸爸要上船了，说："在外面要照顾好自己，想吃什么就买。"说完，眼角湿了。郝强表现出来很坚强的样子，说他初中就开始寄宿了，让他爸爸放心。

汽笛长鸣了一声，轮船离开了码头，父子俩就此告别。嘉陵江在这里汇入长江，江面显得异常开阔，波浪很大。郝强站了一会，望着远去的船，直到看不见。周围人声鼎沸，来来往往。有操着方言的棒棒军，在招揽生意；有卖各种纪念品的小贩；也有遛鸟的老人在散步。轮船有大有小，按照时刻表驶入或驶出。郝强的内心出奇地静，他无心留恋这热闹的场景，赶紧上了车，突然对朱自清先生的《背影》有了切实的体会，不觉感动起来。

　　我独自一人，决定先游览一下校园。大门口，有一个标志性的建筑物，高高的，上面有几个钟。我对了一下我的电子表，时间出入不是很大，也不知道哪个更准一点。附近有一面墙，上面刻的诗句，我也能背诵几句。有些人正在那里留影，看样子是新生，稚气未脱，摆着各种各样的姿势。相邻的是篮球场和足球场，和中学并无两样。学校的布局似乎没有什么规律，至少我看不出来，也许是初次来的原因，有些不习惯。图书馆有新旧两个，连在一起，现代与古典共存。有一栋小教学楼居然完全用石头砌成，靠着嘉陵江边，远处可以望到大桥。

　　学生们在校园里忙碌穿梭，脸上洋溢着一种喜悦的神情，我不知道他们为什么那么开心，也许自认为是天之骄子吧！有的拿着饭盒，有的拿着书本，有的拿着被子或提着塑料桶，如同蚂蚁搬家一般，看起来乱成一团。这么多人，我竟然连一个也不认识。有些树上了年纪，绿荫如盖，遮挡着酷热的阳光。我口渴了，来到一个冷饮店，看着包装花哨的样子，买了一瓶美年达汽水。头一次喝，觉得有点呛人，越喝越觉得渴。不一会儿，就随着汗水排解了。我坐在凳子上，和店主说话。他并没有对我表现出尊敬的态度，只是普通的买卖关系。我猜想他应该每天接触的都是大学生和老师之类的人，对知识分子也不那么敬畏了。况且我看起来就是一个新生，也谈不上什么知识分子。

　　有几个水塘，水并不是那么清澈，还是可以看到鱼。我想鱼儿如果离开了水，应该过一种怎样的生活呢？又或者淡水鱼能在海水里生活吗？这问题也不知道问谁，也许开学后可以问教授吧！大学教授在我的心目中是专家，是无所不能的人，是传道授业解惑的能手。我沿着水塘走了几圈，水塘旁边有一个餐馆，里面声音嘈杂，估计点菜的人很多。

　　我肚子饿了，回到了宿舍。几个室友正在聊天，各个省份的都有，口音也千差万别，都尽量说普通话，只有四川人说本地话。宿舍住七八个人，和高中差不多，唯一的区别是中间多了两个长方形的桌子和几个凳子。铺上有绿色的军被，据说开学第一个月要军训。我把不锈钢饭盅拿了出来，就去食堂打饭。

　　菜的种类很多，有荤有素。主食以米饭为主，有点泛黄。为了兼顾北方学生的口味，也有馒头和面食。我要了三两米饭和两个菜，就坐在长条凳子上吃了起来，并且观察着来往的人。由于天气热，女生们有很多穿裙子的。我在物色着对象，到底哪一个合适呢？上大学之前，我定了一个小目标，就是一定要在大学里谈个女朋友，不能让青春虚度。我发现有些女生的身材确实不错，面容姣好，只是不知道她们是哪个系哪个年级的，也不敢贸然搭讪。我静静地咀嚼着饭粒，好像失去了味觉一样，眼睛却不停地扫视着周围，好像一个敏锐的侦察兵。

　　郝强也刚好来打饭了，见到我，便同坐了下来，问我为什么像个贼一样。

　　我说："你没有觉得这里的女生打扮得很时髦吗？"

　　他也看了看，说："比高中要强。"

　　我说："那还用说，再怎么说这也是一个大城市。"

　　他说："刚才我听本地的室友说，重庆的女孩子身材好，是因为山城要经常走路，所以腿生得匀称。"

　　我说："怪不得。只是不知道如何下手。"

　　"别问我，我也没有经验。"他说。

　　有几只苍蝇飞来飞去，我挥了挥筷子，说："真讨厌，想不到这里也有苍蝇。"

　　他说："怎么，挡住了你的视线？也许越是大城市，苍蝇越多。"

　　我们又说了一会儿，洗好碗筷后，就各自回宿舍了。

　　紧接着军训开始了。我向来对这种限制自由的集体活动不感兴趣。每天不厌其烦地练习走正步，向左、右、后转，等等，让人身心俱疲。有时半夜里突然来个紧急集合，让人防不胜防。天空有时积着厚厚的云层，闷热无比；有时阳光直射下来，军帽根本遮挡不住。唯一让人开心的是和女兵连拉歌。我们便把积累了许久的情绪发泄出来，扯开喉咙拼命地唱。

军训终于结束了。有天，一个陌生的同学来找我，问我是不是叫瞿格，并且约我晚上去吃饭。原来是老乡，毕业于同所中学，说本来一早想约新生聚一聚了，考虑到军训纪律很严格，所以这才来。在这遥远的异地听到乡音，有种他乡遇故知的感觉，我很欣喜。

傍晚时分，我们在学校后门的一个小餐馆见面。人不是很多，八九个的样子，都来自同一个县城，叶梓辛也来了。她打扮得简单，白色 T 恤衫配搭黑色长裤，头发还是不长，用了发卡夹得很整齐，两只小巧的耳朵也看得清清楚楚。感觉她比以前在船上的时候漂亮了许多，不知道是不是我对比产生的幻觉。军训时见到的女兵，都像粽子一样包得严严实实，看起来都一个样。郝强附耳对我小声说道："你不要这样盯着人家，她脸上又没有写字。"我这才把目光移开，觉得有点失态了。

店不大，我们坐在外面。学长请我们吃火锅，并且解释说要想适应外地的生活，首先要适应那里的饮食。伙计过来开了煤气，打着了火，开始加热。切成小片的菜陆陆续续地端上来，有土豆、藕片、猪血、海带、排骨等好多个种类，分量不是很多。学长又说重庆就像火锅一样，是个大杂烩，什么都有。汤还没有沸腾，我们一边等着，一边天南海北地瞎聊。

梓辛说："瞿格，怎么一个月没见，黑了这么多。"

我说："没办法，要军训。你们没有军训吗？"

她说："我们学校没有。"

我说："看来我应该报考你们学校了。中文系都学些什么？"

她说："主要是学习怎样写文章。"

我说："跟高中学写作文没有什么区别吧？"

"可以这么讲。中文系的一辈子都在写作文。"她说，"我觉得你好像看不起学文科的，其实文科和理科就像鸟的一对翅膀，任何一方面的薄弱，都不利于飞行。"

我摊了摊手，表示歉意，没有想到她的思想如此锐利。

菜已经开始往火锅里投了。学长先把不容易熟的肉类放了进去，接着说，有些青菜烫一烫就可以吃了，不要煮。又要了几瓶冰冻的啤酒，干了一杯。又说，大家从那么远的地方来到这里不容易，以后要多沟通沟通，一下子拉近了我们之间的距离。我先前的种种不适，随着这杯啤酒下肚，都烟消云散了。梓辛也喝了一杯，想不到中文系的女生居然豪爽如此。有些菜已经熟了，我夹了起来，在放调料的碟子里蘸了蘸，味道不错，好久没有吃这么好吃的了。

学长又和我们一起回忆了高中那所学校，那些人和物。有些老师居然也教过他，当然还有教导主任是同一个，回忆起他戴鸭舌帽的情形就想笑。我又模仿了他说话的样子，大家就乐了，说我表演得好，要我喝一杯。我没有拒绝，玩得很尽兴。我又提起了学校的澡堂，里面很滑，而且没有热水，需要从外面打热水进来。学长就说，这个你们放心，在大学里有热水的淋浴，比高中还是要好一些的。梓辛没有什么言语，因为她跟我们不是一所高中的。为了让她多说话，我就问了问她学校的情况。问完之后，才觉得这个问题比较唐突。她倒并没有什么计较，说她们学校的情况也好不到哪里去，冬天同学们并不经常洗澡，不过她并没有寄宿。

火锅确实比较好下口，而且我们本身也是湖南来的，不怕辣，都吃了很多。凉风吹了过来，十分舒爽。里屋有几桌也在大声喧哗，不知道他们来自哪里，总觉得口音听起来很别扭。我喝了点酒，就问学长在大学读书是种怎样的体验。学长就说，总之各门功课至少要及格，否则要补考比较麻烦，如果拿不到学分，会毕不了业。我原来以为进了大学，就好像进了保险箱一样，没有什么好担心的了，想不到还是有压力的。不过学长又说大家也不用担心，我们那里的学生应试能力还是很强的，没有听说过有谁没有毕业的。

吃得差不多了，有点《醉翁亭记》中人影散乱的感觉了。学长交代了一个任务给我，要我和郝强送梓辛回学校，并且嘱咐说千万不要弄丢了。我对这样的机会更是求之不得，连忙说请放心。她的学校只是隔了一条街。我们一路同行，穿过长长的校园。约莫晚上十点左右，学校里的行人还很多，到处都有路灯，宿舍的灯都还亮着。我问她是否适应大学的生活。她说，还好，只是刚开始来还是有点想家，今天老乡聚会后感觉好多了。我就附和说有共同的语言很重要。郝强又补充说，共同的生活环境也很重要。她说，初来乍到，就好像把一棵树移植到新的地方一样，总是伤了些根系。我对她的比喻表示认同，说需要一段时间的修复。郝强就说需要在新的土地里再吸收营养。

路过钟塔的时候，喷泉开始喷水了，灯光融在里面。我们觉得很美，便想留影，可是没有相机，只好说下次租个相机。出了校园，沿着街道，很快就到了她的学校。她邀请我们以后常去她学校玩，并且说教我们跳交谊舞。

"什么？跳舞？你会跳舞吗？"我睁大了好奇的眼睛，这对我们来说是新奇的事。

她说："也不是很会，才学不久呢。"

我说："一定要教我们，我只是从电视里看过。"我对这样的好事岂可放过，想到大上海里那些情意缠绵的舞场，不由心生遐想。

她说："我听学长说大学里学的东西将来也不一定用得着，所以有时候还是要放松放松。"

她怎么跟我想到一块儿去了，我说："是的，是的，以前读书的时候可真累，应该歇会儿了。"

到了宿舍下面，她又告诉了她的宿舍号。我生怕忘记，在心里默念了好几次，就和郝强回校了。

开始上课了。有很多课是公共课，历史和政治跟高中差不多，我不是学文科的，体会不到其中有什么差别，鸦片战争还是发生在一八四零年。老师也没有讲什么新鲜的观点，基本上来说，这些课程不用动脑筋。我原来有种想法，以为在大学里能够开拓自己的视野，却发现也不过如此，便生了一份惰心。

有天晚上，我约郝强去跑步。与其说是锻炼身体，不如说是来释放能量。因为我学习也不费脑筋，吃得也还可以，体内积聚了大量的能量。我们开始慢跑起来。我问他最近的学习感觉怎么样。

他说："你知道，我已经不能尽力学习了，谈不上有什么感受。"

我说："我觉得大学老师也不咋地，尤其是教历史和政治的。"

"为什么这么说？"

"他们只是照着教材念，任何一个认识汉字的人都能教。"

"也许他们忙着写学术文章。"

"如果在课堂上不能启迪我们，写那么多文章又有什么用。有时我真想逃课。"

"我只是不明白，连他们自己也不相信的东西，为什么还要教给我们。"

"他们需要以此谋生。"

"我上了一次课后，就再也没有去上了。如果时间可以燃烧的话，我宁愿烧掉一部分也不去。"他说。

"有趣。可你不怕老师点名吗？"

"如果一个老师需要靠点名来维持出勤率，那么他的水平也可想而知的了。"

"可我还是不敢，听人说考勤会纳入期末的考核。"

"其实老师应该转变思路，只要学生考试能过关，平时来不来有什么所谓呢？"

操场上的人还真不少，也有跑步的，玩单杠双杠的，还有一对对的情侣说着情话在散步。郝强说要休息一会儿了，我让他先歇会儿，我继续跑。夜晚的灯光不是很亮，也许是雾的原因，能见度不高。我加快了步伐，一个劲儿地往前跑。一个个的陌生人从我眼前晃过，又落在了后面。我要把体内的能量完全释放出来，否则憋得难受，就像地球内部蓄积了能量后要通过火山或地震释放一样。我只是在奔跑，也不知道跑了多少圈，直到我跑不动为止。并没有人逼迫我跑，我是完全自愿的，上体育课也没有这么卖力。

我回想着在我以往的岁月中，到底跑了多少路，都是在哪里跑的，都惬意吗？以后，我还要跑下去吗？目的地又是哪里？或者就像这个操场一样，所有的起点都是终点，所有的终点又都是起点，根本就没有目的地呢？

图书馆的灯熄灭了，已经晚了。我和郝强告别，回到了宿舍。我拎了桶，拿了毛巾，到浴室里冲凉。也许可以算是浴室吧，反正和公共厕所连在一起。没有热水，冷水从高处的龙头冲了下来。没有花洒，水的力道很大。没有用肥皂，也没有搓澡，只是淋浴。我闭上了眼睛，以免水流进眼睛里去。好一会儿，才凉快了下来，也平静了下来。睁开眼睛，环顾四周，空无一人。用毛巾慢慢擦干了身体，穿上了内裤，感觉有点紧。出了浴室，穿过长长的过道，回宿舍睡了。

到了周末，我想起了梓辛的话，便邀郝强一起去学跳舞。七点钟出发。不久，到了她的学校。进了校门，是一个电影院。我看了一下电影预告，是老片子，价格也便宜，两块钱。继续往前走，两旁的树枝叶茂密，学生们往来不息。有的夹着课本，有的拿着绘图的尺子，学习气氛浓厚的样子。

到了宿舍下面，我叫了一个女生传话。不久，梓辛下来了，见了我们，也很开心。她带了一个叫小荷的室友，也是中文系的。小荷穿着绿色的裙子，我便问是不是因为荷叶是绿色，所以她也喜欢绿色。

小荷落落大方，并不腼腆，说："算你猜对了。"

郝强猜想中文系的女生一定喜爱浪漫，就说："我们老家就有很多荷花，还有船，有空去我们那里玩。"

小荷说："好的，一言为定，你什么时候带我去？"

我生平没有见过这样说话的女孩，不由又多看了她几眼。天黑也看不太清楚，只觉得她丰满有余，苗条不足，但也不是很胖的那种。她走路的声音很小，显然有所克制。

买了票，进了学校的舞厅。人已经不少了，有站着的，有坐着的。屋顶有个球形的彩灯，不停地转动。舞厅平时是餐厅，只是周末才稍微改装了一下，把餐桌、椅子挪到了边上，中间空出位置来。

梓辛开始教我跳舞，我们摆好了姿势，随着舞曲跳了起来。我有几次踩到了她的脚，连忙说对不起。看到别人跳得很熟练的样子，我很羡慕。也许我并不适合跳舞，我的身体僵硬，跟不上节奏。可梓辛鼓励我说，第一次能跳成这样已经很不错了。这又让我恢复了一点自信。她问我上大学感觉怎么样。我说就那样，也没有什么兴奋的，就感觉比高中自由了些。她说，是自由了些，要学到东西还得要靠自觉。我说，你说得对，可我不是一个自觉的人，我是一个奴隶，需要人拿着鞭子抽。她听到这里，笑了，说想不到你还挺幽默的。

这时舞厅里响起了《在那遥远的地方》的曲子，我沉浸了一会儿，曲子来得正是时候。我就问她想不想家。她说，当然想。我又问想家的时候怎么办。她说，去图书馆看书，看着看着就忘了。我说，这可是一个好主意。大学里没有什么其他好，好在图书馆是免费的。听到这首歌，我又想起了白诗琴，心情变得矛盾起来。她在干什么呢？也在跳舞吗？

那边小荷也在教郝强，看得出来，郝强和我差不多，不时地停了下来。我们两对舞伴偶尔还会碰到一起，然后就笑了。过了会儿，我们交换了舞伴。小荷扮演的是男性的角色，她领舞。我跟着她的节奏走，有次我不小心碰到她的胸了，只是觉得很挺。她也没有说什么。这种事在跳舞的时候难免。我觉得那是一种微妙的感觉，仅此而已，也没有什么其他的。

在初获自由的喜悦和对大学生活的茫然中，第一学期很快就过去了。我坐了两趟火车，又倒了两次汽车。在路上折腾得厉害。刚下车，家乡的亲切感扑面而来，疲倦感一扫而空。走在乡间的小路上，由于天冷而感到空气格外清新。离开这里半年多，多少有些变化，见到有人在建新房子。有几个认识我的人跟我打招呼，他们知道我是大学生，对我流露出了羡慕的神情。我也跟他们打招呼，我是一个随和的人，而且大学生也没有什么，这半年来我学业没有什么长进。

回到家的时候，妈妈准备好了可口的饭菜。我好久没有吃过正宗的老家口味了，一连吃了三碗饭。完后，一家人围着火坑烤火。我说了一些学校的新鲜事，还有新的城市怎么样等。家人都很感兴趣，他们总是对陌生的事物好奇，又问重庆火锅真的好吃吗、朝天门到底停了多少船。这让我想起以前没有电视时很多人聚在火坑边讲故事的情景，确实是令人神往的时刻。

妹妹在给我烤红薯，要是往常她总是跟我抢着吃。这次她很乖，居然主动给了我。我也给她送了个小玩意儿，她很开心。虽然我已经饱了，还是禁不住红薯的诱惑，又吃了点，真的很甜。腊肉备得也不少，油滴在火苗上，发出扑哧扑哧的声响。挂腊肉的架子两头系着一些有刺的枝条，防止老鼠偷吃。家里没有开灯，火光映照着家人的脸，人影不时地在墙面变化着。

这时隔壁邻居喊我的名字，说有电话找我，要我去接。那时我家还没有装固定电话。原来是同学打来的，约我第二天去班主任家聚一聚。我想起了梦飞，找到了她，问她要不要一起去。她跟先前气质完全不同了，看起来忧郁的样子，也不开心。

见到我，她勉强笑了一下，说："我怎么好意思跟你们一起去。你们是大学生，我是高中生。"

我才知道有点冒失了，不知道说什么好，就说："补习班的生活还好吧？"

她说："也没有什么好不好的，也就那样过，跟以前差不多，只是少了些知心的同学。"她又问我大学的生活怎么样。

我说也没有什么精彩的，反而感觉有点失落，也许是还没有适应吧。

她突然说："下学期我不准备复读了，我要跟我姐去打工。"

我觉得有点不对头，就问为什么，当初不是决定要复读的吗？

她说："我爸不久前，杀猪后喝酒回来，不小心跌了一跤，摔坏了手。

以后再也不能杀猪了。"她很伤心。

我说："好歹就半年了，应该要坚持下来。"

"家里少了一份收入来源。"她说，"最主要的是心理压力太大，他们对我的期望很高。我怕要是万一再考不上，我真的是没脸见人了。"

我除了说再考一次试试吧，实在也不知道如何开导她。

她说："我的心已经定了。裘正也写信劝过我，都不管用。"

我和她分手的时候，乌云遮住了月亮，夜色正浓。

第二天，我到了县城，买了点水果，到了班主任家。很多同学已经到了，一边聊天，一天吃着东西，都是考上大学的同学，不过郝强没有来。我们说着各自的见闻，或者怀念以前的高中时光。班主任也没有以前那样严肃了，有抽烟的同学递烟给他，他也接了。他说大学是学校和社会的过渡阶段，我们已经是半个社会人了。有人就说，以前被老师逼着做题，也不觉得苦，现在自由自在，反而觉得空虚，是不是出了什么问题。有人就说这是应试教育的结果。有人又说不管怎么说，高考总算给底层的人有了突围的机会。班主任对这些问题也不回答，就说这些问题留着我们自己解答。他开了电视，我们就在客厅里唱卡拉 OK，娱乐着。开饭的时候到了，我们轮流向他敬酒，表达感谢之情，场面很热闹。

由于郝强不在场，我有点失落，玩得不是很尽兴。散了后，我决定去找白诗琴。毕竟半年没有见面了，我想看看她有没有什么变化。拨通了电话，是她的声音，她没有拒绝我，爽快地答应了。

诗琴穿着一件长长的风衣，遮到了膝盖，眼神还是那么明亮。我原来预备了好多要说的话，见面了反而不知道从何说起。我想她也许只是把我当成一个普通的同学和朋友对待，先前对她的那种暗恋也被时光冲淡了不少。我们沿着沅江的堤岸走着，可以看到河水没有那么多了，瘦瘦的，露出了大片的河床。水缓缓地流着，风也不大。

我说："你们学校怎么样？"

她说："还好。学校蛮漂亮的，有些同学的家庭条件挺好的。"

我说:"学习紧张吗?"

她说:"不紧张。想学就学,没有人盯着你。"

不过才不见半年,就已经没有太多的共同语言了。我也不好说我曾经暗恋过她,也许她知道,不过这一切都已经过去了,也显得不那么重要了。心灵深处的痕迹,在时光的打磨之下,逐渐淡化。虽然我有一颗怀旧的心,但同时我也是一个务实的人,即使她真要找我谈恋爱,我恐怕也会因为异地恋而打退堂鼓。况且她从来就没有表示过喜欢我。

我又问她有什么打算。她说现在离毕业还远,也没有什么明确的计划。学校里有很多唱歌跳舞的机会,倒是可以一展身手了。我说我也学过跳舞。她笑了笑说,想不到你也学这个,哪天我俩一起跳跳。我开着玩笑说现在不可以吗?她说这里没有音乐,再说在河堤上跳舞感觉怪怪的,还是不要跳的好,别人还以为是两个傻子呢!我说跳自己的舞,让别人去说吧。她说想不到我还是没有改掉以前的毛病,喜欢乱说话。说到这里,我才找到了感觉,进入了状态,似乎又回到了从前的时光中。我说虽然我们才读过一年书,但对她的印象尤为深刻。她说她也觉得那一年的生活有滋有味。我们的谈话始终保持着一种若即若离的状态,谁也没有明确表态。

一年二期

　　过了年，很快又到了上学的日子。家人对我独自乘车也放心了，没有太多的叮咛，只是说要好好读书。虽然我去的是一个偏远的城市，但由于是春运期间，火车站的人很多。我有种预感，这是一段艰难的旅程。不过想想红军过草地，爬雪山，这算不了什么。人们已经排了一条长龙，等候着售票窗口，不时地有人插队。好在我是学生，有专售学生票的窗口，那里人并不是很多。

　　买了票，在候车室等着。来来往往的人很多，有人背着大大的蛇皮袋，或许装了被子、衣服之类的东西，鼓鼓的。有人拿着塑料桶，鞋和衣架等等，乱七八糟地放在其中。火车晚点了，我有点焦急。终于到了，检票员打开了门，人们像难民一样一窝蜂地去挤车。我看情形不对头，顾不得检票，也冲了进去。车门塞得紧紧的，从车门是进不去了。我见到有人在翻窗户，心想也只能这样了，如果上不了这趟车，也不知道什么时候才能到学校了。等到那人进了车厢，我把包先顶了进去，随后从窗户往里翻，后面有人在推我。

我好不容易进去了，火车开了。还有好多人没有上车，我看到他们在跺脚叹息。没有座位，我在人群中随便坐了下来，脏不脏已经不是我首要考虑的问题了。我只想歇歇，前面的路还很长。火车上人很多，空气似乎也难以流动，各种各样的味儿都有。虽然是同类，可是在这拥挤的车厢中，谁也不想闻对方的味道。没有办法，我动不了，要不是为了上厕所，我不轻易走动。费尽九牛二虎之力，我终于到了厕所门口，发现很多人在那里等了，有人脸憋得通红，不知道是要大便还是要小便，总之很难受。这时，可千万别闹拉肚子，否则拉在裤裆的机会并不是没有。

终于轮到我了，厕所里的味道更难闻，有些人没有冲，或者说火车本身就缺水。完事后，我又艰难地回到了我的地盘，发现已经被别人占了，不过我还是又坐了下来。只要想坐，还是有办法的。这种苦是我所没有预料到的，我宁愿大热天在田里干活，也不愿意坐这样的火车。我忽然开始怀疑为什么要离开家了，在家里不是好好的吗？为什么要去这么远的地方？是为了更好的生活吗？

这时，竟然有人推着车过来卖吃的了。我对这样的工作人员几乎要佩服得五体投地了，在人都不能走动的地方，他们是怎样过来的？"冲开血路，挥手上吧！"我想起了《万里长城永不倒》的歌词。我赶紧买了点吃的，生怕他们一去不复返。火车上的食物尽管很难吃，但总比饿着强。

我像货物一样被运送到了目的地。到了学校，我赶紧去了浴室，把一路的风尘冲得干干净净，又洗了衣服，晾了。收拾妥当之后，我开始睡觉，依然觉得床好像在轻微摇动，如同还在火车上一般。直到第二天起来，这种感觉才逐渐消失。

新学期开始了，校园里有很多协会在招会员。我对棋类感兴趣，来到象棋协会那里，咨询了一下，入会的要求简单，要交一些会费，说是将来活动的时候要用。我便怂恿郝强也来参加。郝强说，他现在对象棋已经不是那么感兴趣了，下棋费脑子，而且又没有什么用。我想了想，确实没有什么用。不过又说，以前喜欢下棋的时候，老师不允许。现在可以下了，怎么又不下了。他说，人的兴趣爱好会随着年龄而变。我说，还是问问学长再做决定吧。

学长又组织了一次聚餐，这次不是吃火锅了，改吃炒菜，因为有些人的胃受不了火锅的杂味。他问我们对大学的生活有什么看法。

我说："是感觉自由了一些，可是没有学到什么东西。"

郝强说："学高等数学的时候，老师也不讲定理的来龙去脉，搬过来就用。"

梓辛说："老师只是要我们多阅读小说，也没有什么指导。我觉得很茫然。"

学长说："刚开始的时候，我和你们有一样的感受，不过现在适应了。"

梓辛问："适应什么了？"

学长喝了口啤酒，说："适应环境了。一个人不能改变环境，就得要适应环境。我听有些毕业的同学说，我们学的知识百分之九十将来都用不着。"

我问："这么说，是不是意味着我们可以不努力？"

学长说："也不能这么说。成绩好的同学，更容易找到好一点的工作。"

我说："我想参加象棋协会，好不好？"

学长笑了笑，说："要交会员费，花的钱你不如请我们吃顿饭好了。下棋在哪里不能下？"

郝强说："我想参加文学诗歌协会，怎么样？"

学长说："我对这个不是很懂。不过图书馆的书很多，你也可以自己借阅。"

梓辛看了看郝强，说："想不到你也爱好这个。"

郝强说："我是没有办法了，我的头脑受过伤，已经不适合学理科了。"

梓辛有点不悦，说："你也太小看我们文科生了，好像脑残的人才学文科一样。政府需要宣传，人们需要阅读，都少不了我们文科生。"

"不好意思，我没有想到会冒犯你。"郝强说。

因为刚过年不久，我们又一起回忆了老家过年时的情景。老家是早上吃年饭，一大清早，父母就起来做饭了，一边吃饭，一边看着天变亮。吃饭前先炸了鞭炮，用了猪头上供。桌子上摆了十来个菜，热气腾腾的。气温低的时候，会放盆火在桌子下面。我很疑心人们以前的生活平时不好，连年饭也等不到晚上就吃了。学长给我们说了一个笑话，说前些年手表还没有普及，他有个邻居按照惯例听鸡叫后，就起来做年饭。结果吃了年饭，天还没有亮，就又睡了一觉。原来是那只鸡打鸣太早的缘故。我们都笑了。

上了一道叫蚂蚁上树的菜，我还以为要吃蚂蚁了。学长就说，这菜名有点吸引人，其实就是肉末粉条，放了葱、辣椒之类作点缀，样式和味道都不错。我想起了老家的红薯粉丝，墨绿剔透，并不比这个差，名字没有这么花哨。梓辛说，这名字有点意思，一定是文化人起的。郝强说："你所说的文化人指文科生吧！"梓辛说："可以这样理解，理科生对生活缺少情趣。"我说："那也不一定，我喜欢下象棋。难道就不算有情趣吗？"梓辛说："我不知道下棋有什么好玩的。"学长最后和我们碰了一杯，说："不要争了，大家都好好学习，天天向上吧！"

我像往常一样上课，吃饭，睡觉，过着程式化的日子。到了周末，我和郝强商量去约梓辛看电影。他同意了，反正他也很无聊，正合他的意。电影的名字是《卡萨布兰卡》，听起来有点奇怪，应该是外国片。我对陌生的事物总是很感兴趣，便怀着很大的期望。小荷也来了，还是穿的绿色的衣服。她一见面就说，好久没有见到我们了，好像很熟的样子。其实我才见过她俩三次而已。

同学们已经就座了，电影还没有开始。见到有人走来走去，还有拿着瓜子或者话梅的，他们准备一边吃一边看。我问两位女生需不需要，梓辛说不需要，没有那个习惯。小荷也没有说什么，我觉得她可能想吃，不过还是没有买。因为我不喜欢吃。电影的内容已经忘记了，只记得好像是一部爱情片，歌的旋律倒是很流畅，容易记住。

看电影的过程中，同学们有时会发出很大的笑声，好像事先约定好了一般。我不知道有什么好笑的，为了活跃气氛，我也笑了起来。小荷奇怪地望着我。嗑瓜子的声音不时地传过来，我扫了四周一眼，又见到情侣们搂在一起，还有接吻的，心里不是滋味。电影院的灯光忽明忽暗，我发现梓辛看得很认真，好像被感动了，似乎要流泪。我想，电影里面都是假的，学文科的多愁善感，也不足为奇。

我突然之间想起了乡下的露天电影，那个时候谁家有喜事，有时会放电影。一到晚上，附近的人都会带着凳子来，好像赶场一样。虽然很多是主旋律的片子，但也喜欢看，因为别无选择。大人来也许不是为了观影，而是一种非正式的聚会。小孩子纯粹是为了好玩。梦飞总是给我占一个好的地方，想和我一起看。而我总是不买账，喜欢爬到树上看，真是辜负了她的一片好意。没有想到高考过后，人的命运就发生了转折，也不知道她打工的日子过得怎么样。我在这里过着无忧无虑的生活，实在是一种奢侈。

散场了，我们便送她们回宿舍。梓辛说："时间还早，去操场走走吧。"我们都表示同意，难得有这样的机会。照样有些人还在做运动，跑步、玩单双杠，等等。还是春天，气温也不高，偶尔还有风。这是一个惬意的晚上。梓辛问我们觉得电影怎么样。我说："印象不深，只记得有接吻的画面。"

郝强说："你是指电影里面还是电影院里面。"原来，他也看到了。

小荷说："怎么你们男生只关注这些？"

梓辛说："你们不觉得感人吗？"

我说："那个年代离我们太远，没有代入感。"

小荷说："我相信纯真的爱情在任何年代都有。"

我猜测她是要迫不及待地谈一场恋爱了，所以才说这样的话，便说："你是不是也想谈恋爱了。"

她并没有什么娇羞的神情，说："是的，这个时候不谈还要等到什么时候。"

郝强说："也许你说得对。高中的时候没有时间谈，大学毕业后要忙工作。"

梓辛说："这么说来，你们两个可以谈谈。"

郝强说："你不会是在给我俩牵线吧？"

我们都笑了，继续沿着操场走。又各自说了说学习的情况，基本上对知识是不求甚解，又觉得对考试及格还是有信心。我应付大学的科目已经有了一定的心得，对于理科科目，记住公式就好了，考试的时候直接代进去。文科科目在考试前背诵几天就可以了。大学教育也没有说要鼓励我们有创新，再说大部分人也是庸人，持有的是得过且过的心态。这里的夜晚少有星星，雾多的原因。我们即使抬头看天，也不一定望得到。

梦飞南下到了广东，在姐姐的介绍下，顺利进了工厂。工厂是生产毛衣的，老板是台湾的。她做的是补衣。姐姐说，干这个活要年轻的，眼神和手工都要好，年纪大就不行了。梦飞起初有点不适应，长时间坐着，不能随便走动，晚上还要加班。她在家里没有干过这么长时间的活。刚刚才来，也不好说就不做了。再说，自己只是高中文凭，坐办公室的工作也不是轻易能得到的，只好咬紧牙坚持下去。

离她工作地点不远的地方，是织毛衣的地方。工人们用手左右地拉着，不时地换线，男女都有。有人把收音机放在台上，有时能听到流行歌曲。梦飞想了想，也许他们更辛苦，要长时间地站着。她有点后悔了，如果再坚持半年考上了大学，就不要做这体力活了。然而命运是自己选择的，不可回头，怪也只能怪自己。

有几个男工人见她长得好看，趁着打水喝的间隙，不时地来搭讪。梦飞懒得理他们，总觉得他们和自己不是一个档次的。她一心用在提高自己的技能上，这可不是一个简单的活儿。她有一种怀才不遇的感觉，但又说不上来自己有什么才能。她需要靠手头的工作来麻醉自己，不让头脑想那么多的事情。

十来个女同事同住一间宿舍，她们大多没有什么文化，很多是从偏远的山区来的。梦飞和她们没有共同语言，显得格格不入。广东天气湿热，每天都要冲凉洗澡。女同事回来的时间都不同，要到很晚才能静下来。梦飞觉得工作和生活都很枯燥，她保留了记日记的习惯，只有在这个时候，才觉得找到了自己。日记多是写见到的事和心里的感慨。不管怎么说，这是一个新的环境，总有一些新的发现。

女同事到周末的时候，会有人约一起去溜冰。梦飞对这些没有兴趣，有时和姐姐去逛逛街，买衣服和鞋；有时就在厂里走走，或者待在宿舍里。有天，她收到了裘正的一封信。原来裘正打电话给她妈，打听到了她的地址。她很感动，想不到裘正还记得自己。信里还是劝说要她读书的话。梦飞没有回信，她觉得和裘正已经不是一个阶层的了，联系无益，将来说不定还会拖累对方。她觉得生活就是由自己一针一线缝制而成的，既然选择这样一种活法，就应该接受。

端午节到了，工厂发了粽子。梦飞想到了老家包的粽子，里面只有糯米，比不上广东的花样多。这个时候，女儿要回娘家，可以见到姑妈家的人来奶奶家。人多了就热闹。她想起了和表兄们去树上摘桃子的情景。树很高大，桃子成熟了，好摘的地方都被人摘了，需要爬到很高的地方。爸爸老是嘱咐不要摔下来了。乡下的女孩子也很野，根本不在乎危险，有时还要比比谁爬得高。有些熟透的桃子被鸟啄了几口，或者里面有虫子也在偷吃。这也不要紧，剜干净了，继续吃，算是和动物一起分享。这样一回忆，她有点想家了，只好找到了姐姐，说说家乡话。姐姐就安慰说，出来时间长了，就习惯了。

广东的端午也很热闹，有些早熟的荔枝成熟了，戴着斗笠的妇女在卖。梦飞买了一些，尝了尝，味道确实清甜，心想怪不得杨贵妃那么喜欢吃荔枝。听说不远处还有划龙舟的活动，她本来想去看的，但要坐车花路费，就没有去。她想多攒点钱寄给家里。

又上班了。厂里的生活相对来说很单调，这里的人似乎都适应了这种生活，都像机器一样工作着，没有什么想法。梦飞觉得这不是自己想要的生活，却又找不到更好的路可走。她想一个文化程度不高的女人，怎么才能过上幸福的生活呢？如果挣足够多的钱能够幸福的话，怎样才能赚到更多的钱呢？她想靠那点工资是永远没有出头的日子了。她是一个不甘于平庸的人。现实和梦想的距离，让她觉得难受。她把这些都记在了日记里。

周末到了，我们想着法子消磨时间，并不觉得时间有多么的宝贵，决定去公园玩一玩。租了相机，要拍照留影。郝强对照相没有什么兴趣，他不喜欢保存东西，这点跟我不同。我有点喜欢收藏，对一些照片和书信总是保存起来，闲暇的时候会打开相册和朋友家人一起分享。不过他还是去了，当然还有梓辛和小荷。

太阳有点晒，梓辛戴了顶帽子，小荷打了把伞。我俩什么也没有准备，跟在老家没有什么区别。如果要戴草帽的话，又觉得不合时宜，毕竟这是座大城市。小荷一路叽叽喳喳说个不停，我才知道她原来是四川达州的，算是本省人。跟我一样，也是出生在一个小镇上，据她的描绘，那里也有山，还有一条河流过家门口。

我便说："想不到你还这么讲究，带了一把伞。"

小荷说："你不觉得我的皮肤很白吗？女人一白遮三丑，还是白点好。"

我说："我是不怕黑的了，我要保持我的本色。"

小荷说："你们男生，黑点，粗糙一点无所谓。不过我还是喜欢白净一点的，最好像唐三藏的那种。这说明他的家境好啊！"

我撇了撇嘴，说："原来你也是一个拜金主义者。"

小荷说："你说得对。不过在大学期间，我对恋爱对象的要求，还是以感情为主，家里有没有钱倒在其次。我想谈一次纯洁的恋爱。"

郝强拿着相机，和梓辛并排走着。公园离学校不远，不一会儿，我们就进了门。里面有很多花，摆成了各样的造型，还有一些世界各地的微缩景观。为了不浪费胶卷，需得找到好的景观才照。我记得清楚的是有一个模仿巴黎巴菲尔铁塔的，我们在那里摆好了姿势，叫游人给我们照了张合影。那时候 V 形的手势还不流行，我们的姿态略显僵硬，手垂下来，贴着裤缝。公园里也有一些学生模样的游客，他们对这个异样的世界充满了好奇。

梓辛说："有一天，我非得要亲临这些真实的地方，去看一下有什么不同。"

郝强说："估计也没有什么不同，只是大小不同而已。"他的语气很平淡。

梓辛说："你怎么对未知的世界不感兴趣。氛围肯定不同吧？"她并不知道他从树上跌落过，留下了创伤。而这种创伤，是外人无法体会到的。

他欲言又止，他不愿意说出来，博得别人的理解和同情；说出来，别人也未必能够理解，感同身受。人生也许由某些偶然构成，一个人之所以是现在的样子，需要分析其背后的原因。不可否认的是，每个人都希望通过努力，来达到成功。可是每个人的天资各异，遭遇也不同，而且心里突然闪现的某个想法或者突然的不测，也能改变人生的轨迹。

郝强说："好的，那我们就多看看吧！你们看，那边有个金字塔。"

我们顺着他指的方向望过去，果然发现一个小小的金字塔，在阳光的照射下，闪闪发光。

梓辛说："我们去那边合影吧。"

郝强说："我感到奇怪的是为什么埃及人喜欢保护尸体。按照无神论，人死了之后，什么都没有了。"

小荷说："这是一个信仰问题，或者说是一个哲学问题。你应该报考哲学系。"

梓辛说："对了，郝强，你上次说要参加文学诗歌社团的，有没有参加？"

郝强说："后来我想了想，文学诗歌是一个很私人的东西，就没有参加了。"

小荷说："想不到你还有这方面的爱好，你和我交朋友就对了，你不觉得我有诗人的气质吗？"

我说："不怎么觉得。"

小荷有点着急了，说："郝强，你来说说。"

郝强说："也许有点吧！看得出来，你有点爱幻想。"

小荷说："交往了这么多次，原来在你的眼中，我只是一个爱幻想的女孩。"

郝强说："爱幻想没有什么不好，至少可以摆脱现实。"

梓辛说："我想了一下郝强刚才说的话。确实，文学诗歌是一个很私人的东西，真没有必要聚众探讨。所谓的社团多是哗众取宠。"

小荷说："梓辛是我们宿舍的才女，即使对出名的作家，也不以为然。"

"隐约觉得有点像。"我说。

快到正午了，胶卷也用得差不多了，我们找了个阴凉的地方坐了下来。石头的桌子和凳子，很干净。又把饼干和矿泉水拿了出来，准备当午餐吃。有小鸟过来觅食，我丢了些饼干，没想到反而吓走了它。梓辛就说："鸟是不吃饼干的。"小荷说："不如我们给鸟也照张相吧。"我说："别浪费胶卷了。"郝强只顾吃东西，他知道小荷是这样的性格，就不好说她。

小荷拿了相机，戴了梓辛的帽子，不顾头顶的烈日，去寻找那只鸟。我们三个就在那里吃东西，聊天，实在懒得动。我说："你们有没有觉得，小荷有点傻乎乎的。"

郝强说："每个人的性格不同。"

梓辛说："这个世界上，这种类型的人还不少。"

我说："天气这么热，她还要给鸟拍照，难以理解。"

一会儿后，她回来了，很开心的样子，说找到那只鸟了，而且拍了一张。见我们几个嘀嘀咕咕地说着什么，就问："你们有没有背地里说我的坏话？"

我说："不敢，不敢。"

她又说："你的意思是我坏，只是不敢说而已。"

我赶紧说："不坏，不坏。"

她扬起了小拳头，打在了我的肩膀上，说："瞿格，你眼神闪闪烁烁，一看就知道你心口不一。"

我揉了揉肩膀，并不痛，说："你可要轻点。"同时感到一种酥软的感觉。

梓辛对小荷说："别闹了，吃东西要紧。"

那时的生活确实没有压力，不需要考虑升学，也不必计较考试的名次。老师也不管我们有没有上课，有没有按时睡觉。我又离开了家庭，更是感觉到了自由自在，就像一只飞出了笼子的鸟儿一样。我很放松，不由哼起了舞厅里听到的《海阔天空》中的一句歌词，"原谅我这一生不羁放纵爱自由"。

小荷顿时睁大了眼睛，说："想不到你还会模仿粤语。"

我说："这一句，谁不会呀。"

小荷说："想不到你还挺前卫的。"

郝强说："其实他的思想还算保守，我了解他。"

我对小荷说："我只是想学唱这首歌，可不要给我贴标签。"

梓辛说："Beyond 的歌，女生也爱听。"

我说："是吗？"

小荷说："这没有什么奇怪的。"接着她又列举了几首歌，也唱了几句。

我们都觉得很过瘾，虽然她唱得跟我一样，不是很专业。我又想起了白诗琴，要是她在的话，肯定比小荷唱得好。

那天，我们玩得很开心。空气中异性的气味是那样的浓烈，还有鲜花的香味，可爱的小鸟。无论是人造的还是天然的景观，都有序地镶嵌在一起，给人一种和谐的美。风华正茂的年轻人，对未来无不抱着美好的期待。

这学期在不知不觉中，很快就结束了。我又上了火车回家。车上人不是很多，在听到"卖瓜子、花生、辣萝卜"的叫卖声中，我知道已经进入湖南境内了。田里的稻谷已经成熟了，人们忙着收割，又准备种第二季。这是一年中最忙的日子。妈妈见到我回来了，要我休息几天，不让我下田。爸爸问我，这学期学习怎么样，又问我有没有参加组织。我说，参加了象棋协会。他有点不开心的样子，说："我是指你有没有申请入党。"

我有点惊愕，不知道他到底对我有什么样的期待，应了一句说："看机会吧。"我从来就是一个被领导者，没有想到去领导别人，对参加组织没有兴趣，对乌托邦的社会也不抱有幻想。

他又说："我虽然混得一般，但好歹也是一个党员。"

我还是很懂事，主动去田里干活了。耙田已经机械化了，爸爸帮我发动了机器，让我试试。马达声嘟嘟地响着，我坐在拖拉机上，觉得很好玩。蜻蜓低飞着，总是很巧妙地避开我。水浪在田里翻滚着，一波未平一波又起。我属于业余的玩票性质，知道如果耙得不平整的地方，爸爸会帮我搞好，也没有什么压力。村子里像我这么大没有上学的小伙子，早就已经能独立干活了。

妈妈在一旁唠叨，数落爸爸不该让我干活，说孩子刚回来，也不让歇歇。爸爸就说让我体会一下，知道做农民的辛苦。我在上面很得意，一点也不觉得累，只是有时要转动一下方向盘，沿着田一圈一圈地耙。我戴了顶草帽，卷着裤腿，身上溅得都是泥。一条黄鳝被刨了出来，慌张地逃窜上了田埂。不远处的稻田里，有人在割稻，也有人在耕田。一片农忙的景象，与以前无异。

爸爸点了一根烟，吧嗒吧嗒地吸着，一点儿也不着急。梦飞的爸爸来了，看样子他的伤已经好了。爸爸递了根烟给他，又给了火，说："来，吃一根。"

他说："那是瞿格吗？能耙田了，长大了。"他老觉得我一直在长大。

爸爸说："是的。他那个年纪，你都已经结婚了。"

"只可惜梦飞了，说什么也不肯读书，打工去了。本来我还指望着和你做亲家呢，现在不行了。"

"为什么不行了？"

"你儿子是大学生，我女儿是高中生，不合适了。"

"下一代的事我们不能做主，也管不了，谁知道将来的社会。"

天空中聚集着黑云，燕子到处飞，很快下雨了。我赶紧熄了火，回家避雨。田里的人群也逐渐散去，空荡荡的。

暑假里，我做了些农活。老师没有布置作业，我也没有带课本回来，大部分时间都在晃荡。去了几个初中同学家串门，有的打工去了，没有打工的也有学技术的，木匠、瓦匠也有，他们大都很忙，没有时间和我说话。还有家庭条件好一点的，父母是本地单位的，就被安排到相应的单位去上班了。毕竟有些时间没见面，生活环境也不同，共同语言便越来越少。

二年一期

　　大学二年级，专业课的比重增加了。有些课程是以前没有接触到的，我必须用点心了，我可不想补考。我参加了几次象棋协会的活动，觉得没有什么兴趣，也退了出来。再说爸爸交代过了，上学的时候最好别下棋，免得玩物丧志。他说他当年就是因为下棋误了事，但具体是什么事，也没有跟我说。

　　郝强开始单独和小荷约会了，这是我始料未及的。我该怎么办呢？梓辛不是我特别中意的那种类型，她好像对我也不怎么在乎，我们只是普通的老乡关系而已。本系长得稍微有点姿色的女生，早已被瓜分了。其他系的女生又没有机会接触。我迷恋上了足球，以此来填补感情上的空白。一有空，我就会和同学们去踢球。电视里放联赛，我也搬了凳子，和同学们一起看。虽然那些国家和球队离我非常遥远，但我也有喜欢的球队和球星。

　　有一天，我踢球的时候，受了点轻伤，膝盖蹭破了皮，便下了场，坐在旁边休息。踢球的人很多，足球场上根本没有草，由细沙铺垫而成。球员们都乐此不疲，奋力奔跑和争抢，能量满满的。有女生观战时，球员们拼劲更足了，个个都想好好表现自己，如同古罗马斗兽场的狮子一样。

郝强不知什么时候过来了，给了我一瓶矿泉水，说："你也该找个女朋友了，你看，受了伤也没个人照顾。"

这让我想起了梦飞，高中时我打篮球受伤，她那心疼的样子。有人心疼当然好。我说："不是我不想找，去哪里找，找谁啊？"

"找梓辛啊，她是老乡，又是单身，长相也不错。"

"我总感觉她不是我的那碗菜。"

"大学谈恋爱也未必就有什么结果，只是时间实在太多，不谈真不知道怎么过。"

"你和小荷真是理性的一对，谈恋爱前就已经预测到了结果。"

"我对未来其实也没有什么预测，只是得过且过。不过毕业后分手几乎是必然的了。"

"我想我还是要找一个合适的。"

他开导我说："没有什么合适不合适的，只要不讨厌对方，待在一起时间长了，自然就合适了。"

我喝了口水，说："你让我冷静一下，好好想想。"

我洗了澡，吃了晚饭，背着书包去上晚自习。由于还没有到期末，上自习的人不多。我拣了个角落，坐了下来。做了会儿作业，注意力不集中。见到课桌上有人留下的打油诗，都是爱情之类的，也不晓得是哪位高人留下的。又有一些画，刻在上面，更是引人入胜。我想起了诗琴，不知道她怎么样了，好久没有联系了。高中时我是有意想过要和她好的，毕业后仅见过一面就没有音信了。还有梦飞，她初中的时候好像喜欢过我，我感觉得到。梓辛呢，我们偶然在船上遇到，应该是很有缘分，又在一起玩过几次。这几个女生的形象在头脑里一直闪现。我想要是把她们的优点都集于一身就好了，那么我会迫不及待地去追求。不过从地理位置上来说，梓辛最合适了，她离我近。我又想如果我和她约会，她拒绝我的话，我该是多么没有面子啊。我处于一种犹豫不决的状态之中。我独自在教室里发呆，听到有对情侣在卿卿我我地小声说着什么，再也没有心思学习，就回宿舍了。

郝强离开球场后，背了书包，里面放了饭盒，准备去小荷那里吃饭。来到食堂的时候，见到小荷已经在那里等了。郝强就去排队，问小荷吃什么。小荷说要回锅肉，四川人喜欢的一道菜。郝强端了饭菜，和小荷坐在了一起。小荷给他也夹了一块，说："你不怕我的口水吧。"

"不怕。想不到你的口味这么重，这菜又油腻又辣的。"

"我家小时候不常吃肉，现在有的吃就补回来。"

"你就不怕长胖。"

"长胖了，你就背我。"

郝强转移了话题，说："你说瞿格和梓辛可能在一起吗？"

小荷说："这我也搞不清，顺其自然吧，不能着急。"

"要不你在梓辛面前多提提他。"

"也行。想不到你很为朋友着想的。"

"我是一个好人。"

"我也不坏。"

"想不到你也是好人。"

小荷就假装生气了，郝强连声赔不是。

吃了饭，他们又在操场上走了走，天黑之后，准备去看电影。电影院里灯光很暗，小荷主动把头靠在郝强的肩膀上。他只觉得一股女人的清香，悄无声息地流进了鼻孔，不由多吸了几口。小荷的头发洒落在他的脖子上，他觉得痒痒的，也没有觉得有什么不舒服。郝强不由自主地把手搭在了小荷的肩上，她也没有逃避，反而很顺从地依偎得更紧了。他是第一次这么和女人接触，很想亲一口对方的脸，但还是忍住了，觉得感情还没有发展到那种地步。他另一只手则握紧了她的手，好像一刻也不舍得分离。

他们小声说着话，别人听不见他们说什么，只有他俩互相听得见。郝强拿出了一包话梅，打开了，给小荷喂了一粒。小荷说："你怎么知道我喜欢吃？"

"上次看电影时，从你的表情判断得出来。"

"看来你是一个细心的人，电影院的灯光很暗。我们女生就喜欢吃零食。"

"这东西有点酸。"

"它又叫情人梅，你知道吗？"

"不知道，名字倒挺多的。"

电影院里依旧不时传来同学们发笑的声音。小荷起身了，说是去上厕所。郝强问要不要他陪着一起去。小荷就说："傻呀，我去的是女厕所。"郝强就说早去早回。他等着她，也吃着话梅，不停地用舌头搅着核，弄得满嘴都是口水，的确酸。时间虽然不长，也觉得难熬。等到小荷回来了，他又给她喂着吃，说怎么去了那么久。小荷就说等女人要有耐心。郝强说自己是个急性子的人。小荷就说心急吃不了热豆腐。播放的是一个喜剧片，小荷笑得前俯后仰的。郝强也跟着笑，差点把核吞进了肚子里，只好吐在手里，接着笑。笑能让他放松一些。

梦飞打工的生活还是平淡无奇，不过她的技术进步得很快，能挣更多的钱了。她决定买几件衣服，打扮一下自己，让心情好起来。来到服装店，她照了照镜子，身上的这套衣服的确有点不合时宜，该换了。无论是色彩还是款式，都显得老土，一看就是个打工妹。她没有想到自己会成为打工妹中的一员，在她的内心深处，原来是存在诗和远方的。已经发生的事都是不可避免的，她必须为自己的选择负责。

进了试衣间，她发现胸罩的颜色也陈旧了，车线也松了。她想好在是内衣，也没有人会发现。她托了托胸，比以前有进步了，有那么一点更要突出来的劲儿。自摸了一下，没有什么感觉，心想说不定别人摸一下会更舒服。可是心中也没有什么特定的人选。

换上了新的裙子，出来又照镜子，前后左右旋转了几圈，从各个角度欣赏了一下，觉得不错。老板娘也一直在旁边说合适，人显得更靓了。讨价还价之后，她下定决心买了。想不到自己还适合穿裙子，可见没有丑的女人，只有不会打扮的女人。走到街上，有几个小青年不时地回头望，梦飞显得更有自信心了。

工厂里追求她的人还真不少，可是梦飞都看不上眼。她补衣的时候，碰到有人过来搭讪，也只是笑笑，不说太多的话。有几个热心的大姐说要给她介绍对象，她也是笑笑，说等等吧，年纪还小。

到了中秋节，厂里决定举办文艺晚会。同事们提前开始准备了，有唱歌的，有跳舞的。同宿舍的人问梦飞要不要表演节目，她说自己文艺方面没有什么特长，当观众好了。女同事就说："你平时晚上写写画画的，跟我们不同。"梦飞说："写写自己的心事，也没有什么不同。"女同事说："晚会的时候，你就念念呗，好让我们知道你写的什么。"梦飞发现同事们对晚会都很关注和投入，有些人下班之后还练习呢，就觉得还是应该融入工厂的氛围中去。她想表演什么节目好呢，对了，就朗诵一篇自己写的文章好了，也报了名。

到了中秋那天，月亮升起来了，星星不是很多，天空越发显得寂寥。员工们每十人一桌，坐了下来。桌子上有瓜果之类，葡萄、哈密瓜、苹果，等等，还有瓜子、花生。茶和饮料也有。当然少不了月饼。厂子里的效益还不错，赚钱了，老板也舍得花钱。还有几个台湾同事也来了，坐在靠近舞台的位置。有些员工还把孩子带来了，孩子们蹿来蹿去，互相追逐着。员工们脸上洋溢着喜悦的神情，平时上班辛苦，难得有这么放松的时刻。

晚会开始了，唱歌跳舞的节目少不了，有些人唱得还真不错。梦飞心想，看来人出生的环境很重要，如果他们生在一个音乐世家，说不定已经是歌唱家了。轮到她上场了，她穿着新买的裙子，显得亭亭玉立，像一个含苞待放的花朵，焕发着青春的气息。广东气温高，到了中秋也不觉得冷。她有点紧张，第一次上这么大的场面，本来想脱稿朗诵的，怕忘了词，就照着念了起来：

　　每逢佳节倍思亲，一年一度的中秋节又到了。想起以前在家过中秋的时候，月饼不是很充足，姐姐和我还经常争抢月饼吃。乡下的中秋节没有城里热闹，吃的种类也不多，橘子还没有完全成熟。我们老家那个时候就橘子多。家里的人也不懂得还要赏月什么的。他们很忙，没有那个闲情。唐朝大诗人李白说过"小时不识月，呼作白玉盘"，给我留下了很深的印象，我觉得老家的月亮就像白日盘，很好看。如果我接一句的话，应该是"长大才识月，月是故乡明"，祝大家中秋快乐！

她念完了，有些人似懂非懂的，有些人觉得写得好，拍起掌来。晚会继续举行，有唱《十五的月亮》的，也有唱流行歌曲的，总之很热闹。员工们吃得饱饱的，吃不完的东西就打包回去。到散场的时候，桌面上也剩不了多少了。梦飞没有拿，只是吃了些水果。

过了几天，人事部有人找梦飞谈话，说要调她去业务部门上班。梦飞说："我不会哦，以前没有干过。"那人说："这可是一个好机会，并不是每个人都有的，你要珍惜。"梦飞觉得做补衣终究是一个手工活，她早就想换个工种了，可是又不知道做什么好。再说在厂子里没有关系，也不是想换就换的。现在居然有这样的机会，连她自己也不相信有这么好的运气。当下，她不再推辞了，说："好的，我试试吧。"

大学外面一条街，有录像厅，是学生们消遣的地方。我在犹豫中度过了一段时间后，有天下午觉得无聊，又想去看看录像了。出了校门，来到了街上，一连经过几家录像厅的门口，看了看海报，觉得并没有什么太吸引人的内容。直到看到有张海报的标题是《蜜桃成熟时》，我才停了下来。光是这标题，就让我充满了无限的遐想。我不由想起了和郝强高中时偷看录像的情景，那时还真是偷偷摸摸的，很难为情。大学不同了，好像这是一门必修课一样。

我进了门，里面已经坐了些人，以学生为主，还有一些社会上的人。内容已经记不清了，只是觉得当时灵魂好像出窍了，完全沉浸在故事的情节中。不过，潜意识中我觉得这是堕落的一种标志。我读大学是来学习知识的，学习谋生的技能的，不是来看录像的。可是谁能又抗拒诱惑呢？然而顺从舒适是人的天性之一，我只好继续看下去，内心的挣扎暂时止息。这个时候，我真的希望旁边有个女朋友或者说年轻的异性，来满足我的欲望或者说好奇心。

有人在吸烟。我也想吸，很想借助它来缓解这种失落和虚无。于是，我买了包烟，点了一根，吞云吐雾起来。这并不是我喜欢的味道，有点呛人。我也知道吸烟有害健康，但我想抽一支或者一包，问题也没有那么严重吧。吸完了一支，我好像有种负罪感，赶紧把那包烟给扔了。我告诫自己不能吸烟、不能上瘾，偶尔玩一下就可以了。

录像厅灯光暗暗的，从看录像的人的表情可以判断出来，他们都处于一种贪婪之中，陷入情欲的想象之中难以自拔。我想我在别人的眼中是不是也是这样的呢？我下意识地揇了下脸，让自己冷静了一下。可是没有什么用，我感觉我的身体就像要爆炸一样，膨胀得难受。我起身去厕所洗了一把脸，里面连镜子也没有，我无法看清此时的面部表情。据我猜测，应该处于一种严重分裂的状态中。

看完录像后，我出来了，刚好看见梓辛从街上走过来。她好像看见我了，也许没有看见。我不敢和她打招呼，赶紧避开了。我不想让她知道我刚从录像厅出来。

那天晚上，我们又举行了一次老乡聚会。小荷也来了。我说："你不是我们的老乡吧？"

小荷说："怎么，瞿格，你不欢迎我？"

我说："欢迎，我们老乡又多了一个。"

小荷说："这就对了，学长都没有说反对。将来嫁到了湖南，不就成了老乡吗？"

学长说："说得对。来，喝一杯，欢迎将来的老乡。"

小荷一仰脖子，像男子汉一样，一口喝完了，说："谢谢学长，先干为敬。"

郝强拉了拉她的衣角，说："你怎么反客为主了？"

小荷说:"这样不显得生分。"

梓辛没有说什么,只是静静地吃。我不敢直视她,表情好像做贼一样,我猜想下午她应该看见我了,她平时聚会都说很多话的,不然这次为什么沉默寡言,应该对我很失望吧!

学长对她表示关切,说:"梓辛,谈恋爱没有?你这种应该很抢手吧?"

小荷说:"那当然了,有人在追她呢。像我这种都有人追,何况她?"似乎在暗示我,如果再不主动,就没有机会了,加重了我的紧迫感。

郝强说:"你这样说,好像我的眼光很低一样的。"

小荷说:"不是啦。不过我知道我确实不如梓辛长得好看。"

梓辛终于说话了,说:"你们学校门口有好多录像厅,看录像的人真不少。"

我窘迫得脸红起来,心想一定被她看到了,更加不敢看她,也不敢答话。

学长说:"我以前经常去,现在偶尔也看看,里面有些片子不错。"

梓辛说:"有文艺片吗?"

学长说:"也许有吧。文艺片的定义很复杂。"

梓辛说:"哦。"又不再说话了。

学长说:"也许郝强和小荷是不用看录像的了。"

小荷说:"学长,你这是什么意思哦?"

学长对小荷说:"你懂的。"

小荷脸有点红,不知是喝酒的缘故,还是情绪波动的原因,说:"学长,你可得要说明白点。"

郝强说:"这事就别再说了,来,喝酒。"

聚会散了之后,我的心情很低落。我想我是没有勇气追梓辛的了,好像灵魂中的污点被曝光了一样。我低着头在学校走着,一直到宿舍的灯都关了后,才回到了宿舍。躺在床上,我想在大学待了不多久,怎么就没有了先前的锐气和朝气?好像消失殆尽一样。

郝强的生活变得有规律了,白天上课,晚上约会。晚上即使要上课,他也会逃课，反正他对老师点名也不在乎。两个学校仅隔一条马路，好像一个学校一样。他和小荷一起吃晚饭，交替着买单，谁也不知道谁花的钱多一点，很少统计过，也没有必要计较。感情也渐渐从初恋到热恋过渡。

有天，小荷来找郝强，她有时也来我们学校吃饭。他们吃完晚饭，沿着嘉陵江的河边散步。这条路稍微偏僻一点，郝强牵着小荷的手，显得亲切而又浪漫，说："这也许是我人生中最美好的一段时光。"

"我也觉得。"

"我想问问，到底梓辛对瞿格的态度怎么样？"

"你倒挺关心别人的。我觉得瞿格有点不主动，哪里会有女生主动追男生的。"

"当初是你主动追我吧。"

"你就会睁着眼睛说瞎话。"

"我也不知道为什么瞿格变得优柔寡断了，他以前不是这样的。"

"你可得要他利索点，真有人追她，我可不是开玩笑的。"

郝强说："好的。"

沿着江岸，是一排石砌的栏杆。江面有船往来穿梭，对岸的建筑参差不齐。太阳已经不见，只留下一片余晖。远处的大桥如同纽带一样连接着两岸。难得有这样的清净，连鸟雀和飞虫也不见。他们背着书包，一直来回走着，也不觉得累。对未来的人生也没有什么计划，沉浸在当前的时刻里。

小荷说："时光要是不流逝多好啊！"

"你说得对。不过，'时光它永远不停留，把那年华都带走'，你应该听过这首歌吧？"

小荷说："当然听过，我们是同一个年代的人。"

"所以有些共同语言。"

路上开始有上晚课去的同学了，郝强就建议也跟他们一起去吧。小荷问上什么课。郝强说，应该是英语课，那栋石头的教学楼就是上英语课的。小荷说，也好，多学点语言不是坏事。他们就跟着进了教学楼。教学楼显得很古老，也不知道有多少年头了。到了里面，如同进了城堡一样。小荷说："我喜欢这种教学楼。"郝强说："我也喜欢，将来我想建个房子，就像这个一样。"小荷说："我能住在里面吗？"郝强："可以，特意为你建的。"小荷说："清醒点，别做梦了。准备上课吧。"

他们进了教室，周围的同学并不熟悉，也没有打招呼。老师进来了，说晚上练习听力，放录像看。同学们听了都很开心，开始议论起来。等到放映的时候，教室里才静下来。影片是《罗马假日》，经典的黑白片。郝强听了听，听不太懂，还好有字幕，总算搞清楚了部分内容。小荷好像很投入，把自己幻想成了片中的女主角。

出来后，天已黑。郝强送小荷回去，路上他们讨论影片的情节。小荷说："太浪漫了。"郝强说："是的。和我们一样。"小荷说："不觉得。"郝强就亲了一下她的耳朵。小荷觉得痒痒的，也没有逃避。郝强见她没有拒绝，又顺着耳朵下来，亲了一口脸。小荷停下了脚步，四周似乎没有人，只有四目相对。郝强得寸进尺，又大胆地亲了她的嘴，感觉湿滑湿滑的。小荷没有拒绝，反而贴得更紧，呼吸更为紧促，连眼睛也闭上了。

到了周末，感觉时间是那样的漫长，外面蝉的叫声更显得聒噪。宿舍里有人在打牌，有人在下棋，还有人在放音乐。我站在镜子前，旁若无人般，打量着自己：算不上帅，也不是那么让人讨厌，相貌一般，这种人识别度不高，在人群中一抓一大把；两目有神，却又似乎看不到未来；胡子不是那么浓密，喉结突出；我光着上半身，胸肌有一点点，由于缺少劳动和锻炼，也不是那么发达；深吸了口气，肚子缩了进去，肋骨分明。

我和室友们关系一般，谈不上好，也不算坏。也许随着年龄的增长，抗拒被同化的能力越来越强，因此也没有交上几个知心朋友，有的也只是泛泛之交。又没有砥砺学业的兴趣，灵魂深处更无法交流。学校生活风平浪静，既无波澜，也无涟漪，只是一日日地重复。

有人在洗衣服，水哗啦啦地流着；又有人在晾衣服，水滴在过道上，并无声响。洗脸盆和饭盆放在一起，看起来不是那么和谐。我拿下了洗脸盆，发现有一根握力棒。我百无聊赖地玩了几把，手臂的肌肉也随着鼓了起来。我不想停下来，一直玩着，停下来也不知道干什么好，直到筋疲力尽为止。

傍晚，郝强来找我了，说是去游泳。自从他恋爱以后，就很少单独找我玩了。我找了条泳裤，出了门。到达泳池的时候，天已经黑了。深邃的夜空中有那么几颗星星，一动也不动。我们冲了水，换了衣服。由于天不早了，游泳的人不是很多。有几只飞虫围着照明灯，不停地飞来飞去。

我好久没有游泳了，一口气游了几个回合，才停了下来。郝强也停了下来，说："这泳池太小了，不如家里水库宽。"

我说："那当然了，还是水库好玩。"

他说："不过在城里没办法，有得地方游就不错了。"

我躺了下来，睡在泳池的边上，仰望着天空，泳池极细的声音也听得见，说："这是我第一次晚上游泳。"

"什么事情都有第一次。"郝强说，"我说你怎么不追梓辛了。"

我迟疑一下，没有回答。

他又说："其实她人不错。"

我只好说出了原因，说那天从录像厅出来，也许被她看见了。

郝强笑了一下，说："原来你是一个迟疑不决的完美主义者。也许对方并不在乎，况且如你所说，她不一定就看见了。"

我说："可是我心里过不了那道坎。我不追她，以后见了面是老乡，是朋友；如果我追她，被拒绝了，以后见面就尴尬了。"

他说："你考虑得太多了，你以前的勇气去哪里了？有些事总要试一试。"

我说："我也不知道。"说完，我翻了个身，又滚到了泳池中，继续游。

我奋力划动双臂，超过了一个又一个的人，然后又倒回来。脚扑打着，溅起了巨大的水花。郝强在岸上看着我游，无可奈何地摇了摇头。他应该是想帮我，却不知道怎么做。

游完了，我们都觉得有点饿。到了学校后门的小馆，一人点了一碗重庆小面，放了不少辣椒，再加一瓶汽水。不远处，见到还有人在烫火锅，喝啤酒，男男女女都有，好像很开心的样子。他们吵得很厉害，甚至还有人在划拳。

郝强说："你不应该看起来颓废。"

"是吗？我现在给人的感觉是这样的吗？"

"有那么一点点。如果我颓废，还算情有可原。你不能这样。"

"这面的味道可真不错。"

"我跟你说正经的，你别岔开话题。"

"和汽水简直就是绝配。"

他知道我有点心不在焉，就说："是的，汽水也好喝。"

我比平时多加了一勺辣椒，为的是要刺激自己，但辣得我不行，几乎呛到我。郝强赶紧把汽水递给了我，还是他关心我。

我得承认，我以前不是这样的，至少不颓废。我以前对神圣的大学生活充满了期待，觉得这应该是人生最美妙的一段旅程。在大学里，教授们会循循善诱，同学们会求知若渴，还有美妙的爱情……总之，一切都是完美的。我并没有经历什么挫折，怎么却感到一种莫名其妙的空虚和压抑呢？是我的心理出了问题吗？我不知道其他人是否会经历这样的茫然，前进时没有方向，后退时没有退路，只好在原地漫无目的地徘徊着。

这学期又浑浑噩噩地过去了，没有留下太深的印象。当我回到家的时候，正在下雪，天气很冷。湖南的气温本来就比重庆低，在火车上我就感觉到了。火车上稀稀拉拉没有几个人，显得更冷。我又不舍得买卧铺，再说家庭条件也不是那么好，也没有那个消费观念。

我说好冷。妈妈见我面色不那么好，连忙打了两个鸡蛋给我，又放了红糖。我吃完了鸡蛋，连汤也喝得一干二净，还是老家的味道好。我躺在床上，准备休息一会儿，隐约中又传来了鞭炮声，睡不踏实，就起来了，和家人一起烤火。我问是哪家放鞭炮。妈妈就说是我的一位初中同学结婚。我吃了一惊，说："不会是梦飞吧？"妈妈说："不是。梦飞今年不准备回来呢。"

言谈中，知道前几天梦飞的爸爸来了我家聊天，一边说一边叹气："还是生儿子好。你看，女儿出外打工，过年还不准备回家。将来要是结了婚，再见一面不是更难了。"我妈妈就劝慰他，说："女儿孝顺着呢，还不是为了挣更多的钱，让大人过得舒服些。"他常来我家，没事的时候总要跟我爸喝两杯，总是慨叹没有做成亲家，觉得很遗憾。我爸常常避开谈这些儿女私事，只是陪他喝酒。

我又问是哪个同学结婚。妈妈就说了他的名字。原来他初中毕业后，就没有上学了，在家里跑了几年车，收入还可以。家里给他寻了个媳妇，让他独立门户了。我又想到自己还在花家里的钱上学，心里有一种说不出的感觉。妹妹也上高中了，拿了一道数学题来问我。我看了半天，也不知道如何解答，就说："你自己想想吧，我忘了。"妹妹嘟着嘴说："还大学生呢，高中的题目也做不了。"我说："大学都不学这个，将来你读大学就知道了。"她没有办法，只好自己去解答。临走的时候，从火堆里拿走了一个烤熟的红薯。妈妈要她分半个给我，妹妹就说："除非他教我做作业。"我也不想吃红薯了，就说："你自己一个人去吃吧，我刚吃了两个鸡蛋，不饿。"妹妹做了个鬼脸，就走了。

妈妈也觉得不可理解，为什么我不会做高中的数学题了。我又解释了几句，她还是不明白。我们继续烤火，火苗一闪一闪的，映照着妈妈的脸。看得出来，她比以前老了些。她又说，在外面读书要注意身体，该吃就吃，该喝就喝，其他还在其次；学校那么远，家里人也不是想去就能去的；又说要穿暖和。我只是"嗯嗯"地应答着。

院子里下了厚厚的一层雪，外面很少人走动，连脚印也不见。我想幸好回到家了，要不在外面不知道会冻成什么样子。我换了双布鞋，脚搁在上面烤火，又披了爸爸的军大衣，背也不觉得冷。家里没有亮灯，火光很亮，暖和得很 。

爸爸不怕冷，正在屋檐下劈柴。我身上暖和些，就出来了。那些木头应该是不久前从山上锯来的，还很湿，能闻到木头的香味。我便说："让我试试。"爸爸把斧头给了我。我扬起了斧头，"嗨哟"一声，劈了下去。打偏了，差点打坏水泥地板。爸爸又重新给我矫正，说："一定要看准。"这次，我可不能马虎了。再次劈，终于劈进了，却没有劈开。斧头陷了进去，拔不出来。爸爸找来了一个楔子，插在了裂口中，摇晃了几下，把斧头拔了出来，又叫我劈。我这才劈开了。见到爸爸先前劈开的满地的柴，顿时觉得这也不是一件容易的事。

爸爸见我学会了，就进屋了。妈妈就唠叨，怎么孩子刚回来就让干这干那的。爸爸就说，是他自愿的。我在外面一边劈柴，一边想着心事。来年的学校生活该怎样过呢？雪花漫天飞舞，天空一片混沌。呼呼的风刮过田野，并没有留下痕迹。鞭炮声已经停了，我想那边应该是一片红色的雪地吧，蛮怪异的。

梦飞自从去了业务部门后，工作更加努力，一切重新开始学，不懂就问。算是从体力劳动中解放出来了。她的工作就是打打电话，发发传真，做做制单，等等。她喜欢这份工作，再也不像以前一样是计件工了。同事们对她都很羡慕，这么快就转部门的人，她还是第一个。连梦飞自己也纳闷，究竟是哪里感动天了。

她的办公桌台上，养了一盆草，没事时，她会拨弄一下草的叶子，心情相应地也比以前好了。有时，她会自言自语："小草啊，你可要茁壮地生长哦。我给你施肥，浇水，可别辜负了我的心意。"同事们听了，就觉得好笑，又摇摇头。她又买了个可爱的有卡通画的茶杯，用来喝水，也用来浇水。阳光透过玻璃能够照到小草，充满了生机。如果太阳过于猛烈，梦飞就会拉了百叶窗。她小心呵护着周围的环境。

有同事问她，是不是工厂有什么后台？她说："没有啊！"来之前，工厂里她只认识姐姐。她又反问："做这份工还需要后台吗？"同事就说，一般是熟人介绍才能做这份工。要不是就是有文化，大专或以上毕业才能应聘的。梦飞说，我觉得这份工也没有什么难的，只要细心就好了。同事就不再说什么。

她工作确实比常人努力，能够当天完成的事绝不拖到第二天。制单自己会先核对几遍，才交给上司，尽量少出错误。她的宿舍也调整了，人没有以前那么多了，同宿舍的都是办公室的，素质也相对高一些，谈话也谈得来一点。饮食也改善了，吃的是干部餐，七八人有几菜一汤。

工厂中央有个假山，假山上不停地冒着水，又有一个小的亭子作装饰用。梦飞觉得这一切都很美。正门迎面是一堵墙，墙两侧分别有一个石头的小象。在风水上有什么讲究，梦飞也不清楚，只觉得好看。又竖了几竿旗，其中一面是五星红旗，这个错不了。她想起了以前升国旗的场景，不过在工厂上班并没有升旗仪式。在停货柜车的地方，神龛里摆放着关羽的像，灯二十四小时不灭。遇到特定的日子，会有人上香。梦飞觉得这一切都跟家里不同，可是以前上班的时候怎么就没有留意到呢？也许那时是工人，太忙了，没有时间去看这些。

办公室有小年轻开始注意她了，有人约她吃饭，有人约她看电影，都被她拒绝了。她觉得以前在选择科目的时候不慎重，导致没有考上大学。在婚姻这件事上，不能再犯错了。人生的选择很重要，关键的选择就那么几次。嫁给这些人，不能从根本上改变自己的境况。至于要嫁给一个怎样的人，她心中的印象又是模糊的。

她的收入也比以前稳定了，平时没有什么大的开销，有时给家里汇点钱。春节之所以没有回去，是因为过年前有一批很急的样板需要赶出来，寄给客人。台湾的老大说了，这些样板做得好，明年的订单就多。梦飞主动留下了，她觉得应该把这件事情办好，而且她确实不想过年回家挤火车。回家后，她猜测很多亲戚都会问为什么不读书了之类的问题。她不想重复地回答这个问题，自己的想法别人也未必能理解。

过年时，工厂里没有剩下几个人了，食堂也没有供应了。保安的脸上也流露出了思乡的神情，坐在保安室，木然地按动着大门的遥控器。这时候，他比以前也显得亲切，好像遇到的每个人都是亲人一样。这是梦飞第一次在外过年，广东的冬天不冷，让人感觉不到年味。

梦飞出了厂门，决定在外面找点吃的。街上空荡荡的，餐馆也没有几家营业的。好不容易找到一家西餐厅，她犹豫了一阵子。这家餐厅，她以前是有路过的，但从没有想到要进里面吃饭，好像觉得自己不够身份一样。她闻到里面的味道，不禁勾起了食欲，毕竟好几天没有正儿八经吃顿饭了，每天都是去大排档吃快餐，吃得都快腻了。她最后还是下定了决心，进去吃顿饭。

进了餐厅，服务员拿来了点菜单，又倒了一杯茶，显得热心又体贴。不久，又拿了一个杯子，里面放了刀叉、筷子等，餐巾纸备了一包。梦飞怯生生地问："餐巾纸要钱吗？"服务员说一块钱一包，梦飞问："可以不要吗？"服务员说："我给你取消吧。"梦飞开始看菜牌。彩色图片拍得很生动，纸张过了塑，也很精致。她见到隔壁的桌子有人在用刀叉吃牛排，她看了一下价格，哦，不便宜，算了吧，而且也不习惯用刀叉，万一叉到了嘴巴怎么办。中国人还是习惯用筷子。又见到有人在铁板烧之类的餐具上倒了东西，在冒烟。梦飞觉得这种吃法似乎太野蛮了，也不敢尝试。

这个菜牌还真让她开了眼界，厚厚的一本，从牛排、猪排，到小炒，各式的汤、饮品、小吃、酒水，应有尽有。光是看那图片，就让人垂涎欲滴。她在想，这餐厅都是谁在消费，不由四周望了一眼，大都不认识。又听了听，似乎有人在说广东话，普通话也有。穿着打扮比工人要上档次，收入也应该高一些。她最后选了一个小炒，也没有配汤，价钱不算贵。开水是免费的，她小口地喝着，有酸酸的味道，里面应该泡了柠檬片。她见过柠檬，街上有卖的，样子像橘子。餐厅里没有人认识她，但还是有一丝忐忑，觉得自己不适合来这种地方消费。不过，又想了想，偶尔来一次也不为过。

不久，服务员上菜了，说了声请慢用。一个碟子，里面有饭有菜，摆放得很精致，颜色鲜亮夺目。梦飞从来没有受到这样的礼待，按照服务员的意思，慢慢享用起来。已经放假了，也没有什么着急的事，不如慢慢吃顿饭吧！这时她才体会到请慢用的具体含义。以前吃饭，她从来没有这样慢过。她开始慢慢咀嚼饭菜的味道，从嘴里到喉咙，最后到胃里，她能感觉到食物去了哪里，味道是怎样的。她想起这么多年来，都没有这么仔细地吃过一顿饭，真是光阴虚度了。

　　餐厅的灯不是很亮，但又能看得清楚。轻柔的背景音乐，梦飞听了听，应该是王菲的。她不由也哼了起来，声音小得连自己也听不见，在这种地方，她不敢弄出太大的动静。她觉得自己应该要过上好的生活，至少一个星期可以上一次西餐厅。这个要求也不高。她以前路过这里，也不敢进来。现在觉得自己以前潜意识中的消费观念出了问题，并不是偶尔消费不起，只是不敢。不远处，有人在窃窃私语，看起来像本地的学生，又像是情侣。她联想到自己的学生年代没有上过西餐厅，不由觉得有点遗憾。不一定非得要和男朋友，哪怕和闺蜜也是可以的。只可惜当时的县城好像没有西餐厅，即使有，也未必会去吃。蓝红霞怎么样了？只是听说过她考上了师范学校，正常的话，几年以后会成为一名老师。她边吃边想。

　　梦飞回到了宿舍，其他人都回家了。没有热水器，她把一个烧水的金属环放进了桶里。广东的习惯真不好形容，每天都要洗澡，她也习惯了。水鼓着泡，很快就烧热了。平时拥挤的宿舍显得空荡荡的。她本来是个喜欢安静的人，但现在的这种安静还是有点不适应。姐姐回男朋友家过年了，她在这里可以说没有亲人了。随手拿了本《唐诗三百首》看了看，也看不进去。这本书她一直带在身边，封面有些发黄残旧了。

　　宿舍里有面镜子，没有人和她抢着照了，她可以独自照个够了。镜子中的自己，二十来岁的样子，内心有幻想，外表沉静。有几颗青春痘点缀在脸上，青春尚存，迷茫中犹存希望。脸还有光泽，下巴尖尖的，不讨人厌，连自己看着也觉得喜欢。照了会儿镜子，又梳了梳头，该洗头了，有的地方头发分叉都梳不动了。看来还得烧一桶水，反正时间多的是。挤了点洗发液,在头上开始搓。没有吹风机,她甩了甩头,对着电风扇吹了起来。一边吹,一边想是不是等下该给家里打个电话。人没有回去,电话不能不打。

　　电话亭就在厂门口，她拿出了磁卡，拨通了。传来了爸爸的声音：

"谁呀？"

"爸爸，是我。"

"哦，梦飞呀。你寄的钱收到了。过年还回来吗？"

"不回了，买不到票了。"

电话那头停顿了一会儿，妈妈来接电话了。

"不要往家里寄钱了，我们还够花。"

"我也花不完。家里都还好吧。"

"都好。只是今年只有我和你爸两个人过年了。"

梦飞听到这里，说："我明年回来陪你们，今年工作确实忙。"

打了会儿电话，头发也干了，梦飞就进了工厂，又和保安打了个招呼。水已经热了，开始冲凉洗澡。宿舍床位不多，四张床，上下层，平时住了六个人，倒也不显得拥挤。有两个空的床位可以放箱子或日用品之类的东西。洗完了澡，开始洗衣服。以前，她想要是有洗衣机多好啊，把衣服扔进去就不用管事了。现在觉得手洗也好，洗得干净，最主要是时间很多，手洗可以消耗一段时间，不至于因为时间多而显得无聊。她放了点洗衣粉，先洗领，后洗袖。又看了看洗衣粉的牌子，雕牌的，袋子上画了一只鸟，应该是雕。她想起了一句歌词，"孤独的飞鹰总是越冷越高"，这之间有联系吗？好像没有。内裤确实有点脏了，上面还留了点什么东西，是不是月经来临的前兆？她不管这么多，擦了点马头牌肥皂，使劲地搓了起来。洗完之后，又用水清了几遍，才晾了起来，算是大功告成。

看了看时间，还早。干点什么好呢？她想起了刚才在餐厅有听流行歌曲，不如也练习练习吧！尽管她觉得自己并不擅长唱歌，可是周围没有人，也不会有人笑她。于是，她拿起了牙刷，当作麦克风，唱了起来。好久没有唱歌了，唱歌确实能够宣泄情绪。她唱了首《就让世界多一颗心》，歌词很长。从镜子中可以看得出来，自己唱得很投入，虽然没有人欣赏。她觉得一个人的时候，什么事情都想得出来，也做得出来。

唱完了，又唱了几首其他的。有些歌词不记得了，她就蒙混过去了，谁在意呢？只要自己开心就好了。过了会儿，她才觉得牙刷是用来刷牙的，又挤了牙膏，开始刷。看着镜子中的嘴，不停地吐着白沫，如果把白沫涂在脸上，简直就是个吸血鬼了。她不敢深想下去，因为是一个人，不能自己吓自己。

她还保持着写日记的习惯，这个时候写日记刚好，没有人打扰，难得有这样清静的时候。她觉得写日记是一种诉说，是一种解脱，也是和内心的一种交流。人最好有这样一种能力，即和自己交流。今天的生活很丰富，足以写一本流水账。日记本的扉页写着一句话："在选择面前，请慎重。"这是她的座右铭，也是她二十多年来经验的总结。她洋洋洒洒地写了不少，从天气到心情，都写得很清楚。尤其有些微妙的情绪，她觉得必须记录下来。如果不记在本子上，将来也想不起来。直到写到打哈欠的时候，才知道困了。她也没有看时间，就关灯睡觉了。

半夜时分，她感觉有个东西从身上爬过去了。开了灯，原来窗户忘记关了，进来了一只老鼠。她最怕这种小动物了，吓得不行。老鼠闪过之后，藏了起来，玩起了躲猫猫的游戏。梦飞见到门旁边有把扫帚，战战兢兢地移了过去，终于拿到了手。她壮了壮胆，扑打着吓唬老鼠。老鼠出来了，也怕人，跑来跑去，急切之间找不到出路。梦飞这才想起门应该打开，让老鼠跑出去。折腾了一会儿，老鼠夺门而去。

梦飞歇了下来，关了门窗，胸口兀自跳个不停。她想要是养只猫多好，可以避鼠，还可以抚摸光滑的毛。她不由想念家里的那只猫了，总是温驯地伏在她的怀里。可是在工厂里养猫毕竟是个荒诞的想法，也是一个奢侈的行为。人都是出来混生活的，哪有时间养猫。她不由想起了瞿格同学，初中的时候，他用笼子捉了一只老鼠，带到了教室里。突然之间，他拎了出来吓了她一跳。瞿格却在一旁独自乐呵。她告诉了老师，老师批评了他。那时他可真是一个淘气的学生。这时，瞿格要在，多好啊，至少可以帮忙赶老鼠。

我觉得如果我要真在的话，也会帮忙的，至少帮助一个熟人驱除了恐惧，比我现在感觉毫无意义的生活要好，也要充实。

二年二期

春节后不久，我回到了学校。跟以前一样，平平淡淡，没有什么起色。无聊的室友租了些武侠小说，我也跟着看了几本，金庸、古龙的都有。我以前只是看过电视剧或者小人书，没有系统地看过原著。我看了一些，也觉得无聊，毕竟离现实的世界太遥远，也不可能像大侠们一样修成绝世神功，仗义行侠。同学们的生活也是很一般，新学期刚开始的时候都很散漫，不用担心考试。期末考试的时候，才会临时抱佛脚。求知的人不是没有，很少。

郝强始终没有放弃我，不断给我创造机会。他约了梓辛和小荷过来，决定来一场羽毛球的混双。那天，梓辛是轻装上阵了，显得很轻盈。她穿着运动短裤，露出了腿。我第一次看到她的腿，原来很匀称，比例也很协调。她主动和我打了招呼，很难得，说："我俩搭档，胜他们两口子应该没有问题。"说完，又觉得有点不严谨。

风不大，适合打羽毛球。网轻微地荡漾着。

郝强说："两口子？有点太早了吧！"

小荷也不介意，说："两口子也可以的。"

我喜欢运动，什么都沾点边，虽然都不精。我扑了几个险球，有次头撞到梓辛了。她没有留意，继续打球。停下来的时候，露出了赞赏的眼神，似乎觉得我打得好，配合也默契。我好像得到了鼓励一样，越打越顺手。他们有点招架不住，几乎要丢盔弃甲了。

小荷说："你们俩是蛮合适的一对嘛。"

我没有搭腔，继续挥拍。

郝强说："你这句话好像隐含着什么。"

梓辛也没有说话，扣杀了一记，又得分了。

有几只小鸟飞来飞去，叽叽喳喳地叫个不停，欢快的样子。我的心情也跟着好了起来，我偷看了梓辛一眼，她的脸上也保持着笑意。

小荷突然说肚子不舒服，要郝强护送她回去。梓辛问："怎么了，要不要帮忙？"小荷说："没什么。郝强陪我就可以了，你们继续玩吧。"

见梓辛的兴致还高，我就继续陪她玩。作为男生，我不能使出十分的力气，打得有所保留。她好像看出来了，叫我尽管打，输了不会怪我的。其实我们也没有记分，只是打着玩的，没有必要像比赛一样那么认真。她的运动量有点大了，出了汗，上身的短衫贴紧了身体，身材更加凸出。我建议别打了，休息一会儿。

我们坐在一排，比刚在船上认识时的距离要近。细风吹过来，很凉爽。我打开了矿泉水，开始喝，又看着别人在打羽毛球。从轨迹上分析，那球似乎传递着双方的情感，时而上扬，时而下沉。梓辛双脚并在一起，正在系鞋带。

我说："这次我玩得很开心。"

她抬起了头，说："我也是。"

我重新给了她一瓶水，说："喝点吧，刚才流汗了。"

她接过了，说："谢谢。学习还行吧？"

"还是那样，不好也不坏。"

"毕业后准备去哪里？"

"还早吧，没有想那么远。"我说。

"总要未雨绸缪吧？"

"那你呢？"

"我想去北京。"

"文艺青年都喜欢去那里。"

"你说我是文艺青年？"

"中文系的，应该算吧。"

"过奖了。"她说，"家里有兄弟姐妹吗？"

"有个妹妹。"

"哦。有妹妹的，见了女生不应该那么腼腆啊？"

我才意识到我和她说话，总是放不开。倒像是她在主动进攻我了。我说："和妹妹闹了矛盾，没有告诉她解数学题。其实我是真的不会了，她还以为我不肯帮忙。"

"学业真的退步了？不过，数学我要是不懂，倒情有可原。你是学理科的，就说不过去了。"

"大学学微积分、线形代数等，真的对解高中数学题没有帮助。"

"不要和我说专业术语，我不懂。"

"高中解题太多了，现在一要我解题就反感。我妈小时候没有米饭吃，就吃红薯。她现在对红薯很反胃。"我做了个类比。

梓辛笑了，说："其实红薯不难吃。"

"是的。我妹常和我抢红薯吃。"我意识到快要吃晚饭了，作为东道主，我应该主动邀请才对，便说："吃了饭，再回去吧！"

她说："也好。尝尝这里的饭菜。"

"去食堂还是去外面？"

"就去食堂吧！"

我就问她介不介意用我的饭盅吃饭，她说不介意，只要洗干净就行了，最好用开水烫烫。我于是借了室友一个自己用，把我的给了她，并且用开水烫了。

我们来到了食堂，打好饭菜后，面对面坐了下来。

她说："打饭师傅的手为什么总是抖？"

"因为他觉得我们吃不了那么多。"我听了后，哈哈大笑，觉得她说话绵里藏针。

"你们学校的师傅不应该那么小气，再怎么说也是重点大学的厨师。"

"或许食堂承包了也不一定。总之，大学也不是一块净土。"

她说："平时有看书吗？"

我说："有的。最近看了几本武侠小说。"

她吃得不快，并不着急，像小羊吃草一样，很轻柔的样子，说："品味一般。"

我说："我们室友都喜欢看，说写得好。难道你要我看四大名著不成？"

她说："《红楼梦》可以看一看，其他三部不看也可以。"

我惊异地叫了一声，说："啊！"

"即使《红楼梦》，也可以批判来看。书中主子对待仆人就像对待奴才一样，有生杀予夺的大权。这一点值得警醒，很多人却当成了理所当然。"她轻描淡写，徐徐道来，"四九年后，文学被政治绑架了。这之后的小说，也没有几本值得看的。"

我说："那你有看吗？"

"当然有看，不看我怎么知道。不过我告诉你，大部分是垃圾。"

"那看下去还有什么意义。"

"当然有意义。我可以知道哪里写得不好，而且从这虚假中产生一种对立的思考，也能提炼出一部分真来。"她说，"垃圾中也有腐殖质，可以吸收营养"

"这么说来，只适合微生物生长。"我笑着说。

"不无道理。"

"难道就没有一两本好的吗？"我问。

"偶有几部短篇，也是以文体取胜。思想上缺乏深度，起不到唤醒的作用。"

"判断作品好坏有什么标准？"我问。

"至少能吸引我读下去。"

"如果读不下去呢？"

"说明不符合我的口味。"

"如果你对口味的判断有误呢？"

"在这点上我很有自信，而不是根据外界的推荐而喜欢它。"

"你觉得我们学校的饭菜怎么样？"我转移了话题。

"还行。"她补充说，"主要是有你陪我吃。"

食堂里的人越来越多。有位室友眼尖，见到了我，以为我在谈恋爱，露出了羡慕的神情。排队打饭的同学，无聊地敲着饭盅，场面显得嘈杂。我们聊天的声音被淹没了，不过彼此能听得见，并没有妨碍我们继续说下去。

这样的聊天，我感觉有点累。我需要加快头脑的转速，才能跟得上。而且觉得她身上笼罩着一种神圣的光，屏蔽着我，让我无法靠近她的灵魂。我说："那你就写一本吧。"

她说："我是有这个想法。作家应该忠于自己的心，不能说一些违心的话。"她流露出一种任重道远的语气。

我说："我同学裘正适合和你这样的人聊天，他蛮喜欢文学的。"

"什么？你认识裘正？"

"我高中同学，难道你也认识？"

"是的。他是我的初中同学。"她小心地抽出了一张餐巾纸，擦了擦嘴说。

于是我们慨叹这个世界真的很小，又说了一些琐碎的事，知道她家离裘正家不远，也是独生子女。她初中写了篇作文，讽刺了老师，老师对她的印象也就差了。为了不和那个老师见面，高中就上了县城另外一所学校。

天不早了，梓辛回了学校。我没有送她，我也想和她的感情有进一步的发展，但考虑到她太优秀了，使我望而却步。我不愿意在一个女生面前暴露智商的差距，我需要找一个稍微弱于我的对象，从而能保有一种男人的优越感。

梓辛回到宿舍的时候，小荷正拿着一本杂志，漫不经心地翻着。看到她回来了，就问："怎么样？瞿格回去了吗？"

梓辛有气无力地说："他根本就没有来。"

"什么？他没有送你？太不懂事了。"

"你身体没事吧？"

"本来就没有什么事。我算是看错瞿格了，原来他是一个没有责任心的人。你们没有闹什么别扭吧？"

"有什么别扭可闹的。"梓辛说。

"这大晚上的，一个妙龄少女要穿过一条街，没有护花使者，要是坏人打劫了可怎么办？还好，你安全回来了。下次我见到他，非要教训他一顿。就是一个普通朋友，也应该送送吧，况且你们还是老乡呢！"她越说越气，好像这件事发生在自己身上一样。

梓辛拉了被子蒙头睡了，她确实有点累了，运动量过大是一方面的原因，暗地里还是有点纳闷，论到自己的出身和才貌，瞿格怎么也不动心呢？

郝强找到了我，问事情的进展怎样。当他得知我没有护送梓辛回去的时候，也露出了不解的神情，说："小荷为了配合，特意说肚子疼，让你们有单独相处的机会，结果竟然……你说说你为什么不追她？她配不上你吗？你平时说起来头头是道，真正面对感情的时候，却打起了退堂鼓。"

"是我配不上她。"

"不会吧。你以前的自信去了哪里？"

"我也不知道。"

"你不过才上了两年大学而已，这么快就丧失了信心？"

我想，是哦，我不过才上了两年大学而已，以前的豪情壮志去了哪里？

连感情方面也变得婆婆妈妈了，将来还能成就什么大事？不是曾经说过敢教日月换新天吗？我竟然失去了对美好事物追求的能力。这在以前是不敢想象的。可是，颓废感还是占了上风，我说："是的。准确来说，我上大学快两年了。"

"你如果在爱情上都不能追求，怎么可能会在学业上有所追求。瞿格，你应该振作起来。"他叫了我的名字，说。

我也奇怪，在我的人生中，一切都顺风顺水，没有经历过大的挫折，算是一个国家教育的有理想、有文化的青年。我如愿地考上了高中，考上了大学，接受了正规的教育。我曾经有暗地里追求过异性，对方也没有明显地拒绝我。按道理说，我的心不可能布满伤口，也应该没有阴影。我并没有经历过社会的阴暗面，也没有遇到过什么潜规则，怎么会对自己失去了信心呢？是不是这空气中存在着一种致幻剂，使我的头脑不清醒呢？

我说："可是，她可能看见我从录像厅出来了。"

郝强有点生气了，他很少生气的，有点恨铁不成钢了，说："谁没有看过录像？你有必要为此自责吗？"

"你不是说过某个偶然事件会影响一个人的一生吗？"

他没有反驳我。

"她说话的语气中带有城市腔和优越感，这好像是种无形的隔膜，让我驻足不前。"这应该是真实的原因，我这样觉得。

"这不是理由。你终有一天需要融入城市中去，不是吗？"他说。

我无话可说，以沉默代替了对话。

"或许她真的太聪明了。"他继续说，"你见不得女人比你聪明吗？跟一个聪明的女人在一起会不快乐吗？"

郝强离开了我的宿舍，好长一段时间没有来找我。

他的生活还是那么有规律，除了上课就是约会。他们约好了去爬山。在重庆爬山并不是一件难事，到处都是山，有高有矮。山上或有温泉，或有寺庙，或有博物馆，总有新奇的地方。出门的时候，下起了小雨，他们并没有觉得扫兴，反而觉得更有情调。烟雨迷离，整座山好像被包裹起来一样。

小荷带了一把绿色的天堂牌小伞。郝强一只手撑着伞，另外一只手牵着她，更显得有诗情画意，好像一幅水墨山水图。他们一起走着上山的台阶，连步伐都是一致的。尽管几乎天天见面，也有说不完的话。

郝强说："不知道瞿格怎么就把那件事给搞砸了。"

小荷笑了笑，说："也许大学就适合我们这种对未来没有想法，没有理想的人。"

"其实我以前是有理想的。我跟你说过吧，我受过挫折，才成了今天的这个样子。你为什么没有理想？"

"我没有受过挫折，可我的天性是这样的。梓辛和我不同，她有改造世界的想法和决心，是一个好强的人。"

"你呢？是一个怎样的人？我和你相处这么久，其实对你还不是完全地了解。"郝强说。

"我对未来没有什么想法。谁给我发工资，我就给谁工作。"她说，"完全了解一个人是不可能的。"

"我同意这句。"

"你会不会觉得我不像中文系的，说起话来这么世俗。"

"我喜欢这种冷静。"

"中文系的常常自命清高，有很多小清新的角色。其实真正有影响力的作家反而不是学文学的。英国的毛姆、中国的鲁迅，等等，原来都是学医的。"

郝强说："毛姆不知道。鲁迅的文章好吗？我只是在中学课本上读到一些，觉得批判性很强。"

"好不好，我不能评判，但至少知名度很大。虽然批判比建设更容易，但正是有批判，才能让人觉醒。"她说，"说不定将来你也能写。"

"你这样就抬举我了。"

"我说说而已，不过也许会在你心里播下写作的种子。"她说，"每个人都希望表达和渴望被理解，作家只不过是表达欲望更强烈的一批人。"

郝强说："可是我不喜欢写作文。"

他们爬到一半，有点累了，就停了下来。雨也停了，本来这雨看起来就没有下大的意愿，只是为了滋润一下背景。一个中年妇女正在卖担担面，价格要比山下贵。小荷要一碗，说在这里能吃上是一件稀罕的事，要尝试一下。她吃了几口，又给郝强喂了几口，说好吃，并非这味道跟其他有所不同，而是这场景特别适合吃。郝强饿了，也觉着好吃。

燕子们在半山腰绕来绕去，带着分叉的尾翼，十分轻盈，时而又像滑翔机一样俯冲。天空由灰一块，白一块拼凑而成，不时地随着云朵的变化而演化。四季常青的树木，叶子上残留着透明的雨滴，像小孩子刚哭过的脸。空气中混杂着雨的气味，还有淡淡的辣椒的味道。路边不知名的野花，有橘黄色的，紫红色的。黑黄翅膀的蝴蝶在戏舞，谁也不明白它们舞蹈的含义。

他们吃了面，也不想往上走了，觉得下次来爬也不迟。小荷要郝强亲她一口才肯下山。郝强说："不好吧，旁边有人呢。"小荷说："怕什么，都不认得我们。"郝强说："可是你的嘴上有油呢。"小荷说："那就亲脸吧。"郝强看了看小荷圆乎乎的脸，有淡淡的小小的雀斑，不是很明显，就亲了一口。小荷用纸巾擦了擦脸，原来郝强的嘴上也有油。他们就这样下山了，都没有对对方的未来有所承诺，照样玩得很开心。

小荷回到宿舍的时候，梓辛正躺在床上看《小说月报》，凳子上有一瓶易拉罐的啤酒，不知道喝了多少。她从床上坐了起来，指着书说："垃圾，垃圾。这是些什么小说呀，既没有反映现实，又缺乏想象力，都不知道编辑是干什么的。"

小荷累了，一屁股坐下来，说："因为是月报，每个月总要刊登些吧，好像我们每个月都要来例假一样。你觉得写得不好，也可以投稿呀。"

"我是投了，可是没有回音。"

"怪不得你说编辑的眼光低，原来是没有选你的。"

"这些小说，没有味道，需要就着啤酒才能看下去。"

小荷口渴，也想喝点，拿起了易拉罐，却发现空了，就说："也没有给我留点。我刚才吃了碗担担面，需要润润喉。"接着，她又兴致勃勃地说了爬山的见闻。

梓辛问："你俩发展到什么地步了？"

"接吻。"

"好玩吗？"

"吞吞吐吐，还行。"

"好肉麻呀。"

"我跟你熟才说的。还有一次，我们买了花生和啤酒，坐在学校的石凳上。我刚喝了点酒，他要吻我，结果啤酒从鼻子里面冒了出来。"

梓辛笑了，说："羡慕死我了。都说了些什么？"

小荷说："虽然都没有承诺，但也谈得很认真的。你到底想不想和瞿格发展？"

"这要取决于他。"说到这里，她有点生气了，神色转变也快，"我一个大美女，总不能让我主动示好吧？我才貌双全，追求我的人也不是没有，可是我觉得他们都道貌岸然的。我还是喜欢和有缺点的人谈，这样真实一些。"

小荷说："这样说，你还是蛮挑剔的。"

"当然。不然也不至于到现在还单身。"

"你就不能放下架子，主动一回吗？"

"绝对不行。我有我的原则。"

"爬山累了，帮我捏捏腿吧。"

梓辛就使劲捏了一下，疼得小荷直叫。小荷拍了一下她的手，说："不至于下重手吧！"

梓辛说："别刺激我。"

"不跟你玩了。继续看书吧，我要看我的杂志了。"小荷说完，随手拿了一本。

我终于渐渐搞清楚了我的专业的实质，根据老师的说法，就是发明一些机器来代替人工，将来中国从农业社会转型成为工业社会，就全靠我们这些二十一世纪的接班人了。我对此也不是很感兴趣，但有时也不得不背着丁字尺，如同背着十字架的圣徒一般，在校园里艰难地跋涉，来到教室，画各种机器的剖面图。

时光飞逝，转眼之间就到了暑假。很多同学都回家了，我没有回去，到德克士打工。本来想干完这个暑假的，但考虑到工资不高，我又不喜欢做伺候人的事，干了一个月就结了工资走人。学校没有什么人，连踢足球也难以凑成一场，也没有暑假作业要做，不知道干什么好。我突发奇想，决定独自去玩一玩，手头还有点钱。人在无聊的时候，总是会想办法去驱散它的。

我到了朝天门码头，决定坐船。刚开始没有目的地，只知道要坐船。后来去到售票口，打听了一下，长寿比较近点。而且听这个名字，比较有古意，兆头也好，就买了张去那里的票。我没有背包，因为不打算待多久，只是带了身份证和钱在口袋里。码头上人很多，我一个也不认识，也没有人认识我。到了下午，阳光还很强烈。至于我为什么要去这样一个地方，从理智上和逻辑上也无从解释，我只知道要离开学校，去一个陌生的地方。我是一个成年人了，有权利给自己做决定，而且前不久我还赚了点钱，花自己的钱大概良心上也不会觉得过意不去。既无目的，也无意义，我只是对未知的地方比较好奇，就出发了。

我上了一艘船，由于是短程的船，所以是小船。江水几乎能够溅到甲板上来，开船的人应该蛮有经验，船并不显得很颠簸。船上的乘客大多是回长寿的，多是农民的装束，有的还带着扁担和箩筐。那里也不是什么风景旅游区，估计也没有游客去，即使有游客，他们也不会坐小船。坐小船是另外一种风味，就像街边的小吃摊一样，和大酒楼形成了一种互补。我当时的心情，很适合坐小船。

江面空气良好，令人心旷神怡。我漫无目的地打量着江面，夕阳也照着江水，应该是"半江瑟瑟半江红"了。有人在抽水烟，咕噜咕噜地响着。有人在用方言说话，我倒是听得懂，这里的方言不难。"重庆的楼房真的高""我不准备种田了，去做棒棒""有时要给别人抱狗的""抱狗还给钱，为什么不干？"说的话和我没有半毛钱关系，我走到了另外一边，不愿意听。

我想起了第一次见到梓辛的情景，就是在船上认识的，只不过那只船大一点而已。我看了看周围，想知道有没有类似的女生，很失望，并没有。船顺流而下，马达的声音很小。有艘大船超过了小船，小船依然不徐不疾，按照正常的速度行驶。我瞥了一眼大船，似乎有个人在眺望小船。我知道那肯定不是我认识的人。

到了目的地，我下了船。沿着石头的台阶，一级一级地往上走。这是一个陌生的地方，而且相对来说比较落后，我好像穿越到了古代一样。一个现代人穿越到了古代，至少有种优越感。虽然这种优越感是自己认为的，但这样可能对忘记自己有一定的帮助。我渐渐有了感觉，说不定我就是到这里来忘记自己的。至于我为什么要忘记自己，连我自己也不知道。人还是不要弄明白太多的事情好，这样可以避免烦恼。

小县城很安静，一切井然有序，不像大城市的嘈杂混乱，这点倒像我住的乡下。我在街上走着，有点饿了，想到该吃晚饭了，因为天已经黑了。进了一家小店，叫了一碗抄手吃，上面照例漂浮着辣椒粉末。我一边吃，一边数，一共十八个，比我的年岁要少。我付了钱，又在街上走。当晚是不能回去了，得先找个地方过夜。我找了一间旅馆，跟着老板娘去房间看了看。房间设在地下，不知道当初为什么会挖了这么大的地下室，是不是当年的防空洞？我有这样的疑问。老板娘为了兜揽生意，很热情地介绍说："放心吧，很安全的，价钱又便宜。"又问："你怎么会一个人来？看起来有点像学生。"

我喜欢这样的地方，封闭的地下室适合我当时的心情。我把身份证给了她。XXX沙坪坝正街174号，老板娘登记了，她对这个具体地名也比较陌生，只知道是大城市来的，虽然我不像城市人，还是给了我钥匙。我躺在床上打量着周围，灯光昏暗，有一个洗手间。没有冲凉房，我没有带换洗的衣服，也没有准备冲凉，倒也无所谓。墙壁十分结实，由凹凸不平的石头镶嵌而成。坦白来说，这里适合关押罪犯，越狱几乎没有可能。可我还是喜欢这样的旅馆房间，无论心灵和身体都需要被羁押，需要主动被虐待。没有洗漱的牙膏、牙刷之类的用品，也无所谓，我没有想到要刷牙，一天不刷牙对身体产生不了致命的危害。这旅馆符合其原始的定义，就是提供一个睡觉的地方。

还好，有面镜子。为什么老板娘说我像学生呢？我照了照，也不觉得。也许认识自己是一件很难的事。我故意做出一些面部表情，让自己看起来不像学生。做了几次后，觉得索然无味就停了下来。沿着房间的墙壁走来走去，消磨时间。时间真是一个奢侈品，我不需要这么多的时间。

时间还早，我决定去街上走走。夜晚的县城很少行人，有几盏路灯坏了，街上并不明亮。我没有手机，没有传呼机，没有人能够找到我。我记得家里的电话号码，心想万一有什么危险，还可以打电话求救。不过，我又想我的担心是多余的，我看起来像一个学生，没有什么钱，估计也没有人会勒索我。有个流浪汉正在睡觉，看样子已经睡得很熟了，一动不动的。夏天适合流浪，夜晚不会冷。

我独自在陌生的街道上走着，没有目的。无意中发现有彩灯在闪烁，我望了一眼，原来是一家按摩院。经常听室友分享按摩院的经历，我一次也没有去过。我决定尝试一下，手头还有点钱，应该不贵。人在陌生的环境，倾向于现出原形。在进去之前，我进行了剧烈的思想斗争。在潜意识中，总觉得那应该是成年人才去的，是龌龊下流的。可是，我二十多岁了，算是成年人了，还没有近距离地和异性接触过，无论从心理上还是生理上，都有这方面的需要。最主要的是，这里没有人认识我，也没有人知道我是干什么的。

我进去了，心跳得厉害，装出很成熟的样子，说要按摩。有人领着我进了房间，说稍等会儿。我打量了一下房间，空间不大，昏黄的灯光，更让人有想入非非之感，看来这种设计是有理由的。一张床，很简陋，没有被盖。我的手不停地握紧了又松开，等待的过程有点焦急。

进来了一位技师，年龄和我差不多，或许还小。头发染成了黄色，戴着一个醒目的金属耳环。她开始给我按摩，我的肌肉绷得很紧，她似乎感觉到了，要我放松点，说："你好像是第一次来吧？"

我声音很小，好像一个犯了错的孩子，说："是的。"

"怪不得，多来几次就好了。看起来有点像学生。"她捏着我的肩膀说。

"是的，还在读书。"

"高中？"

"不是。"

"可我们这里没有大学哦。"

"我从别的地方来。"我没有说出我是哪所大学的。

"我接待的大学生不止你一个了，我以前在广东上班。"她轻描淡写地说，"这可以理解。"

"理解什么？"我问。

"有这个需要。"

"哦。"我瞥见技师的胸很低，能够见到有花朵的文身，我很想摸一下，便伸出了手。我以前听室友说过，可以摸的，有些技师并不在意。

她拦住了我的手，说："老实点。这点钱，哪里够耍。"

我只好作罢，躺在床上，任由摆布。技师很会聊天，跟我说了很多广东的见闻，有时逗得我发笑。

一个钟头很快就过去了，我还有点恋恋不舍。交了钱，出了门，走在街上，凉风袭来。我想我是不是堕落了，竟然去了按摩院，胆子真够大的，那可是一个潜在的色情场所。不过很快又心安理得了，去按摩的学生也不止我一个人。

见到一个露天的火锅店，有几个人在吃。我肚子又饿了，便也打算吃。

老板问我几个人，我说就我一个人。点了两三个菜，开始烫火锅，有土豆片、藕片、海带等，一个人不能点太多，否则浪费，以素食为主，便宜，再者晚上也不宜吃太多肉。我又叫了瓶重庆啤酒，从锅里捞起食物来，慢慢地蘸着酱，独自吃了起来。隔壁的几个人也许喝多了，开始吵闹起来。我静静地喝着酒，观察着他们，好像在看一部免费的电影。

我的头脑还算清醒，知道我在什么地方吃火锅。自己的名字也知道，袋里的身份证能够证明。只是不知道这是哪一天，年月倒也清楚。目的算是一种旅游吧，或者某种程度上说是流浪。流浪跟旅游本质上没有区别，只是说法不同而已，关键还在于叙说者的心态。为什么会来这里？苦闷吗？也不。空虚吗？有那么一点，也不完全是。头脑里有时一个偶然的想法，身体就会付诸行动。

借着微醺的酒意，我回到了旅馆，无意识地和衣睡去。第二天醒来，出来后，天已经大亮了。也没有什么好留恋的，我准备回学校。沿途有几个老人在打一种很奇怪的牌，看不懂，心想，几十年以后我也会到那种年纪。一个人身上挂着葫芦丝和笛子，沿街兜售，满脸沧桑，也不知道他是不是搞艺术的。我买了一根笛子，算是了却了一桩心愿。在船上，我试着吹了吹，同船的人不解地望着我。由于是初吹，声音也不和谐，被滔滔的水声淹没。

梦飞的工作越来越上手了，办公台上的植物也变得更茂盛了。她还是像往常一样浇水，有时还洒点肥料。同事们总觉得她背后有种神秘的力量，都不与她深交，这让她有点孤立。不过，她对这也不在乎。心想只要做好本职工作就行了，其他就由人去猜测。

周日，梦飞来到了菜市场，准备买点菜去姐姐家。姐姐和男朋友租了房，在靠近工厂的地方，可以做饭吃。她其实不喜欢菜市场的气氛，到处是杀鸡杀鱼的，有种血腥味，感觉很脏。菜的种类很多，她比较倾向于买青菜，觉得素净些。她以前是有理想的，希望过上好的生活，不用自己买菜做饭，应该要请个保姆。有个体面的工作，结婚几年后，生个孩子，一家人其乐融融。每年有固定的假期，可以旅游，不一定非得要去国外，中国已经够大了。大江南北，长城内外自己都还没有去过。

高考失利后，这种想法似乎成了泡影。她从来没有到远的地方旅游过，如果把来广东当作旅游的话，这应该是来过的最远的地方了。但这根本就不是旅游，坐火车的拥挤没有任何的快乐可言。目的也很明确，是来打工的。

看到卖菜的人，很容易想起老家的人，肤色和神情都很像。梦飞庆幸自己没有成为农民，否则也会跟这些人一样，可能挑着菜，大清早就来了。并不是看不起农民，她本身也是农村出身的，只是觉得自己不喜欢做这行。

来到了姐姐家，房间很简陋，一张床，一个桌子，几个塑料凳子。本来工厂里有免费的宿舍，但没有夫妻房，他们花了约二百元租的。没有厨房，厨房、客厅和卧室合而为一。煤气炉放在靠近窗户的台面上，旁边是个生锈的煤气罐，不远处是厕所的门。没有抽油烟机，炒菜生成的烟幸运的话可以从窗户逃出去。遇到逆风的日子，烟直往家里冒。墙壁已经熏黑了，布满了油渍。

梦飞来过几次了，并没有感觉到有什么不适，只是觉得这条件还不如老家的房子。老家的房子大，宽敞明亮。她觉得姐姐太辛苦了。以前姐姐回家的时候，打扮得光鲜，还给爸爸妈妈钱，她觉得姐姐应该在外面过得很好才对。现在发现那是一种错觉。在外面打工不容易，没有文化，而且还是一个女孩子。她猜想姐姐可能经历了委屈，有些难受伤心的事不愿意跟家里说。说了也没有用，爸爸妈妈在家鞭长莫及，也帮不了忙。还不如不说，免得他们担心。

姐姐的男朋友胖胖的，有着北方人的那种憨厚，对未来似乎还乐观。梦飞对他的感觉一般。她欣赏的是那种有文化的男生，谈吐要幽默；家里条件一定要好，没有什么不良嗜好，对自己要关心宠爱；大自己一两岁无所谓。这是一个大概的标准。她在分科时候选择失误了，在婚姻方面再也不能容许有任何的差错。

男朋友说："还是北方吃饭简单，整个西红柿鸡蛋面就行了。不像南方人，每顿要炒两三个菜。"

梦飞问："餐餐都可以吃面条吗？"

男朋友说："可以的。"

梦飞对姐姐说："姐，那你以后可别到北方生活了，太单调。"

姐姐和梦飞的长相完全不同，随爸，看起来结实，说："当然不会了。他答应过我，要在南方安家的。"

梦飞说："这样好，走亲戚也方便。"

姐姐说："说来奇怪，你这么快就被调到了办公室，这在工厂可是头一回。"

"是吗？同事们也觉得怪怪的，都不怎么搭理我。"

"还吃得消吧？"

"不觉得有什么难的。"

"还是有文化好。不像我，初中没毕业就出来打工了。"姐姐说，"这几年还是做同一个工种。"

"高中也算不上有文化。"

"至少比我高。"

从姐姐家吃饭出来，梦飞一个人沿着河堤走了走。她从小是在河边长大的，喜欢河，容易想起小时候。她会游泳，可是在这里不敢游，不知道这里水的深浅，也很少见有女的在这里游。她知道附近有个公园，里面有游泳池，可以游，要交钱，还要穿花花绿绿的游泳衣。价格不贵，她也想去玩一玩，可是没有人陪她去。有几个办公室的女同事去了，回来后说那里的靓仔很多，游泳不限时间。这个公园她去过，象征性地收一块钱的门票。绿化好，很多树和花都叫不出名字。有一种应该是棕榈树吧，高高的，叶子在顶部。有一个塔楼很高，站在上面可以眺望。她喜欢这种俯瞰，居高临下的感觉。

河面上有运沙的船，冒着烟，不知道去到哪个地方。还有人在钓鱼，这些人可真悠闲。她想这条河会不会通到家里的那条呢？听老师说，很多河都是长江的支流。不过，这条河应该不是。广东靠海，也许用不了多久，这里的水就会流到大海里。来了广东这么久，她还没有去看过海。书本上描绘海的样子总是蔚蓝的，一望无际的。沙滩上有贝壳，还有排球网。有海鸥吗？她想，这应该是种神奇的鸟，能够在海上生活。她知道海发怒的时候，波涛汹涌，很危险。

每次来河边，都会想家。去年没有回家，她请了几天假，准备回去。需要去广州坐火车，姐姐嘱咐她小心点。梦飞早早来到了火车站，怕赶不上车。检票上了车，尽管不是高峰期，还是坐满了人。坐这列车的大部分都是老乡，听声音听得出来。

第二天，下了火车，转汽车。见到绿油油的稻田，梦飞的心开朗起来。不时见到有白鹭扑哧地飞出来，好像受了惊吓一样。空气没有广东那么潮湿，让人周身舒服。变化不是很大，还是沙子路。两车相遇时，不能开得快，需要让车。爸爸已经在路口等了，知道这个时候大概会到。

梦飞叫了一声爸爸，爸爸赶紧帮她背包，一路走过田埂回家。梦飞特意穿了双高跟鞋，细尖细尖的跟，踩进了泥土中，不方便走。爸爸说："打赤脚吧，回家换拖鞋。"她只好脱了，拎在手上。田埂凹凸的表面按摩着脚心，舒服极了。妈妈见到梦飞穿着裙子，显得大气，也感到欣慰，女儿长大了，会打扮了。猫也出来了，比以前肥了。梦飞抱着它，轻轻地抚摸着，说："好久没有见了，还认得我吧？"猫听不懂，睡在她怀里，也不抓她。

已经备了一桌子菜，爸爸照例要喝点白酒。煮了一条鱼，白色的汤沸腾着，辣椒圈沉下去又浮上来。红色的苋菜，颜色鲜亮。梦飞喜欢这道菜，喜庆的颜色。还有辣萝卜干，脆脆的。猪肉肯定少不了，炒碧绿的青瓜。妈妈还准备炒个茄子，梦飞说："够了，吃不完。"爸爸说："不在于要吃完，一定要多。"他又问梦飞的工作情况。梦飞说："还行，在办公室工作，不累。"爸爸说："不累就行，钱赚多赚少无所谓。你妈将来会转成公办老师，老了还有退休金。"梦飞说："这样就好。怎么才告诉我。"爸爸说："每次打电话都急匆匆的，电话费贵。工厂里伙食还好吧？"梦飞说："好。你看我没有长瘦吧？"爸爸说："应该还好，脸上有点肉了。"

　　一家人吃饭，只有姐姐不在家。爸爸说："以前总是四个人吃饭，现在聚到一起的时间少了。"妈妈说："就是。不是你不在家，就是你姐姐不在家。"爸爸说："以前热闹。去年过年，就我和你妈过。"妈妈说："冷清。不过我知道你们要忙工作，也没有办法。"梦飞只管听，没有说话。爸爸不停地给梦飞夹鱼，说："这是边鱼，肉嫩，你小时候最喜欢吃了。"妈妈说："舀点汤吧，汤里面营养多。"爸爸说："今年过年还回不回来？"梦飞说："过年还早呢，到时再说。"妈妈说："最好约姐姐一起回来。"

　　吃完饭，梦飞要去洗碗。爸爸说："让你妈洗，刚坐车回来，辛苦，歇会儿吧！"妈妈说："你以前都不喜欢洗碗的，怎么学会洗碗了？"梦飞说："好久没回家了，帮你干点活。"妈妈说："还是让我来。洗碗没出息，妈妈洗了一辈子碗，还只是一个小小的老师。"她不想让孩子干些琐碎活，本来希望梦飞能好好读书考大学的，后来的结果出乎她的意料。她常说要是当年国家有高考的话，说不定自己就考上了。爸爸就说："要是你考上了，就找不到我这个杀猪佬了。"妈妈就说："这就是命。"

　　邻居有个大婶来串门，梦飞主动打了个招呼。大婶说："好长时间没有见到，快认不出了。"梦飞放下碗筷，搬了一个板凳给她坐。大婶坐下了，拿着一把蒲扇在扇风，说天气真热，又问广东是不是更热。梦飞说："差不多吧。家里要干爽些。"大婶又和爸妈唠了唠家常，无非是庄稼的收成和邻里关系，等等，又问到梦飞交男朋友没有。妈妈说："还没有。"大婶就说："有个合适的小伙子，家里条件不错，学木匠的，也在广东一家家具厂上班。"妈妈说："还不急。"大婶说："要是有意的话，我可以给你问问。"梦飞好像知道这个人，比她大两届，初中毕业后就去学木匠了。她才不要嫁给这样的人呢。她只顾逗猫玩。爸爸说："有门手艺也好，人品怎么样？"他觉得大女儿处了一个外省的朋友，小女儿可不能再嫁得太远。大婶说："这孩子老实，人不坏。"又闲聊了会儿，大婶才离开。

　　爸爸就问梦飞有没有什么意见。妈妈说："绝对不行。可不能嫁给一个木匠。"爸爸说："手艺人，有什么不好？"妈妈说："你不也是一个手艺人吗？

将来杀猪也有可能机械化。还是要有文化才好。"爸爸说："不可能吧？这样对猪太不人道。"妈妈说："你杀就人道了？总之我说不行就不行。"爸爸说："我去地里找个西瓜来吃，降降火。"每次遇到争吵时，他都会主动退出。

梦飞跟在爸爸的后面，来到瓜田。一般都是自家人吃，西瓜多就卖点。爸爸先托了托分量，又用指甲弹了弹，选了一个，说这个肯定好。又说到以前姐姐在家的时候，一个西瓜切成四瓣，刚刚好。现在三个人也不知道怎么切。梦飞说："还是切成四瓣吧，姐姐的那份我帮她吃。"爸爸说："就知道你喜欢吃西瓜。"回家后，切开一看，果然红红的肉，黑黑的籽，熟透了的样子。梦飞觉得西瓜比广东的要甜，还是家里的东西好吃。

到了晚上，爸妈都睡了。梦飞觉得不困，搬了张睡椅，在院子里躺着。放了一个凳子搁脚，又拿了把扇子摇着。头发披散下来，放松的样子。两棵树中间荡秋千的板子没有了，绳子也断了。她回想起小时候和姐姐荡秋千的情景，此情只待成追忆。只有青蛙的叫声还如往昔，犹如合奏的音乐。还有其他昆虫的叫声，是多么的熟悉啊！农村的虫子多，大多叫不出名字。她想起小时候，抓到一种会飞的虫，用线绑了，看着它飞。自己现在也好像这虫子一样，在外面飞，总感觉有根线绑着，不知不觉地又要往回飞。天空很黑，更显出星星的亮。广东有星星的夜晚少，她总怀念家里有星星的夜晚。流星飞过，消失在茫茫的银河里。对了，还有牵牛、织女星，以前妈妈总是讲这个故事，百听不厌。她想起了"天阶夜色凉如水，坐看牵牛织女星"。在外地生活，很难体会到这样的意境。

说到婚姻，她是肯定不会嫁给木匠的了。她有她的追求，只是不知道这另一半何时会出现。虽然是一个高中生，但她有颗追求美好生活的心，向往着诗意的远方。没有受过高等教育，从某方面来说，未尝不是一件好事，意味着在情感方面会更敏锐。没有考上大学，确实遗憾，也是一种挫折。挫折是人生的常态，越早遇到，越早成熟。她摸了摸胸，没有戴胸罩，似乎比以前更丰满了。

大三那一年

　　大三的生活开始了。学长已经毕业，我和郝强没有领导才能，一时之间群龙无首，老乡间的聚会也越来越少。郝强很少谈他的专业，我知道好像是地质勘探，十分冷僻的专业。用他的话说，专业的好坏无所谓，反正不能靠智商去努力，倒不如把好专业的名额留给别人。他对前途似乎没有想法，也没有准备要做地质勘探。严格意义上来说，他比我是要茫然的，至少我知道我将来大概要做什么。他仍旧谈他的恋爱，有时来宿舍找我。

　　我们一起去打台球。台球室由防空洞改造而成，位于操场一角，挂着亨得利的照片。为了练好台球，我曾经在图书馆借过一本书。从理论上讲，每一盘都有可能打到满分。但历史上打到满分的球员并不多，理论和实际总是有差距。

　　郝强开球了，用力很大，试图混乱中进一颗红球。对我们这种水平的人来说，不需要防守的概念。他说："我们以后打球的机会应该不会太多。"

　　我推了一杆，问："为什么？"

　　"学长在临别的时候，他说以后会常和我们联系，结果到现在也杳无音讯。"

我说:"我们再过两年也会分开。"

"是的。这两年,要去实习,又要忙着毕业论文,应该会很忙。"他说,"你暑假没有回家,在学校都干什么?"

我就把去餐厅打工,后来又坐船去长寿的事说了。

"有趣。只是你不该去按摩院。"

我说:"实在无聊,一冲动就进去了。"

"有那么好的女生,你不去追,实在可惜。你对梓辛到底还有没有想法?"

"我没有经验。"

"是没有勇气吧?"

我瞄准了,说:"也许是的。"随后出杆了,球居然进了,是母球。"人生不如意,十有八九。"

他说:"有什么需要我撮合的,尽管说。"

"顺其自然吧。"

打完球后出来,隔壁一间防空洞,传来了摇滚乐的声音。也许是个乐队,在演绎《一无所有》。这是我当时状态的真实写照,"一无所有",学业无成,连女朋友也没有。

自从买了笛子后,我开始练习这门乐器。起先,在宿舍里吹,室友们纷纷投诉我,说我太吵,要吹去外面吹。宿舍有人在下象棋,下着下着,不知道为何吵起架来,而且还动手了,真令人奇怪。有必要那么认真吗?又没有赌钱。我只好去外面。音乐真是一门好东西,既可以消磨时间,又可以驱散孤独。笛子是适合独奏的。我终于可以圆儿时的一个梦了,可以旁若无人地吹笛子。我常常会选择早上和晚上去吹,这时相对来说会寂静些。早上见到有人在读英语,也许是新生吧,只有他们才会有饱满的热情,才会有这种举动。晚上,我独自吹,那笛声婉转曲折,仿佛在诉说。又见到有人在英语角,叽里咕噜地说话,或许新生和老生都有。

小荷的生日临近了，她对郝强说："过生日了，你该怎么表示一下呀？"

说这话的时候，他们在看电影，郝强说："吃生日蛋糕。"

"一点新意也没有。"

"那你想怎么办？"

"能不能浪漫一点，你要想办法。你看电影里的情节人家多浪漫！"

"约梓辛和瞿格一起参加吧。过生日总是我们两个，不好玩。"

"也行，独乐乐不如众乐乐。我觉得他们应该在一起。"

过生日的那晚，我们来到了学校的草地上，坐在了一起。我好久没有见到梓辛了，一时之间似乎找不到共同语言。她见到我拿了根笛子，以此为切入点，说："你会吹笛子吗？"

我说："谈不上有多会，刚学时间不长。郝强说要搞个特别的生日晚会，他吹口琴，我吹笛子。"

郝强说："对、对，这是我的想法。小荷的要求太高，我只好想了这么个点子。"

小荷说："想不到你还会吹口琴，一直也没有跟我说过。"

郝强说："有几年没有吹了，都差不多忘了。"

小荷说："你一定还有很多事情瞒着我吧？"

郝强说："不敢，不敢。"完全是一种打情骂俏的语气。

我望了梓辛一眼，她也正望我，看到我在望她，她就不经意地低下头找水果吃。郝强买了很多水果，苹果、橘子、香蕉都有，又买了一大瓶百事可乐。我们首先干了一杯可乐，祝小荷生日快乐。小荷真的很快乐，圆圆的脸上洋溢着感动。这生日晚会花销不大，但真的是别有用心了。

郝强首先演奏了一首老歌，我要凭记忆才能搜寻出其年代。好在我们都是同一个年代的人，彼此年龄最多相差一两岁，都会唱这首歌。小荷和梓辛随着音乐跳起舞来，很俏皮，不是很严肃的那种。小荷的裙子散开来，像一朵荷叶，她在旋转。梓辛在拍手，在踮脚。这个场景很有画面感。我敢说，这是我参加的最有趣的生日派对了。快乐有时真的不需要花太多的钱，也不需要多大的排场。

紧接着，轮到我了。我有点紧张，觉得很有必要在梓辛面前表现自己有才的一面。她看着我，眼神明亮，在黑暗中也能放光，似乎在鼓励我。那是一种奇妙的眼神，期待包含在其中。他们都静静地听着，也许我吹得还不错，他们给我鼓掌。我吹的是《弯弯的月亮》。

梓辛说："吹得不错，哪天我过生日也请你。"

我说："好的，只要你觉得好听。"

梓辛说："我喜欢有癖好的人，或者说爱好吧。张岱说，人无癖不可与交。"

郝强说："我知道瞿格的爱好很多。"

我问张岱是谁。

梓辛说是明朝的一个文人。

我问有空可不可以帮我补习一下文学方面的常识，她说可以。我要是说做我女朋友好不好之类的话，我想她也会同意，当时的气氛很好。可是我没说，觉得说出来也有点突兀。那晚过得不错。梓辛不像平时一样咄咄逼人，尽显女性温柔之美。我表现出了才艺，有种被欣赏的感觉。小荷又说，我和梓辛简直就是才子佳人。我笑了笑，不置可否。梓辛也不反驳，吃着橘子。我觉得橘子皮的味道很香。

那一学期过得飞快。寒假，我回了家。裘正约我去县城聚一聚，同去的还有郝强、诗琴和红霞。简单点了几个菜后，开始吃饭。裘正看起来春风得意的样子，似乎长胖了，戴的镜片也厚了些。说到将来的打算，他说准备考研。

我说："还早吧，才大三。"

他说："总要早点准备才好。"

我说："文科有什么好研究的。"

他说："不要老是看不起文科，文科也有博士学位的。"

郝强说："说点其他的吧。我们高中时约好十年后一起去单洲的，才过几年的时间，人就不齐了。"

裘正说："是的，梦飞没有来，有点可惜。"

我说："听说她在工厂上班，还可以，在办公室。"

红霞说："我的生活好像设定好了一样，很平淡。其实我倒希望像梦飞一样，去外面闯一闯。"

郝强说："人的际遇不同，或者说命运不同。"

诗琴一直没有说话，也没有怎么吃菜，一副心事重重的样子。白色的围巾密实地围着，连脖子也不见。脸色苍白，神情倦怠。我问："诗琴，你是不是觉得冷？"

她这才回过神来，说："哦，是有点。"

我觉得即使冷，她的表情也不应该这样子，觉得有点蹊跷，可是又不方便直接问发生了什么事。

炉子里的液体燃料在燃烧，汤发出了突、突、突的声音。夹菜，吃饭，我们沉默了一阵。从屋子里的玻璃窗向外望出去，街上人来人往，都不认识。

散场后，郝强和红霞先回家。郝强建议坐"慢慢游"去车站，红霞说，还是走路去好了。她说自从她爸出车祸后，心里就有阴影了，再也没有坐过"慢慢游"。郝强也不勉强，陪她一起走了。

我留下来，送诗琴一程。我老觉得不对劲，她面容从来没有这样憔悴过，从前都是意气风发，青春迸发的。我们并排走了一阵，她先打破了沉默，说："我爸出事了。"

"什么事？"

她说："我爸被查了，说是受贿。"

对这种事，我也无能为力，想要安慰她，也不知道从何说起，说："那不是你的错。"

"可是我内疚，也许我爸是为了让我过得更好才犯错的。"她继续说，"这对我打击很大。亲戚们疏远了我家，邻居们见面也不打招呼。我心情不好，上个学期还有一门功课不及格，需要补考。"

我很想给她一个拥抱，给她鼓励，或者说借她一个肩膀，可以依靠。她看起来很可怜，需要人来安慰。

"我想我有点忧郁了，但还没有到抑郁的程度。"她的头脑还是清醒的。

我说："你不是会唱歌吗？唱歌会让人开心的。"

"可我现在唱什么歌呢？想起来的都是伤心的歌。"

冬日的风不大，依然带来了阵阵寒意。诗琴的脸瘦削了一些，有一丝愁容。这让我难受。我不愿意我曾经喜欢过的人不开心，内心好像有责任要让她从阴霾中走出来。我知道我的能力有限，她爸的事我帮不上任何忙，可我还是希望能为她做点什么。

"在学校里，我没有人可以倾诉。我是独生子女，本来就很脆弱。我真的不知道该怎么办。"她说。

我说："你可以写信给我，我会给你回信的。"

"或许可以试一试。有件事，我要向你道歉。高一的时候，我老看你不顺眼，不理睬你。到现在，很多同学和朋友都淡了，以后会更淡。想不到，你一直都很关心我。"她说，"我在软弱的时候，才想起需要你的帮助。是不是有点自私？"

"能帮到你，我很开心。"我确实是这样想的，终于觉得自己有点用途了。而且，她算得上是我的初恋，或者说是暗恋吧，虽然我们之间连手都没有牵过，但我曾经想过要牵她的手。也许将来有机会牵手。我对未来有着一种乐观的期待。

她的眼睫毛眨了眨，说："真的？那我们拉钩吧。"说完，伸出了指头。

我想，都什么年纪了，还玩这种游戏。不过我觉得她是认真的，而且这是她第一次主动和我有肢体上的接触，就勾了勾她的指头。

她又说："猜猜我的指头有几节，不许看。"

我认真体会了一下，说："三节。"她的手指凉凉的，似乎要夺走我的热量。

"答对了，你可真聪明。"

"你不会当我是傻瓜吧？"

这时，她的脸上难得有了一丝笑容，说："我逗你玩的。以后，我逗你玩，你可不要当真。最好能配合我。"

"只要你开心，我愿意当一个傻瓜。"我说。

送到她家大院的门口，风还没有停下来，我一点也不觉得冷。有个门卫老头，正在传达室看报。见到诗琴，没有理睬。他瞥了我一眼，我不好跟进去。诗琴跟我挥了挥手，说再见。我想到了她笑的样子，心想她一定能够战胜困难，就离开了。

大三下学期宿舍才装了电话，可以用充值卡打电话了。有人就瞎拨女生宿舍的电话，有时还能聊上一阵子，大多都没有下文。有人买了电脑，说是用来学编程的，大多用来看录像了。录像厅的生意因此清淡了不少。我那段时间迷上了日本女歌星，不能上网，便常常买了她们的音乐光碟来消磨时光。还有人玩电脑游戏，我不知道有什么好玩的，总是不感兴趣。我有时吹吹笛子，室友们也见怪不怪了。

小荷和梓辛是三年制的，也就是说这学期要毕业了。我无心和梓辛继续发展下去，其实应该说，我们还没有开始，就已经结束了。我觉得我的选择是明智的，半年时间能谈出什么来呢？我们都没有向前走一步，结果就好像两人一直在河的两岸徘徊，没有上桥牵手。如同人生的理想一样，还没有实现就破灭了。我想我究竟有什么理想呢？正如哲人所言，没有审视的生活并不值得过。这个问题困扰了我一段时间，最终也无解。

郝强和小荷面临分手，没有像其他情侣一样难分难舍，他们早就预见到这一天了。日子照常，该干什么就干什么。在一段激烈而绵长的吻戏后，小荷说："我们以后会见面吗？"她双颊红润，显然分泌了不少多巴胺。

"我也不敢断定，未来的事谁知道。"

"确实，这个难说。当初就是觉得你说话实在，才同你交往的。其实，你也了解我，我不喜欢虚假的承诺。"

"我对未来没有计划，所以不敢轻易承诺。"

"至少我们谈了一场没有功利的恋爱，就这点来说，还是值得怀念的。"她说，语气冷静。

"是的。一起度过了很多值得回忆的时光。"

"还记得你第一次摸我胸的时候，说了什么吗？"她问。

"说了什么？"他装作不记得了。

"你说摸起来像一只鼠标。"

郝强笑了："哈哈哈，想起来了。那个时候，我还没有用过鼠标，只是在影片里见过。"

"现在用到鼠标了吗？手感有何不同？"

"没有你的好。"

"那就再摸一次吧。"

"别勾引我。"郝强说完，从后面解开了乳罩的勾扣，手势比以前熟练多了。

小荷深情地闭上了双眼，说："真希望时间能静止。"

时间并没有静止。毕业前夕，我们一起聚餐。也许觉得我们四个人一起吃饭的机会不多了，点了很多菜。郝强那一顿喝了不少啤酒，不过他控制得很好，不像醉了。小荷不小心把酒泼到了脸上，不知道是泪水还是酒水，总之难以分辨。我和梓辛业象征性地碰杯，并且祝福她前程远大。

大四那一年

四年级的生活并无惊奇的一面，只是有的同学堕落得越来越厉害了。斗地主、诈金花的活动时有出现，纸币面额一元十元不等。他们玩得兴致勃勃。我对此不感兴趣，只是下下棋或者吹笛子。也有分享按摩院经历的，其情节多曲折离奇，可以写一本书出版。也有认真学习，准备考研的，流连于各个自习室之间，乐此不疲。

小荷离开重庆后，郝强郁郁寡欢。他想再过一年也要离开这里了，没有计划毕业后留在重庆。去广东的机会大些，老家人都去那里，弟弟也去打工了。再怎么说，重庆也是自己的第二故乡，他便决定多去一些地方逛逛，不至于有太多的遗憾。毕竟以后再来这里的机会不多了。

这天，他也不知道要去哪里，在十字路口抛了硬币，决定了方向，去到了解放碑。据说这里有一个碑，是纪念革命先烈的。重庆的革命遗迹很多。有人是特意来瞻仰的，戴着旅游帽在留影。郝强绕着解放碑走了几圈，看着来来往往的人。碑很高，有棱有角的。在老家没有见过这种类型的碑，有的只是祖先的碑，都是些不出名的人，上面刻着先考、先妣之类的抬头，子孙一大串，碑文模糊不可认。正月里，人们都会去祭拜，放鞭炮，放火把坟头的杂草烧掉。

他又在附近逛了逛，发现一个大的超市，相当大。超市的工作人员穿着溜冰鞋在整理商品。商品种类繁多，琳琅满目。他看了看，发现没有一样是自己现在必需的，在里面走了走，也觉得无聊，就出来了。

有一家书店，他进去了。书店的书多，有些是最新的书。看书的人也多，他没有想到当地还有很多人喜欢阅读。老板为了方便顾客，特地备了些桌椅，还有免费的桶装纯净水供应。身体空虚的时候需要饮食，灵魂空虚的时候需要阅读和思考。他现在正是灵魂空虚的时候，便找书来看。他只是大概浏览了一下，碰到感兴趣的地方就多看看。等到有人离开的时候，他也找了个椅子坐了下来。

看书看累了，就观察着周围的人。观察人已经成了他的一个习惯，如同观察蚂蚁一样，因为他常常不知道干什么好。观察读书的人很有意思，从面部表情推测他们正在看一本什么类型的书。他常常还要求证，走到跟前看看书的封面，读书的人却不觉。一旦猜测与实际相符，他便会欣喜异常。生活中并没有十分快乐的事，常常需要自娱自乐。只有自己觉得快乐，才是真的快乐。快乐并不需要和他人一致，和他人同步。

到了中午，饿了，郝强到附近的餐馆打了盒饭吃。他虽然不喜欢吃，可是在外没有办法。他觉得还不如在单洲野炊的时候吃得好，想了想野炊也过去了好多年。那时年轻，有大把的青春可以挥霍。他还想起了十多岁时，和队里的两个孩子一起骑单车去太浮山玩。那时候也不叫旅游。只是平时见到有那么一座山，听大人说叫太浮山，但谁也没有去过。于是有个小孩便说很远，郝强不信，说："那我们去看看到底有多远。"小时候总是好奇，他想知道山的那面是什么，便骑了车，朝那个方向出发。也不知道路，只是朝着那个方向，沿途一路问人。

早上动身，中午时终于到了山脚下。也不知道究竟有多远，总之骑了一个上午的单车。他们把车寄存在山脚下的一户人家，也不用交钱。那户人家见到有几个小孩过来玩，也觉得好奇，又警告说山上有野猪。有野猪？有个小伙伴不愿意去了。郝强说，都来了这么远，不爬就太遗憾了。他们开始爬山了，尽量找有人走过的地方走。山确实很高，山路也弯曲，明明感觉就在眼前，却要走很久。

隆冬的阳光虽然不那么强烈，但还是晒人，而且本身爬山就是一个体力活。他们便停下来休息。远远向下望过去，只觉得路人都像小猫、小狗一样小。山上的干柴多，找到一个相对安全的地方，避免山火，点燃了，用来烤糍粑。吃饱了，都不想动，再向上望山，山顶还遥不可及。有人便说没有力气了，下次来爬吧。后来却再也没有去过那座山了。

他边吃边回忆，来往的人很多，都不觉。吃饱了，他又在街上逛了逛，发现皮鞋张口了，问了人，知道附近有个修鞋的地方。他没有料到这么繁华的地方还有修鞋的，真是谢天谢地。在一个小巷子里，他坐了下来，师傅一边粘鞋一边聊天。原来他是合川的，他说他们那里的桃片好吃。这让郝强想起了家里的焦切，形状好像差不多，一片一片的。他又想起了老家的鞋匠总是在赶场的时候，在固定的角落坐着。手摇着机器，滴答滴答，那悠长的岁月亦随之而过。他们的模样总是不能让人记住，仿佛都一个样：围着一个皮裙，手茧很厚，却能灵活地穿针引线。

他给了钱，穿了鞋，走着走着，转到了一个寺庙。寺庙地处闹市当中，香火自然旺。和尚也沾染了市井气息，跷着二郎腿抽烟。郝强本来对佛教充满一种恭敬心，见到这个样子，便觉得入世与出世之间需要灵活的转换才行，好像开关一样。他没有上香，也没有求佛，只是在看。善男信女很多，都在拜，到底在求什么，无人知晓。无非升官发财，健康婚姻，等等。真有人求自己开启慧眼吗？也无从知晓。是不是跟吹生日蜡烛时许愿一样的呢？也不知道。

百货大楼透明的播音室里，有俊男靓女正播报着遥远地方的政经新闻，对街上发生的事却熟视无睹。有人在驻足围观。播音员的表情多变，语气尽量和播报的内容吻合。

郝强走走停停，漫无目的，不觉到了晚上，华灯初上。街上还是跟白天一样热闹，穿着低胸衣服的女子，化着浓浓的妆，行色匆匆，奔赴各个娱乐场所。他不觉好奇，尾随一个女子，看看她究竟去什么地方。他好像一个私家侦探，为了不被对方发现，会机警地停下来，假装东张西望。其实那女子未必有留意到他。就这样，进了一个酒吧。有些台坐满了人，有人在喝酒。还有人在表演节目，内容多庸俗，逗引浅薄的观众发笑。也有一两个歌真唱得好的，或许在等待着星探。那女子却不见了，郝强有点丧气。不一会儿，又有人在表演艳舞，观众的呼声更粗暴了。

他没有喝酒，酒吧的酒贵。出来后，很晚了，解放碑上的钟清楚地指示着时间。没有公交车回学校了，他也不准备坐出租车。他见到有间高高的酒店，进去了。坐了电梯到楼顶，一共三十多层。这是他去过的最高楼层了。远眺下去，重庆的夜景尽收眼底，灯火璀璨。他不由想起和小荷一起去鹅岭公园，登上两江楼的情景，和现在何其地相似，只是物是人非了。那时有情话的呢喃，情人的拥抱。那天，他们还一起吃了砂锅肥肠米线，端上来时，锅里的汤还在沸腾。小荷真是一个重口味的人，如果去到湖南，说不定连臭豆腐也可以接受。他又想起小荷走后，他独自去了几次舞厅，跳得少，更多是听着音乐，回忆以前的点点滴滴，有时光接吻就可以度过半个小时的时光。还有以前高中、初中暗恋的人，去了哪里？又长成了什么模样？他顿时觉得再亲密的人也不可能永久在一起；在一起，心也不可能时时刻刻在一起。人从胎里出来，便面对着一个陌生的世界。借助着各种交通工具，从一个陌生的地方到另一个更陌生的地方。所以必须得要接受和喜欢这种陌生的环境和孤单的自由，否则没法活。

酒店太贵，是不可能在这里住宿的了，他只是来看风景的。他反反复复地坐了几次电梯，引起了保安的注意。从酒店出来后，又在街上走了走，这时人不多了。按摩院的灯仍然不停地闪烁着。城市里不缺少灯，小旅馆的灯也亮着。他没有打算住宿，准备露宿一晚，体验一下流浪的滋味。主动流浪，好过无可奈何的流浪。而且万一哪天真的流浪了，也有底子，不至于无可适从。

靠着墙壁坐了下来，打起了哈欠。这时，他想要是有棉被多好啊！他想起了和家人一起捡棉花的情景，云淡风轻，背着篓子，戴着帽子。那一地的棉花可真白、真多，还有一些红绿的未开的棉桃。棉田里有种绿绿的虫，长满了毛。手碰到就会起疙瘩。棉花收完了，拔棉秆，拖回来当柴烧。将棉花中的杂质去掉，晒干。大人经常开玩笑说，一斤棉花和一斤铁哪个重些。棉花确实很轻，不压秤。在朦朦胧胧的回忆中睡去。

他后来又相继去了北碚的温泉，那里禽鸟啼唱；九龙坡的华岩寺，那里清静庄严；南岸的植物园，那里植被茂密。每次都是一个人去的，有兴而往，兴尽而归。不过却总是难以摆脱无聊。很奇怪的是，人为什么会无聊？无聊会随着社会的进步，科学的发展而消失殆尽吗？他有时也思考这些问题，无聊而产生的痛苦往往能导致人有哲学上的思考。

有天，郝强找我吃夜宵，突然神秘地对我说："你有信仰吗？"

我说："没有。你最近闲得无聊吧？"

他说："是这样的。有个星期天，我在街上闲逛。经过一处教堂，听到有唱歌的声音传了出来。我生了好奇心，便进去了。什么人都有，男女老少。我看了看隔壁一个阿姨，她正手捧着歌本。她把歌本向我挪了挪，以便我能看见。我不由自主地跟着唱了起来。"

"什么感觉？"

"顿时升起一种神圣感。后来阿姨借了本经书给我，让我有空的时候看看，说不明白的地方可以问她，她每个礼拜天都会来教堂。我看她慈眉善目的样子，也没有抵触，就拿了经书回来。就这样，我持续几个礼拜天都去了。"

"这有违你的性格，你信吗？是你内心空虚吧，所以需要某种思想注进来。"

"开始时我不信。阿姨就说，我知道你们读书人需要证实。但信仰的关键首先需要无条件地相信，以后会在生活中逐步证实。我想我确实需要某种信仰，尤其是像我这样遇到挫折的人。经书上说，把自己所希望的向上帝祷告，上帝就会帮助实现。"

"不会吧，这你也信？"

"没有办法。我需要试一试，哪怕希望渺茫。我们人类是有局限的，上帝才是全能的，无所不能的。这点你应该可以理解。"

"我理解人是有局限的，所以我想象不出存在上帝。可是，我想你究竟需要上帝帮你实现什么愿望呢？"

"我想要是我没有从茶树上摔下来，多好啊！"

"时间是不可逆的。"

"同时我希望上帝能够治愈我的创伤。"

"这样的话，我倒希望真的有一个全能的上帝存在。"

"我们必须要在抱有希望的状态下生活，你说是不是？"

"我同意。"我说，"只是你跟我谈希望和信仰，我觉得怪怪的。"

"大学生活很快就要结束了。在此期间，我在学业上一无所获。对未来更是充满了迷茫。并不是我不想学习，而是我不能学习。别人可以通过努力希求过上好的生活，而我连努力的机会都没有。这你应该知道。所以，我希望能在书上知道一些道理，以备将来在社会上不时之需。"

"读经书吗？"

"包括经书在内。试试吧。"他顿了顿，说，"了解一下，也不是一件坏事。人可能需要同时过世俗和宗教的生活。"

"无法理解，太深奥了。"

"期间，还遇到一个外国人，他对中文不熟，估计听不懂牧师的布道。不过，他听得很认真。我过去和他搭讪，我英文仅限于问对方的名字和年龄。谁知他的中文要比我的英文好，和我能够勉强用中文交谈。你说是不是很有趣。后来才知道他原来是我们学校的留学生。"

"你可以跟他学学英文。"我说，"这是一个机会。"

"所以，你说这是不是上帝的安排呢？"

我无语以对。

上了一堂金工实习的课后，我拿着尚未完成的锤子，回到了宿舍。锤子看起来还粗糙，需要更进一步地打磨。同学们经常互相调侃："大学的学习就是搞个锤子。"用四川话说起来更是搞笑。有动手能力强的同学很喜欢这门课程。我手笨，不是很喜欢，觉得无聊之极。

我收到了一封信，原来是诗琴寄来的。

瞿格同学，你好。

本来不想打扰你的。但我现在的境况越来越糟了，我必须要写出来，才能放松。在寄这封信之前，我犹豫了很久，本来早几个月就写好了。把一个人感受的痛苦告诉给另外一个人，痛苦是不是会减轻一些，我不知道，但至少有两个人承担。这时，我想到了你，我也许有点自私。但不这样，我会越陷越深，最终会抑郁的。

主要原因是来自于家里情况的变化。我妈处于下岗的边缘，领导已经下了最后通牒。要是以前，我爸还在位的时候，情况不会这么糟。我的压力变得越来越大，尽管我妈一直安慰我，要以学业为重。可我怎么也提不起神来。同学们都忙着找工作了。就我这种精神状态，估计没有单位愿意聘我。我也没有打算工作，准备毕业后在家里待一段时间。家里就我一个孩子，爸爸妈妈也许需要我陪伴。

宿舍里没有知心的同学可以倾诉，而且家丑也不方便外扬。长时间的压抑，我的脸上不再像以前那样光滑，长了几粒青春痘。这样子，也不逗人喜欢，产生了自卑心理。生活的反差很大，如同遭遇大观园的变故一样，只是这变故来得太早了一些，几乎要压折一只刚要起飞的小鸟的翅膀。

我读到这里，刚才还在一直敲着锤子的手，停了下来。心想诗琴的日子这样惨淡，我必须帮助她。继续看下去。

有些话，说话无法表达清楚。通过写，可以更加系统些，更加清晰些。我想是上天给我开了一个巨大的玩笑，总要给有优越感的人以挫折。我知道在高中时，你可能喜欢过我，从你的眼神可以判断出。我那时真是不珍惜，以为得到别人的爱是理所当然的。到如今落难的时候，才想起你来。好像一个溺水的人，想起远处的救生圈一样。我唯有奋力游过去，才有得生的可能。你应该会拉我一把吧？

我最近在琢磨一个问题。一个人是不是不能过多、过早地消耗东西，包括智力、体力、财力，等等。以前我的需求，家里大多能够满足。但时过境迁，最近我的生活费都成了问题。当然比我贫困的学生也有，但他们没有受到打击的感觉，心态比我好，反而更有欲望去争取一份好的工作。

大学期间，你谈过女朋友吗？坦白来说，我是交过男朋友的。不过，我和他之间没有任何关系了。也未曾和他发生过亲密的关系，这点需要和你说明。

大学就要毕业了，你选择在哪里工作？或者说哪个企业选择了你？祝你好运。

白诗琴

我立马回了封信，大意是劝她不要放弃生活，相信明天会更好。

不久后，一家广州的公司录用了我。大学生活就这样结束了，不知不觉，整整四年。

工作头半年

我只身一人来到广州，报到后就上班。我住进了单身宿舍，大约十平米左右，有一门一窗。公共厕所，并无厨房，吃饭在公司食堂。晾衣服需要爬到楼顶上，好在我住在最高一层，因此并不费力。我添置了一些必备品，床一张，梳妆台一张，买了一台电视，算是可以过娱乐生活。不久后，我又买了一个传呼机，便于联络。头几个月的工资，所剩无几了。也给家里寄了点钱，资助妹妹的学费。

有几个同届的新人，有时偶尔聊天。但由于是同事的关系，彼此之间既有合作，又必须防范。掏心窝子的话也不方便多说。夜晚时分，我顺着窗户眺望广州城。整个城市灯火通明，似乎没有黑夜的概念。这使我更加怀念伸手不见五指的乡下的黑夜。我竟然怀念那一片黑暗，令人费解。一种孤单的情绪爬上心头，毕业后，同学、朋友都为了生活，天各一方。有时打电话联系，也谈得不深。

有天我正在办公室做机械制图，传呼机响了。我回了个电话，原来是郝强找我。我喜出望外，好久没有他的消息了。如同一个人在孤岛上，突然见到了一艘载有同类的船从远方驶来。我告诉了我公司的地址，并且约好了见面的时间。第二天，他找到了我。他穿了一套黑色西装，这可不是他的范儿，背了一个牛仔包，这搭配有点不和谐。

我们一起去公司的食堂吃饭。外面的餐馆有点贵，我的工资也不高。我说："就在公司吃吧，外面的餐馆不卫生。炒几个菜，来瓶啤酒。"老实说，我平时都是打快餐吃，炒几个菜算是高消费了。说完，我又看了看他的西服。

他说："好的。你可能觉得有点奇怪，其实我不喜欢穿西服。不过为了面试，我才穿的。你知道，城里人对穿着很在意。"

上了一个菜，清蒸鲫鱼，广东惯用的烹饪方式。洒了葱花，有几根香菜，泼了点酱油。我们喝了口酒，开始吃菜。食堂环境尚可，从窗户望过去，可以看到一个亭子，亭子在水塘上，水塘里有鱼在游泳。

郝强说："这味道不错，就是差了点辣椒。"

我说："广东人喜欢清淡。"又问他这几个月在干什么了。

他说，学校的招聘会他去看了。他投了几份简历，由于专业冷僻，没有回音。偏远的地方，他又不愿意去。只好来了广东。刚开始去佛山，投奔在一个远房表叔家，住在那里找工作。表叔没有文化，干的是体力活，也帮不上忙。虽然是大学生，但专业不对口，也不好找工作。如果去干体力活，又心有不甘。好歹经历过十年寒窗苦读，如果传回老家，说在工厂当工人，也相当没有面子。可是在外面混，最需要迫切解决的是温饱问题。于是，他骑了一辆破旧的自行车，开始找工作。骑自行车不需要花路费，省钱。

我问："后来呢？"

"我去一家餐厅，见到有招地哩的，觉得好奇，就去面试。谁知对方笑了笑，说，只招女性。就没有去成。"

"再怎么也不能去餐厅上班，得做点有技术含量的。"

"难啊。不像你，有自己的专业，至少会制图。我这种专业很尴尬，学了跟没有学没有什么两样。"

又上了一道菜，红烧茄子。茄子去了皮，用油炸了，口感还行。我说："吃菜吧。将来有什么打算？"

他说："我想根据招聘公司的需要，做一个假证，然后投简历面试。"

我露出了诧异的表情，说："这样也行？"

他喝了口酒，细细地品味着，显然已经有一段时间没有喝了，说："有什么办法呢？人总要想办法谋生。理工科的，我是仿冒不了的。文史类的应该可以，多读几本书就行了。"

我说："酒尽管喝。我工资不高，喝酒的钱还是有。珠江啤酒也不贵。"

他果然大喝了一口，我又给他斟满了。紧接着，蒜茸炒空心菜也上来了。一共三个菜，应该差不多了。我知道他不会怪我点菜少的，彼此认识这么多年，有些事达成了默契，心照不宣。好朋友之间吃饭，以吃饱不要浪费为宜。如果果真不够，以他的性格，也会要求加菜。同时，我也不会觉得尴尬。他也觉得够了，说："没有菜了吧，如果有的话，就退了。够了。"

我说："刚好三个菜，有荤有素。"又问到他和小荷之间还有联系吗。

他说："毕业后，她去了北京。大四的时候，我去北京找她。当时用别人的学生证买票，票价不贵。坐了两天两夜，才到北京。去北京的颐和园，天安门广场玩了玩。北京也就那么回事，风大。回来时，买了一小瓶二锅头，一小袋狗肉，几包方便面。在火车上自斟自饮，到学校后就得了痔疮。以后就没有联系了。"

"也许是坐车的时间太长了吧？"

"谁说不是。只怪我们生错了地方，要是一出生就在大城市多好啊！不用为了谋生东奔西跑的。"

"不过我倒怪怀念乡下的。"

"每个人都会怀念出生的地方。不过，我们不得不在城市生活。"

我和他干了一杯，说："不如你在广州找找工作吧，这里机会多。"

我们在吃饭，有认识的同事跟我打招呼，说加餐了。我说，是的，有同学过来。吃完饭，去公司的健身房玩。公司的工资不高，福利还行。健身房不用花钱。有台球、乒乓球，还有哑铃和一些叫不出名字的健身器材。我们选了台球玩，十五个球的那种。

郝强说："好久没有玩了，都打不准了。"

我说："我也是。"

他说："自从来到广东后，都闲了几个月了。也不好伸手问家里要钱，再说家里也没有钱。住在表叔家里，长久也不是个事。表叔给我买了张小床，广东天气暖和，还好不需要大件的被套。房间本来不大，表叔表婶睡一张大床，我睡小床。他们有时想要活动也不方便。"

我嘿嘿地笑了笑，说："你可真难为人家了。"

他说："弟弟几年前就来广东了，知道我来了，来表叔这里玩，给了我几百块。你说我这个做哥哥的是不是很没有面子。"

"兄弟之间帮帮忙是应该的。"我说。

他胡乱打了几竿，说："为了找工作，我用弟弟给我的钱，买了传呼机。好在平时吃住都在表叔家，不用怎么花钱。光省钱也不是个办法，还得要挣钱。"说完这句话，他似乎有所感触，钱确实太重要了，"我很难想象，当初父母是怎样赚钱供我上学的。要命的是，我读了书还赚不了钱。"看得出来，他有点黯然神伤，不过不是灰心丧气的那种，他应该相信自己还有办法。

我说："总会有办法的。"

他说："我还是先回佛山，等办好了证再说。"

郝强回到了佛山，还是跟表叔一起住。他买了张《广州日报》，逐条地研究招聘信息。有些职位没有听说过，什么创意总监啦，文案策划啦，他通通不懂。而且大多需要工作经验，一般的公司不愿意花钱培养新人。像这种职位要投简历的话，都不知道怎么写。问表叔，表叔也不知道，他只是一名工人。

表叔比郝强才大几岁，小孩留在了家里。租的房子是个单间，在里头，过道里没有电灯，一片漆黑。进得门来，除了两张床外，没有任何家具。

没有窗户，白天需要开灯才能看得清楚。乡下人租房子讲究实惠便宜。他们白天上班，晚上或许还要加班。房间的功能是睡觉，有没有窗户也就无所谓了。有一台电风扇，用来驱赶蚊子或者让人凉快。陈旧的墙上贴着些过气明星的海报，也许是前任租客留下的。有些有情怀的租客，顺手书写了些励志的词句，字迹歪斜，需仔细辨认。表叔有空时，和老乡或亲戚打打家乡的跑胡子，有时为了几块钱争得面红耳赤。有时又和好了，聚聚餐，喝点酒。表叔来广东久了，也买买六合彩，碰碰运气，经常猜猜会出哪个生肖，时常琢磨马经的暗示，和周围的人讨论得不亦乐乎。

郝强想着表叔的生活，不禁为乡下人感到一丝悲哀。乡下的房子装修虽不是特别新潮，但起码宽敞、透气，生活空间大。可是没有办法，几十年前知识青年到农村，现在知识青年要到城市去，不是知识分子也要去，历史并不总是惊人的相似，而是喜欢折腾。他白天有时待在房间里，无聊时会看看经书，也做祷告，希望上帝能够帮助自己。四年大学的毕业文凭，如同废纸一张。想到这里，他有点黯然神伤。

附近有个科学技术学院，他有时也去里面走走。看到里面的学生，回想起自己的大学时光，是多么的惬意和美好。不过，可惜的是没有在学校里学得一技之长，导致找工作困难。如果自己是城市的，还好办。城市父母大多有点关系，只要有个毕业文凭，找点门路，不难找个工作养家糊口。而他是乡下的，到了城市孤立无援，只能靠自己。又见到拍拖的男女学生，便想起了小荷。

大四的时候，他曾经去过一次小荷家。坐了火车，又转了两次汽车。汽车在山间的公路上行驶，两旁的美景一闪而过。四川多山、多水，好像比湖南还要奇险。他去的时候，没有生活压力，好像探索一段未知的旅程。汽车已经开了几个钟，果然如小荷所说的，她的老家有一条河。河水清澈，河床的石头在阳光的照射下，闪闪发光。河水欢快地一路向前，好像唱着悦耳的民谣。车这时慢了下来，路越来越不好走。郝强也不着急，欣赏着这新奇的景色。年轻时，对外界的陌生事物总是充满好奇。按照小荷提供的地址，傍晚时分，郝强终于到了。

　　小荷在工作一段时间后，当时回家休息一阵。他们在小镇上散步。郝强说要搂着她走，小荷就说别这样，这是乡下，影响不好。郝强只好作罢。一路上，小荷也说了在外打工的事情，说是帮哥哥做事，在大城市真不容易。自己没有什么野心，文凭也不高，说不定将来还得回来。郝强也没有说什么，只是陪着她走，河水也在一旁流着，看得出来，水流湍急，经过石头的时候，激起了浪花。河的上方有一座桥，由木板和铁链构成，连接着两岸。郝强走在上面，有点不适，摇摇晃晃的。郝强说："看到这条河，很容易想起妈妈说过的一个传说。"小荷说："说来听听。"郝强说："我和弟弟在田里插秧，累了不想干时，妈妈就会说，靠近田边的河里有个女的水鬼。谁要是插秧插得慢，水鬼就会带走他。吓得我和弟弟拼命地干活。"小荷说："你的妈妈真会吓人。"郝强说："我见水鬼总是不现面。有次竟然想要见见她究竟长得什么样子，故意慢了下来。"小荷说："你也真是不让人省心。"末了，她又说："你敢在这里游泳吗？"郝强说："试试吧。"有些人已经泡在水中了，他们奋力地向对岸游过去。郝强下了水，水流很急，完全跟老家的不同。小荷说："万一不行，别逞强。"他想起了从树上摔下来的经历，就不再要游到对岸了。有些事不能逞强，安全要紧。水凉爽极了，冲刷着身体，让人觉着舒服。

　　小荷的爸爸妈妈在家，做了饭。郝强就叫了叔叔阿姨，算是打招呼。饭菜也不错，有汤、有肉、有青菜。他和老人家说了会儿话，到了时间，就睡了。由于还没有确定未来的关系，小荷也不敢乱来，只好和郝强分开睡。不过，半夜时分，小荷还是趁父母睡着后，轻声地走过来，和郝强睡了会儿，才离开。

　　想到这些，郝强内心升起了甜蜜的感觉，在外的种种不适，暂时忘却。见到有个图书馆，他又想起了大学的时光。他以前也经常上图书馆，多是读些杂志，小说也看过几本，大多忘了。老师说，书本上有知识，知识就是力量。按理说，自己也应该有力量才对，可是进了社会，却连合适的工作也找不到。他对这句话产生了怀疑。

从农村来到城市，意味着放弃一切。放弃了土地，放弃了朋友和亲戚等关系，放弃了房子。郝强是一个头脑清醒的人，他很快认清楚了当前的处境。首要任务是谋生，先要抛弃所有的理想和幻想。他想来想去，办了一个中文专业的假证，这专业是万金油，在中国谁不需要用到中文。

他投了几份简历，终于有了一个面试的机会。到了工厂，遭到了保安的询问。郝强说明了来意，并且报了名字。保安又打电话跟办公室确认了一下，才放他进去。面试他的是一个女人，化了妆，脸是白的，嘴是红的，漫不经心的样子，说工厂需要招一个行政助理，问郝强以前干过没有。郝强心想，不是有简历吗，难道她没有看，说："没有。刚毕业没几个月，从家里过来。"

女人说："这个工作很琐碎，你愿意做吗？"

郝强说："愿意。"他没有犹豫，对方说什么都得同意。

女人说："有什么要求？"

郝强说："暂时没有。"

女人说："工资八百，提供宿舍，不包吃，可以吗？"

郝强说可以。女人又说还要面试几个人，叫他回去等消息。郝强出了厂门口，骑上了自行车。广东的太阳可真大，即使冬天也晒人。从工厂到表叔租房子的地方，至少要骑一个半钟头。沿途经过一些工厂，排放着浓烟，空气很糟糕。路上有大卡车和小汽车，郝强要小心骑行，以免撞车。鼻子不时地吸进路上的灰尘和车的尾气，这让他很不适应。他心里不是滋味，读了那么多年书，工资才八百块钱一个月，而且还不知道被录用没有。

他想起了爸爸。爸爸多年前，买了一辆自行车，去外婆家，就骑自行车。爸爸很有力气，也很忍耐。那个时候自己还小，爸爸总是让他和弟弟坐前面，妈妈坐在后面。一辆自行车居然坐四个人，路程也很远，有上下坡，估计要两个钟。现在和弟弟都出来了，那样的情景也一去不复返了。一家人将来也有团聚的时候，但绝对不会同时坐一辆自行车了。

郝强见到有条通向村庄的小路，铺了柏油，便骑了进去，准备休息一下。他口渴了，想喝水，可想到买水要花钱，只好忍着。在找到工作之前，尽量少花钱，这是他的原则。在学校的时候，没有这么节俭过。现在总算知道挣钱不容易了。还好，天阴了下来，太阳也藏了起来，没有那么热了。有人在打篮球，叽叽咕咕地说着话，郝强听不懂，知道是说本地话。一棵硕大的榕树，胡子垂得老长老长的，随风微微摆动。有老人带着小孩在玩，看样子也是本地人。小孩哭哭闹闹，蹒跚着学步。老人走走停停，吆喝着。他开始羡慕本地人，他们在出生的土地上生活，不用离乡背井的。投胎是门技术活，出生在一个好的环境很重要。

郝强也不着急，坐下来，摘了片树叶，吹着。并不是什么曲子，他在家时，也吹。在庄稼地里，那时蚕豆、豌豆半成熟，他喜欢猫在里面，偷吃点豆子，模仿各种野鸟的叫声，什么"豌豆八哥，伯伯烧火"等。正是草长莺飞，大自然进入繁殖的季节，充满生命气息。在外地，连鸟的叫声跟老家也不一样。一切都是陌生的。

他知道回乡下是没有出路的。读了那么多年的书，算是知识分子，回乡下会被别人笑话的。再说，自己也不会干什么农活，一个人要是在不擅长的领域谋生，是很艰难的。家里像他这个年纪的人都出来了，回去后跟谁说话也是一个问题。所以他尽管怀念乡下，但回不去了。躯体可以回去，心也回不去了。他记得有个不知名的作家曾经说过，如果一个人喜欢回忆，意味着已经老了。他想起这句话，有点心惊，不会吧，刚二十几岁，怎么就喜欢回忆了？可眼前的一切又不由他不产生回忆。痛苦不适是回忆的催化剂，正如一个人患病后会更加想念健康的日子。

梦飞在工厂过着按部就班的生活。有些同事已经跳槽，听说工资更高。她没有这个想法，自己学历低，能有这样一个工作算是知足了。这几年工厂效益不错，要组织一次旅游，费用由工厂负责。梦飞到广东上了几年班，基本上没有离开工厂所在的镇。她也参加了，决定去外面走一走。

同行的还有几个台湾同事。上了巴士后，她才发现和一个台湾人同一排。

"你叫黄梦飞吧？我叫陈望陆。"那人跟她说话了。

"是的。"她有点紧张，她和陈望陆通过电话，平时和他有沟通，但这是第一次见到真人。电话那端的声音比较成熟，没有想到看起来还很年轻，估计也就比自己大几岁吧。不过听说台湾人保养得好，不显老。

"我很少来大陆，对大陆不是很熟。你去过这个旅游景点吗？"

"没有去过，我很少去外面的。"梦飞说。

"你文章还写得不错。"

"你怎么知道的？"

"有年中秋节，你不是朗读了一篇文章吗？"

"是的。我喜欢写日记。"

"现在还写吗？"

"有。但不是每天都写。"

"是个好习惯。"

梦飞放松了些，没有想到陈望陆很随和，并没有台湾人的架子。在台湾工厂，大陆同事对台湾人还是很敬畏的，一般不敢多言语。"谈不上好习惯，也就无聊时写写而已。"她又说，"你的名字有点奇怪。"

"怎么个奇怪法？"望陆笑了，他觉得眼前的这个姑娘有点好玩。

"我也不知道，应该有来历吧？"

"算你说对了，来历是有的。我爸爸是国民党的军人，到了台湾，四十多岁才生了我。他对大陆有感情，所以给我起名叫望陆。"他说，"他没有回过大陆，不过我倒是回来了。"

"原来这样，有趣。"

"有趣？"

"是的。"

"你的名字会不会也有来历？梦飞？"望陆说。

"我爸爸妈妈没有说过。不过我猜测是不是黄粱一梦？"她说。

望陆哈哈笑了，说："应该不会这样吧？你说话真有趣。"

"有趣？"

"是的。"

巴士在上高速之前，走了一段国道，碰到了一个大坑。望陆没有防备，头碰到了梦飞的脸，害得梦飞不好意思，脸都红了。望陆连忙说："对不起。想不到大陆的路还这么乱。"

"没关系，你应该不是故意的。"梦飞拂了拂头发，说："我老家的路更乱。"

"老家哪里的？"

"湖南。"

"哦，算起来我老家也是湖南的。我们是老乡。"

"真巧。"

巴士上了高速公路，相对来说比较平稳，目的地万绿湖。车在走，云在飘。路两旁的青山上，或是一些不知名的树，或是石头林立。梦飞感觉回到了大自然中，心情开朗起来，说："想不到这里的山比湖南的山还要多。我喜欢看见山，有种回到家的感觉。"

"台湾也有不少山，阿里山就比较出名。"

"听说过。《阿里山的姑娘》你会唱吗？"

"会的。"望陆说完，旁若无人地哼唱起来，说："是这样的吧？"

"是的。"

"你也唱两句。"

"我胆子没有你那么大。"梦飞说，"车里还有很多同事呢！"

"你们平时不一起唱卡拉OK吗？"

"没有。只是见到菜市场有露天的卡拉OK唱，一块钱一首。"

"有意思，哪天我也去试试。"

"不合适吧？你是台湾人。"

"台湾人也是人。"他随手从包里拿出了一盒饼干，说："尝尝吧，

Made in Taiwan。"

"我英文不太好，是台湾产的吧？"

"是的。大陆的食品没有保证。"

"也不能这么说。我爸爸妈妈做的饭就很有保证。"

"有机会去吃一吃，我喜欢吃农家菜。"

"我爸爸是杀猪的。"

"这职业有点恐怖。"望陆吸了一口气，说，"我得考虑考虑。"

"他又不杀人，你怕什么？不过他现在已经不杀猪了，生了一场病。"

"好了吧？"

"好了。"

"好了就好。"

梦飞吃着饼干，觉着干脆，说："台湾的饼干真好吃。"陈望陆这人看起来成熟，五官周正，皮肤白皙，彬彬有礼，跟办公室的那班小男生有所不同。

"台湾的好东西很多，你有机会可以去看看。"

"我哪有机会去那里。"梦飞说，其实她心里还是蛮想去的。小时候学过，台湾有美丽的日月潭。这个地名蛮好听的，听说也是旅游景点。她对台湾也不是很了解，只是知道台北、台南、高雄几个城市而已。

约莫两小时后，巴士下了高速，又经过了一段简易公路。两旁有农家乐，三角形的彩旗飘飘，不断有人挥手招呼生意。茂密的竹子翠色逼人，迎风摇曳多姿。又有鸡在院子里走，鸭在池塘里游。一幅田园风光。草莓成熟了，人们在田里自摘。梦飞的心情不错，问："台湾有草莓吗？"

"好像也有的，不过不多。"

"我们老家有种类似草莓的水果，是野生的，长在山上，叫'梦儿'。"

"好吃吧？光听这名字就有食欲。"

"当然好吃了，学名好像叫'葠儿'。有次我见这草莓长得好看，又像'梦儿'，就买了点，确实不如'梦儿'好吃。"

"哦。"

"'梦儿'不要钱，可以随便采。草莓还贵。"梦飞说。

上了一个坡，又下了一个坡。巴士停了下来，同事们陆续下车。湖水在微风的吹拂下，泛起细微的波纹。青山倒映在湖中，水显得异常碧蓝。白云卧在蓝天的怀抱中，有时伸伸懒腰。真个是秋水共长天一色！旅游轮慢悠悠地在游荡，开向远处的小岛。又有快艇掠过，激起长长的水浪，瞬间背影已远走。

望陆戴上了防晒帽，拿了个望远镜望了望，说："这地方不错。"

梦飞说："我也是第一次见这么大的湖，不知道的还以为是海呢。"

"比海要温柔得多，海经常发脾气。"

"给我也望望吧！"

望陆把望远镜给了她，梦飞望了望，说："还是看得不清楚。"

"哦，忘记调焦了。"说着，他站在梦飞的后面，开始调试。梦飞还举着望远镜，难免碰到望陆的手，不觉内心起了涟漪，如同湖水的波纹一般。

她说："差不多了，看清楚了。远处的岛上有人呢！我们等下是不是要去那里？"

"我也不知道，听导游的安排吧。"

传来了导游小姐的声音："请大家在码头边集合，排好队，清点人数。"要上船了。望陆拿出一把小伞，给了梦飞，说："遮太阳吧。"

梦飞说："你可真细心。"

"习惯。旅行包里总是放把伞，晴天遮阳，雨天挡雨。"

梦飞突然想到，也不知道他结婚没有，又不好意思问。她对望陆的第一印象蛮好的，只是觉得自己的身份配不上对方。如果对方追自己，就好了。灰姑娘都有变成公主的梦想，这在童话书里经常发生。现实生活又是怎样呢？同事们陆续上船，嘻嘻哈哈地。工厂平时的生活沉闷，难得出来放松一下。有人在拍照，倚靠着船栏，背景是湖水和远山。

梦飞说："这湖可真大，比老家的水库大多了。"

望陆说："你要拍张照片吗？"

梦飞说："当然要。你有相机吗？"

望陆拿出了一个小巧的相机，说："就撑着伞照吧，好看。"

梦飞有点不太自然，勉强摆了一个 V 形的手势，腼腆地笑了笑。咔嚓一声，闪了一下。她说："我很少照相。好看吗？"

"你过来看看吧。"

梦飞凑过去，看了看，说："还行。"

"帮我也拍张吧。"

"怎么拍？"

"你没有用过？"

"啊！"

"很简单，见到里面有人，按键就行了。"

"哦。"

望陆走到了船边，摆好了姿势，等梦飞拍，问："有男朋友了吗？"

梦飞脸又红了，说："没有。你呢？"

望陆想了想，说："也没有。"

梦飞忐忑不安，心里好像有个小兔子一样蹦蹦跳。也不知道人家这样问，是不是对自己有意思。或者只是随便问问而已，并没有什么目的。况且两人的身份地位悬殊，可能性微乎其微。不过，为什么望陆想了想才回答呢？这也让她迷惑不解。

那天的旅游过得真快，人快乐的时候是感觉不到时间的。晚上回到宿舍后，梦飞兴致很好，冲凉的时候哼着歌，"阿里山的姑娘美如水呀，阿里山的少年壮如山……"同宿舍的人玩了一天，躺在床上不想动。

领导给我安排了任务，要我尽快把收割机研制出来。当时农业机械还处于摸着石头过河的年代，技术人才紧缺。我一个刚毕业的菜鸟，被委以重任，心里忐忑而又怯喜。我是搞机械自动化的，并没有想到要搞农机，认为这是低端的。我从农村来，到了城市还要跟农民打交道。我想当初领导也许是看档案才决定招我的吧。农村人能吃苦，和农民打交道有共同语言。我当时图这个单位是在广州，能解决户口，所以毫不犹豫地答应了。

我开始没日没夜地加班，查资料，画图，做试验。日子倒也过得很快。家里人开始关心我的终身大事了，说工作了，也该交女朋友了，老家也没有什么合适的，你文化高，自己找吧。我也着急，可跟我接触的人大部分是雄性，单位里连只母鸡也难找到，更别说合适的异性了。我有时到农村去，广东的农村天地很广阔，水利设施比老家要好些。我去那里并不感到陌生，反而有种似曾相识的感觉。有时和农民伯伯聊天，也打听对方女儿的情况。但他们大多说机器的性能还有待提高，价钱还能不能便宜之类的话，抓不到我的重点。我只好驾驶着机器，一遍又一遍地来回耕耘，把希望的种子埋在土地中。顺便说一句，有些机器还是别的厂家生产的。

腊月某天，我又收到了来自诗琴的一封信。

瞿格同学，情况越来越糟了。妈妈下岗已经成了事实。为了谋生，妈妈开始骑三轮车卖水果。本来她也想要去外打工的，考虑到上了年纪，外面的环境难以适应，只好在县城里找事做。她常常劝我出外找工作，说我年轻，不应该在家里，家里的事不用我担心。可我怎么也放心不下。

我待在家里，不敢出门，怕碰到熟人。每次见到他们异样的眼神，心里就难受。我在家里做做饭，搞搞卫生。刚开始油盐的量掌握不好，火候更不用说。到现在也能烧几个菜了，妈妈都说我有进步。为了节约用水用电，洗衣服没有用洗衣机，而是用手洗。反正我在家没有事做，时间很多的。我一般天黑了才出来，类似于犯人放风。在院子里逛逛，常常也低着头，几乎成了夜行动物。毕竟不能长期待在封闭的房间里，避免加深我的抑郁。

我不能判断我是否真的抑郁了，只是觉得有这样一种倾向。我还有思维的能力，所以我认为抑郁的人在某时某刻也是正常的。正如某个正常人在某时某刻也会抑郁一样。我不想滑进抑郁的情绪中去。我就啰啰唆唆地给你写信，这样我会缓解一些，希望你不要介意。

　　我现在总觉得被某种宿命控制着。说实话，我以前认为人定胜天的。可在现实面前，经不起一击。我发现我是多么的脆弱，所谓"纸上得来终觉浅，绝知此事要躬行"，这句话还是有一定道理的。我原来手上握着一手好牌，可打着打着，牌局就发生了转折。

　　附了一张我小学时的照片给你。那时候的我多可爱，头上扎了两个发髻，红红的脸。那身花花的衣服，是爸爸给我买的，在当时是算新潮的，同学们都很羡慕。如果时间能够倒退，我愿意回到从前。可是说这些有什么用呢？人毕竟是要长大的。难道真的可以像科学家所说的，能坐时光机旅行吗？只不过是一个梦罢了。

　　今年的冬天特别冷。邻居们已经开始备年货了。有的在乡下的亲戚那里，熏了腊肉，拿回来冰在冰箱里。香肠也有。我们家什么也没有准备，估计要过一个平淡年了。没有什么好庆贺的。写信的时候，窗外正在飘雪。不由想起了《飘雪》这首歌。以前我老是模仿粤语，还是有一定难度的。对了，你在广东，粤语好学吗？

　　好了，不说太多了。祝工作顺利。

白诗琴

　　我凝视着诗琴的照片，那时她真的很小，稚气未脱。我得承认我高中时暗恋过她。见到她以前的照片，想到现在的她，心中更是产生了一种怜悯之情。好好的一个人，不能因为家庭的变故，便一蹶不振。人应不应该为了暗恋而负责呢？这是一个伦理上的问题吗？我不知道。我只知道我应该帮帮她。我想过年回家的时候，去看看她，给她鼓励。

　　一路天气果然不好，雨夹杂着雪，泥泞不堪。我换上了羽绒服，戴上帽子，鼻子红红的，家里的寒冷有点让我不适应。回到家第一件事就是脱了鞋，烤火。有邻居见我回来，问我做什么工作。我说是做农机的。邻居并没有露出多么羡慕的神情，也许心里想做农机有必要去大城市吗，镇上就有个农机站什么的。寒暄了一阵，东家长西家短又说了一通，谁谁家的孩子在哪里干什么，连多少钱一个月也知道。我只是回答，尽量简单，尽量保持微笑。爸爸给邻居点了根烟，也说今年特别冷。邻居也说是，烟抽完了才离开。

我舒了一口气，搓搓脸，面部表情才恢复自然。妈妈又问："对象有着落了吗？"我说："还没有。"妈妈说："是时候了。你好多同学都生小孩了。"我说："哦。看机会吧。"妈妈说："最好找个城里的。你现在也算得上是城里人了。"我说："要看缘分。"妈妈说："总之，你要多留意。我们也帮不上什么忙。"妹妹过来插嘴说："哥，你不是有个叫诗琴的初恋情人吗？"我说："你可别瞎说。"妹妹说："听说是县城的，符合妈妈的标准。"妈妈说："觉得合适的话，可以去找她。"我说："过几天，我还真得去找她。不过不是去拍拖。"妹妹说："别遮遮掩掩了，又没人阻拦你，妈妈也表态同意了。"我说："你还在读书，大人的事别瞎掺和。"妈妈不再说什么，准备去做饭。

几天后，我和诗琴约好在县城一家西餐厅见面。进得门来，发现她已经在那里等我了。灯光昏黄，颇有情调。因为光线的原因，她的脸并不像以前那么白。这时她显得羞怯，似乎觉得自己是社会边缘人，属于弱势群体的一种。她见到了我，取下了耳机，立起身来。我坐下后，她才坐下来，好像觉得不好意思。她说："你看看餐牌吧。"我接过餐牌看了起来，又问："听的什么歌？"

"《飘雪》，这 CD 还是上大学时买的。"

"好不好听？"

"你听听吧。"她给了我 CD 机，说，"在家闲得无聊，就一遍又一遍地听以前的唱片。"

我说："这歌应景，下雪了。旋律不错，不过歌词还听不太懂，粤语的。"

"去了半年，还没有学会？"

"广东话不好学，有好多种。"

"哦。"

说实话，我很少吃西餐，也不懂西餐礼仪。菜式的名字和广东好像，不过增加了些本地特色。我点了个甜品椰果西米露，配上蛋炒饭，感觉有点不搭，不过还是点了。她点了个牛排，说好久没有吃牛肉了。不久，我的甜品上来了，我说："看上去有点像青蛙产的卵浮在水面上。"

诗琴有点吃惊，说："不会吧，我是第一次听人这么说。"

我说："那是因为你没有去过水田的缘故。我虽然去了城市，乡下的有些东西一时还忘不了。"

"看来你是一个怀旧的人。"

"可以这么说，乡下生活的时间太长。我现在做农机。"

"我们不是学过吗，四化中包括农业现代化。"她说。

"你记性不坏。"

"现在差多了。我写的信你都看完了吧？"

我说："看完了。你小时候留的是长发，好看。"

"哦。我也是迫不得已，才给你写信的。还请你不要怪我。"

"我觉得你很正常，应该出来工作。"

"也许和你在一起，我才比较放松，从而显得正常。"

牛排上来了，还在冒烟，倒了黑椒洋葱汁，铁板上面传来噼里啪啦的响声。她喝的是粟米羹，用勺子小心地送到嘴边，说："这味道不错。"

蛋炒饭也上来了，尝了一口，我说："这不是土鸡蛋。"

"这你也能吃得出来？"她说。

"是的，跟我家鸡蛋的味道不同。"

"工作开心吗？"

"谈不上开不开心，谋生而已。"

"谈了女朋友吗？"

"没有。"

"我做你的女朋友，怎么样？"

我没有料到她会说这句话，顿时脸红起来，支支吾吾说："这……这……"

"我是认真的。猜想你会同意。"

　　她居然会这么主动，是我始料未及的。我沉默了一阵。从来没有女人主动向我表白过，一时之间，我反而有点不知所措。好像幸福突然从天而降，忘记了用双手去拥抱。如同置身于幻境一般，这世界是如此的不真实。

　　路上的雪逐渐在融化，到处可见车轮的痕迹。屋子里有空调，一点也不觉得冷。

　　她见我不作声，情绪低落起来，又说："我知道我是个没有用的人，没有人会接受我了。"说完，在流泪。我赶紧抽出了张纸巾给她。我没有想到她变化得如此之快，刚刚心情还很正常的。我有点后悔没答应她，惹她不开心了。

　　"你可以拒绝我，我不想把感情作为一种交易。你不用同情我，也不用可怜我。你只需问问你的内心，能不能接受我。"她补充说。

　　我说："我一时高兴，忘记说话了。"我想，她这个时候最需要安慰。况且我一直未曾忘记她。

　　她笑了，笑得很甜，一如她小时候照片的模样，说："格格同学，你怎么还像以前一样，优柔寡断的样子。"说完，开始切割牛排，又说："好久没有吃牛肉了。"她吃得很投入，全然不觉得我在面前，闭眼咀嚼了那么一两分钟。

　　"你说我一直优柔寡断？"

　　"是的。这是爱情的头号敌人。我见你总是畏畏缩缩，所以我才主动走出一步。"

　　我在主动追我的女人面前，总是容易投降。时间差不多了，我叫来服务员买单。餐厅里人不多，多是青年男女，不时地发出笑声。还有几位在玩扑克牌，看起来像高中生。背景音乐是钢琴曲，其中有猫和狗的叫声，我听不出来是哪位名家的，只是觉得跟流行歌曲有所不同。

　　我们一起在沅江的堤岸上走着。防洪堤已经修好，显得异常坚固。凭栏远眺，单洲上残留着一片片的积雪，在阳光的照射下，发出耀眼的光芒。江面少有船只来往，但见静水深流，一个漩涡套着一个漩涡。江面简洁之极，如同一个流动的传输带，不停地循环着。

诗琴牵着我的手，我只觉一股暖流传导过来。空气亦十分洁净，她的味道便清晰可闻，跟以前没有分别，还是熟悉的味道。她说："你要常常回来看我。"她深情地望着我，"不然我会感到很无助。"

我说："现在交通方便，很容易就回来的。"

她说："给我一个拥抱好吗？"

我便抱着她，贴着她的脸，能听到她呼吸的声音，也能感觉到她的心跳。她的脸是那么的质感和温暖，头发散发出香波的味道。我闭着眼睛，仔细地感觉着，只是觉得如同拥抱着爬向天堂的梯子，不肯放手。那梯子自动越升越高，冲破云层。云层上的天空异常广阔，霞光万丈。

郝强回去后，等了好多天，也没有人通知他上班。想不到这么一份低工资的工作也难以得到，他对未来更加迷茫。很快要过年了，表叔问郝强回不回去，好一起订票。订票不是一件容易的事，得要多花钱，还要托好几层的关系。但表叔又不得不回去，家里有老人和小孩。在他眼中，外地不是真正的家。郝强没有打算回去，出来几个月，没有赚到钱，怎么好意思回去。再说，回去买车票要花钱，来年还得要来广东，不如就待在这里好了。

表叔回家了，出租屋里的人也回家过年了，只剩下郝强一个人。大部分外地人回去了，平时热闹的街上，显得冷清。风刮着垃圾满地走，流浪狗在垃圾堆里找吃的。郝强看到流浪狗，觉得它很可怜。这狗怎么就没有主人呢？在乡下很少见到流浪狗的，狗都有家，有自己的窝。那狗望了望他，露出了不信任的眼神，似乎害怕和它抢吃的，刨得更凶了。郝强暗暗好笑，内心说：慢点找吧，我才不会和你抢吃的呢！

他去菜市场逛了逛，现在他必须得要自己做饭了。以前在家都是妈妈做饭，自己连碗也不用洗。家务活很少做，不用扫地，不用洗衣服，都被妈妈包干了。到了学校后，也只是洗洗衣服，打扫卫生是轮流的，吃饭上食堂。真是"在家千日好，出门事事难"啊！手头的钱不多了，买菜尽量买便宜的，肉很少买，一定要熬过这些天；米必须得买，南方人要吃米饭。卖米的是个姑娘，大约十八九岁的样子。郝强没有想到，这么年轻的女孩会出来卖米，就和对方聊了聊。原来女孩是广东某地的，很小就没有读书了，跟着家人做点小生意。他为对方感到惋惜，怎么这么小就辍学了。另一方面，又觉得自己比她大，文化比她高，还挣不了钱，又是一番伤感。

传呼机响了。郝强看了看，是家里打过来的。他故意没有回电话，家里人肯定是催促回家过年的。有什么好催的？在哪过年不是过？不过话说回来，如果在外混得好，谁不愿意回去呢？

本地人在准备年货。市场的货源相当充足。三轮车嗒嗒地冒着烟开过来，鸡在笼子里，还有鸭嘎嘎地叫着，鹅的鼻子大大的，红红的。好热闹！黄色的年糕，糯米鸡，馒头包子，蒸笼冒着热气。有人把家禽放了血，丢在滚烫的锅里，唰唰唰，脱起毛来干净利落。鱼在盆里游着，活的，不知道大限将至。瓜子、花生的种类多，口味层出不穷。红色的小瓜子，白色的冬瓜子，黑色的西瓜子；花生有炒的、烤的、蒜香的、奶油的。糖食糕点也五花八门，米糕、板栗饼、绿豆饼，都是甜的。

郝强看到这些，也没有买，一个人吃这些有什么意思呢？这些令他想起家里过年赶场的情景，那可真叫一个人山人海。熟识的人见面相互打招呼，男的递根烟，说几句话；女的唠唠家常，沟通是她们的天性。鱼米之乡，鱼自然很多，刚从鱼塘打上来，新鲜的，丢在地上活蹦乱跳的。卖鱼的人总会说："本地鱼，好吃。"一手拿着秤砣和秤，一手抓鱼。他有好几回在场上碰到红霞，也不知道她现在是不是也在赶场。听说毕业后分配到镇上的中学教书。红霞没有什么远大的想法，日子倒也过得实在。卖肉的在吆喝，有人买了肉，现场绞碎灌香肠。再拿回去晒几天，在火上熏一熏，味道香得很。集市上还有卖衣帽鞋袜的，小孩子闪来闪去。桂花糖、龙须酥、焦切等本地特色糕点总是不可缺少的。人们的嘴里呼出白气。真热闹！

郝强想到这里，更是感到孤单。传呼机又响了，还是家里打过来的。他找了个电话亭，拨了回去。是妈妈的声音，问："为什么不跟表叔一起回来？”

"不想回来。"

"没有赚钱不要紧，总要回家过年吧！"爸爸的声音。

妈妈又说："刚才你没有回电话，急死我们了，还以为你出了什么事了。"

"不管怎么样，都要及时回电话，不要让我们担心。"爸爸的声音。

郝强不再说话，风呼呼地刮着，路上人影零乱。想了一会儿，说："不要担心，我在外面挺好的。"

"你在那里，谁给你做饭吃？"妈妈问。

"自己做。"

"自己做的好吃吗？"妈妈说。

"还是做得熟的。"郝强回答。

"还有没有票买？你还是买票回来吧。"妈妈说。

"没有了。"

"坐汽车大巴也可以。"爸爸说。

"不想坐大巴，坐大巴时间长，累。"

妈妈停了一会儿，说："算了吧，别回了。汽车也不安全。"

挂了电话，郝强拎着一点菜，在街上走着。本地人老爱放鞭炮，年前放得更频繁了。有人拿了煮熟的鸡出来，又点了香烛，拜了拜。上供的果品也不少，苹果、香蕉之类的，放在那里并不吃。他不由咽了咽口水，好久没有吃鸡肉了。家里过年是一定要杀鸡的，都是自家养的，味道特别香。一路走过，很多人家都在拜。他们也不认识他，也不和他打招呼。还有人在打扫卫生，洗洗刷刷的，准备迎接新年。需准备些干净的碗筷，春节期间肯定有客人来。这些人忙活得厉害，郝强也不忙活，只是静静地在路上走着，看着，想着什么。有人在放《常回家看看》的曲子，他觉得这首歌来得不是时候。

到了门前，开了锁，进了房间。空无一人，异常安静。多放点米，煮好一天的饭，免得每顿都煮。反正也没有什么事，总要把菜弄干净才炒。

炒菜是个技术活，火候不好把握。他煎过几次蛋，总是糊，都浪费了。后来以煮的方式为主。只要时间足够长，菜总能煮熟。煮菜还有个好处，连汤也有了。他觉得这是最方便的烹饪方法。一个人一个菜就搞定了，没有必要那么复杂，也没有条件搞几个菜。他试图这么想，春节只是一年中的某一天，也没有必要赋予什么特别的意义。一家人可以过节，一个人过节也是过。吃了饭，睡了。

　　春节前的最后一个星期天。他看了看《广州日报》，已经很少有招聘信息了，当地人才市场也已经放假，年前是不可能找工作了。他想去教堂听听，这个教堂还是他骑自行车闲逛时，无意中发现的，坐落在一个既不十分繁华也不十分僻静的地方。他曾经去过几次。牧师的布道才能卓越，吸引了一批信众。对于一个土生土长的中国人来说，信基督教是一件十分艰难的事，何况郝强受过高等教育。他对经书上的神迹总是持怀疑态度，不过又觉得其中的故事饶有趣味。有时，他又真的希望有这么一个全能的上帝能够帮助自己。人在艰难之中更需要信仰。

　　教堂里人不多，有些人回去过年了。信众以中老年人居多，也有小孩子跟着大人来学唱歌。地方小，没有专业的合唱团，不过有人领唱。唱的歌是《奇异恩典》，郝强看着邻座的歌本，一起唱了起来。司琴的女士戴着眼镜和帽子，很专注的样子，神圣而又庄严。讲台的后面照例有个十字架。教堂的门对外是敞开的，有人不时往里面瞅几眼，又不进来。郝强也不想什么，只顾唱歌。唱完后，牧师开始证道，声音平稳。大意是说使徒保罗是一个对上帝很有信心的人。郝强读过一部分经书，知道有这么一个人，却也并不十分熟悉。

　　牧师讲完了，准备散场。邻座有个阿姨见过郝强几次，问他要不要参加一个基督徒的葬礼。郝强也无事可做，就说好啊。他和一些兄弟姐妹上了车，去了殡仪馆。遗体火化前，牧师做了仪式。大意是说这位弟兄去了天国，劝慰家人不要过度悲哀。参与的人神情肃穆。郝强觉得这种仪式比家里的葬礼要简单，也让人容易接受。经书上说人死后要接受审判，好人可以去天国。想到这里，郝强觉得无神论有时会让人的思想堕落，反正人死如灯灭，一切都消失了，意味着生前可以为所欲为。有神论有时又让人陷入盲目的迷信中。他的思想总是不断地摇摆，不知道到底信什么好。

死者的家属是广东人，安排大家一起在酒店吃了顿饭。郝强好久没有吃过大餐了，这顿饭着实丰富，有十来个菜之多。菜清淡可口，他吃了不少。

到了过年那天，郝强早上六点钟起来了。家里人这时应该在吃年饭，鸡鱼猪肉应该都有，青菜豆腐也少不了。弟弟会陪爸爸喝点酒，妈妈会喝点饮料。郝强煮了点粥吃，他觉得没有什么特别的，前几天他就这样一直劝自己了。吃完早饭，又去菜市场。见到有人踩着三轮车，满载了一车菜上坡。郝强帮忙去推了推。那人很感谢，要给郝强两块钱，郝强坚决不要。他并没有想到要靠推车去赚钱，在老家推车是件很正常的事。他想起了爸爸曾经开过手扶拖拉机，遇到下雨天气不好或者装货重爬坡的时候，总是有人会推车。冬天时，发动车很困难，需要点火，使劲地摇摇把。他还尝试摇过，那是一个技巧活，也是一个力气活，不是什么人都会的。不像现在的车，转动钥匙就发动了。市场菜也很多，他又买了一点回来。

到了晚上，他独自吃了年夜饭，无事可做。翻了翻经书，这还是大学时外国留学生送给他的英文版的。里面生词多，语法也不熟悉，典故也不清楚，所以他看了几页，看不下去，就去外面逛逛。街上没有什么人，路灯倒是有。家家户户都在看电视，不知道广东人都爱看什么，反正老家人喜欢看春晚。老家人平时没有什么娱乐，对春晚的期待也就特别大。郝强也想看，看看歌舞、相声、小品等，和家人一起看。不过也不是那么强烈，春晚有些年了，年年套路都差不多。他有自己的成长经历，就有自己的品位，大部分节目都不能让他满意。

他就这样漫无目的地走着，除夕的街道相对也比较安全。警察很少上班，这时也不会来查暂住证了，毕竟大家都要过年。古惑仔也不见了，是人都是要过年的。夜已深沉。郝强想到了小荷，小荷在干什么呢，有回家吗？他本来想给对方打个电话，口头模拟了要说些什么话，想了想，还是放弃了。

说什么好呢，落魄到这个地步，难道要博别人同情吗？也不能说谎说自己找了一份好工作；也不好说谎自己在家里过年，电话号码可是有来电显示的；也不好说自己想对方了。这时，爱情是一种奢侈品，想那么多有什么用呢？

他在这里举目无亲，形单影只，心情难以形容。他哭了。他很少哭的，他的名字叫郝强，是一个坚强的人，不过这个时候他的确哭了。哭出了声音，任凭泪水泻出。没有人知道他正在哭。他哭的原因很复杂，或许有孤单，或许有失意，或者仅仅就是要哭。持续的时间并不长，哭完后，缓解了许多，又跟以前一般，没有什么两样。他想不到哭还有这样一种作用，以前见到电视里的男人哭，总是觉得难以理解，原来是自己缺少生活经验。"留下一段真情，让它停泊在枫桥边，无助的我，已经疏远那份情感……"他想起了这样一首歌，也是春晚唱的，便用心地唱了起来。在无人的街上，他唱首歌给自己听，唱得好不好又有什么所谓呢？有没有伴奏又何妨？

大年初一，郝强起来后去菜市场。路上见到小孩子跑来跑去，玩鞭炮。小孩子真是无忧无虑。各家各户贴了春联，有什么"生意兴隆通四海，财源茂盛达三江"之类的。菜市场无人卖菜，郝强问了一个人，那人告诉他至少要等到初四才有人卖菜。郝强心想这下可坏了，这几天吃什么好呢？小餐馆也关了门，大酒店倒是有，不过消费不起。他没有生活经验，不知道年前要多备些菜。再说，房间里也没有冰箱，买多菜也不知道放在哪里好。他只好喝了一天粥。

初二，他又去街上走了走。很多本地人开始走亲戚，拜年了。小孩子穿着新衣裳，手里拿着红包。他想起了老家过年的情景。小的时候是走路，没有交通工具，去姑妈、舅舅、姨妈家玩，表弟表妹多，好玩，也不用自己动手，只管吃就好了。亲戚离得远，有时一走就是几个钟头，不觉得累。乡下人难得有这样清闲的时刻，正月里债主也不来追债了，大家都开心。山上有路，都是人走出来的。路两旁是灌木，还有些野果子。有种叫金樱子的，可以吃，味道甜甜的。一群人在路上，大人们聊天，小孩子追逐。

遇到下雪的时候，穿着套鞋，吃几口雪，扔雪球。小孩子总是觉得走亲戚好玩。郝强去士多店，买了几袋泡面。总喝粥，肚子饿，受不了。他体会到了曹雪芹所说的"举家食粥"是什么滋味了。刚来广东，也不知道士多店是什么意思，还以为是土多呢。想到这里，又觉得有点好笑。

初三，还是喝粥加吃泡面。泡面这玩意儿吃多了，真不是滋味，反胃，不愧是垃圾食品。他以前只是坐火车时偶尔吃吃，当时并不那么讨厌。这三天吃的，郝强一辈子也不会忘记，因为难吃的缘故。长这么大，还没有这样吃过。即使在八十年代初，物资匮乏的年代，家里至少有吃的，有米饭青菜吃，是纯天然的，不难吃。

直到初五初六，有外地人陆续来了。表叔是初七来的，挤了一夜的火车，显得憔悴，带了些腊肉、腊鸡等过来，挂在墙上。表婶做了一顿饭。郝强吃了几碗，还是家里的菜味道正宗，他欲罢不能，不过肚子装不下了。表叔说："慢点，吃那么快干什么。"郝强说："你不知道，我好久没有吃腊肉了。"表叔说："工作找得怎么样了？"郝强说："还在找。春节期间，好多地方都不招人。"表叔说："过年后，很多厂子都招人，应该不成问题。"过了会儿，又有老乡过来找表叔打牌。表叔说："今天不打了，我要睡觉。"那人又问郝强会不会打。郝强说："我没钱，不打。"那人又说："我们玩小点，打不打？"表叔给了郝强二十块钱，说："你和他们玩玩吧。"郝强觉得怪难为情的，玩点小牌还要表叔给钱。出了门，和老乡们玩了几个钟头，打发时间。

第二个半年

过完年，我来到了广州。火车还是很挤，我想以后春节尽量不要回家。我真的不想坐火车，卧铺票又搞不到。刚过完年，单位的工作不忙，很多人还在节日的幻觉中。我上上班，回到宿舍也无事可做，看看电视。在电影频道看了很多无厘头剧，粤语也能听懂几句了。听了听点歌的频道，多是新年祝福的歌，以港台歌为主。时间不觉来到了二十一世纪，千年虫也未曾出现，让我多少有点失望。我们都是二十一世纪的接班人，小时候老师经常这样教导。见到有同事用上手机了，我决定省吃俭用，也买一部。记得大学毕业前，有位同学说，他的目标是毕业后三年内买部手机。看来我要提前实现了，一年内就可以买。

有天，我的传呼机显示要我回一个北京的号码。我想，北京会有什么人找我呢？会不会是我曾经投过简历的公司呢？不过都已经半年了，而且以前也没有留传呼机的号码。我拨了过去，原来是梓辛找我。

"新年好，瞿格。"她说，声音还是那么清脆。

我说："好啊，什么时候有空来广州玩？"

"我正要跟你说这件事，我想来广州上班。"她说。

我说："哦。"

"北京不好混，有文化的人太多。而且像做我们这行的，又不能乱写。广东的环境相对宽松些。"听起来，她的口气有点倦怠。

"来吧，广州欢迎你。"

"可是广州我也不熟，能帮我找个地方住吗？"

"好的。"我答应了。

"多谢你了，找好房子后，告诉我一声。"

我开始找房子，找了几家，都觉得不怎么样。有些光线不好，还不如我的单身宿舍。看得上的，价格又贵。好歹勉强找了一间，周遭环境还算安全。过了几天，梓辛就来了。我去火车站接她，火车晚点了。火车站人山人海，很多人刚下火车，又上了汽车，奔赴在广东的各个地方。这里应该是中国人口密度最大的火车站，这是我猜测的，并没有官方数据统计。有很多人也在等，估计也有接人的。我不时地看了看时间，火车站大楼顶部的钟似乎走得很慢。

火车到站了，我尽力搜索着梓辛的影子，终于在人流中发现了她。她穿着蓝色的棉袄，拖着一个手提箱，背了一个包。我赶紧过去帮她拖手提箱，感觉还很沉。她觉得热，脱掉了棉袄，里面是一件高领的白色毛衫，说："没有想到这里很热。"

我说："是的，南方嘛。"

"北京可不行，出门非得要穿棉袄。"

"哦，比老家冷吗？"

"也不见得，不过风肯定大过老家。"

上了公交车，车开得慢，站站停。梓辛拿出一支唇膏来，拧开，涂了涂。我看了看她，脸上还有枕痕，是坐卧铺过来的。她说："没办法，北方天气太干燥了。还好，买到了一张卧铺票，不然这长途跋涉真受不了。"

我说："头发比以前长了。"

"北京风大，我跟你说过的，没办法。"她拨了拨头发，说，"你喜欢长发的女生？"

"倒也未必，看情形。"

"什么情形？"她紧追不舍。

"在家的时候，喜欢长发的女生。去外游玩，短发的女生也可以，避免遮住风景。"

"想不到你还有这样奇怪的癖好。我可是头一次听说。"

我转移了话题，说："北京还好过吧？"

"不好过。像我这种文化水平，在那里只能算文盲。"

我说："不会吧，你认识很多字的。"

"你可真幽默。认字就不是文盲吗？像我这种小城市长大的，去了北京，很自卑。"她有点自嘲的语气，令我又多看了她几眼。皮肤还是很光滑，不过多了一份阅历印在脸上。她又说："是不是老了？"

我说："不老，咱俩年纪差不多，说不定我比你大。我属龙，你属什么？"

她说："确实差不多。"

前面座位有个小孩留着鼻涕，衣服脏兮兮的，看起来像刚下火车。见到我在看他，赶紧躲在妈妈的怀里，不敢看我。公交车在等红灯。梓辛说："为什么不坐地铁？"

我说："这条线还没有开通呢，比不上北京。"

好不容易到了租房子的地方。六楼。没有电梯，箱子可真重。梓辛有点不好意思，说："真是辛苦你了。"

我说："装的什么呀？"

"重的东西主要是书，还有一些衣服。来的时候比较匆忙，以前用的东西，大部分都低价处理掉了。有些扔了。"

"女孩子在外可真不容易。"我说。

"是的。所以才来找你。户口迁过来了吗？"

我说："迁了。"

"还是你好，有正式的单位。不像我们，漂着。"

"可你们自由，想干就干，不想干就走人。"

"你不想干也可以走人，只是有些东西放不下而已。"

我想想也是，好不容易户口成了城里人，怎么会想走就走呢？再怎么，我也要过过城里人的瘾。我上学十几年，就是为了这一刻呀，不是吗？

我开了锁，费了些力气，好像生锈了。进了门，赶紧打开窗子通风，说："不知道你看不看得上。"

她环着房子走了一圈，有独立的卫生间和厨房。她给我交代过，一定要带厨房的。窗户虽小，但有窗帘，省了不少布。她说："还行，没有家具？"

我说："是的。不知道你要新的还是旧的？"

她说："买新的好了。不喜欢旧的，尤其是床 。"

地板我前几天拖过了，还算干净。我一屁股坐在地上，招呼梓辛也坐下来。她用手摸了摸地，也坐了下来，说："反正坐火车，衣服脏，无所谓。"说完，又脱了毛衣，露出有花纹的秋衣，用手扇着风。

我问："小荷怎么样？"

她说："她比我能吃苦，还在北京呢。郝强呢？"

我说："在佛山。最近没有联系，也不知道找到工作没有。"见她说话有气无力的样子，我才意识到她可能还没有吃饭，赶紧带她去了附近的一间茶餐厅。

茶餐厅装修还可以，上饭的速度也快。梓辛喝了汤之后，跟我说了她在北京的经历。

"是冲着北京是首都、文化中心才去的。认为北京人肯定好客，热情，去了之后，才发现是另外一番景象。房租贵，为了节省房租，住过一段时间的地下室，不见光的那种。广州没有吧？重庆的防空洞，你进去过吗？你们学校好像也有防空洞改造成住房的吧？比防空洞还要差。人生地不熟，南方去的人普遍还要受歧视。没有办法，咬紧牙关，无论工作要求多苛刻，都应承下来再说。

"我去的时候是怀抱着理想的。想当作家，想出几本书。结果根本没有时间去写，每天都忙得要命，哪还有工夫搞这些。再说缺乏生活经历，总不能瞎编，忽悠读者吧。我家里条件在县城还算可以，从来也没有吃过这样的苦。有时真有回家的冲动。可是,回家又能干什么呢？去县文化站？县城能有什么文化。在大城市，总有一线机会。所以，不管怎么说，我都会待在大城市。我现在还年轻。也许哪一天老了，还没有混出名堂来，我会考虑回去。

"还好，北京低端消费也有。油条豆浆也能当一顿早餐，馒头包子也便宜。吃方便面省着点的话，还花不了什么钱。可是女人总得要有一两套像样的衣服吧，偶尔用下化妆品也不为过吧！这方面我可不想用次等的。所以每个月下来，我根本存不了什么钱。

"去北京什么人也有，流浪汉、艺术家，我见过不少。有些人的境况看起来还不如我，见到这些人，我还会无端地升起某种优越感。这也算是五十步笑百步吧。想来想去，我还是决定来南方，我是南方人。在北京的苦都吃过，其他地方应该算不了什么。"

她说的很多,好像很久没有倾吐一样。我静静地听着,有时也说"哦""真的",等等。末了，她又说："是不是听得很累，别怪我啰唆。"我说："不会，不会。"吃完饭，我送她安全地上了楼，才回去。临走前，又告诉她广州人才市场的位置，一般周末都有很多单位来招聘。《广州日报》和《南方都市报》也要留意，招聘消息不少。有什么事需要帮忙，打电话给我。

没有过多久，梓辛打电话给我，言语中有点兴奋，说找到工作了。我也很开心，说："这个星期天我请你喝茶,庆祝一下。"她迷惑着说："喝茶？"我说："你来了就知道了。"

我们约好在一家有早茶的酒楼见面，酒楼我去过几次，消费并不贵。到那里的时候，已经有很多老年人聚集在那里了。服务员推着小车慢慢走着，有几个师傅戴着白色的帽子，在做粥、粉、面之类的，冒着白色的蒸汽。梓辛这次没有穿那么厚的衣服了，只是穿了件白色的衬衫，外面套一件羊毛背心。

我赶紧给她斟茶，说："广东人喝茶包含着吃饭的意思。"

她说："原来这样，什么时候也入乡随俗了？"

我说："没办法，有时总要跟当地土著学习。"

她笑了，笑得很开心，说："想不到你有时也很幽默。"

推车过来了，我叫停了，让梓辛挑选，说："看看你需要吃什么？"

她一时不知道叫什么好，说："这么多种类？"

我说："你应该有喜欢的。"

她说："那黄色的是什么，要一份。"

我说："黄金糕，好吃。"

我们还点了几份糕点，分别又要了一碗猪红粥。吃了会儿，梓辛说："有啤酒吗？"

我说："啤酒？广东人喝茶很少喝啤酒的。我帮你问问。"我叫了服务员，服务员说有，帮我们去拿。

她说："你不是说帮我庆祝一下吗？不喝酒怎么庆祝？"

"我考虑还是不周到。"

她又笑了。我给她斟酒，自己也倒了一杯，说："别人会不会觉得我们怪怪的？"

她扫了周围一眼，果然有人盯着我们看，说："也许吧。别管那么多。"

我和她碰了一杯，喝了一口。她喝完了，问："怎么留那么多？"我只好一仰脖子，喝完了。

她说："第一杯一定要喝完的，后面几杯可以慢慢喝。"

我看了看那瓶啤酒，倒不了几杯，也不是十分害怕，说："你酒量变大了。"

"一般般吧。去了北京，什么也没有学会，喝酒倒是学会了。"

我问："工作还可以吧？"

"还行。在这里找工作倒是没有费多大工夫，主要是有工作经验。"她又问，"还是一个人过？"

"是的。不一个人跟谁一起过？只可惜当初没有追你。"

"你读书的时候主动一点的话，说不定我俩真成了。当时我对你印象真是可以，一点也不排斥你。"

"那时候胆子小。现在还来得及吗？"我觉得自己成熟了不少，踏入社会也快一年了。

"来不及了，我快老了。"她笑着说，"女人不像男人，老得快。一过了二十四五岁，还没有嫁出去的话，心老得更快。"

"你在我心里还是那么年轻。"我说。

"真的？"也许她刚才是在试探我。这时神情中露出某种特别的女人味，令我心神摇荡。

我低头喝了口酒，说："是的。家具都买了好吗？这些天，我也有点忙。"

她说："床是买了，其他也差不多了。"

那顿早餐，我吃得很饱。梓辛也吃得很开心。我结完账，送她上了公交车，就回去了。

第三个半年

望陆回了台湾，梦飞的心思跟以前有点不同了。有时由于工作需要，也和望陆打打电话，但也说不了私人方面的事。她还是写写日记，连自己也觉得奇怪，居然有胆量对一个台湾人有好感。她怔怔地望着日记本出神，想到了他说的话，没有女朋友，说明自己也有机会。这时，她便盼望着望陆回大陆。和望陆说话可真开心。望陆有气质，不像大陆人那么俗气。脑海里都是他的形象，上次还留了张照片，她把照片夹在日记本里，写日记的时候，都会拿出来看一番。每次都特别小心，生怕被同宿舍的人发现。

她细心地呵护着办公台上的草，不停地浇水，像呵护自己的感情一样。要是在乡下，这草算不上什么稀罕的东西，到处都是，田埂上，山坡上。可是在办公室里，绿色的植物就少了。梦飞喜欢绿色，喜欢这种颜色，寄托着某种感情。她是一个爱幻想的人，有时把那株草想成了望陆。浇水的时候也说着话，说："该喝点水了，吃饱点。"有时又挪挪地方说："太阳太晒了吧，帮你挪个窝。"同事们都觉得好笑，说："梦飞，你又和草说话了。"梦飞一本正经地说："草也是有生命的东西，听多了听得懂人话。"

她工作还是认真，无可挑剔。每个月来月经的那几天，心情免不了烦躁。爸爸有时还打电话给她，说家里有人给介绍对象，要不要回来看看。她一律回绝，说家里的不考虑。妈妈就说："那你在外面处了没有？年纪也不小了。"梦飞说，还没有。她也不好意思说喜欢上了一个台湾人。

今年又要举办中秋晚会，大家都很开心。人事部问梦飞要不要表演节目，说台湾会有人过来观看。她立马想到望陆会不会来呢？她也不知道表演什么节目好，不能老是读文章吧。大部分节目还是以唱歌跳舞为主，以工人们的素养也很难表演相声、小品类的节目。即使有些人有这方面的爱好，或者说特长，基本上会淹没在现实的长河中。她说了声："让我想想吧。"

回到宿舍，见到有个名叫春花的同事正在练习唱歌。春花是湖南的，和梦飞虽不是一个市，也算是老乡，平时她俩比较谈得来一点。她男朋友在部队里，休假的时候就来找她，一年见不了几次。

梦飞说："怎么？想男朋友了？"

"当然。你怎么知道？"

"听你唱的歌就晓得了——《真的好想你》，中秋要表演吗？"

"是的。你有节目没有？"

"没有呢。"

"你也该找个男朋友了，有人追你吧？眼睛不要望得太高。"

"宁缺毋滥。"梦飞突发奇想，说，"我给你这首歌伴舞好不好？"她预感到望陆会来，女人就像鲜花一样，一生绽放的机会不多，该绽放的时候就应该绽放。

"只要你愿意。"

"好的，我明天就跟人事部说咱俩合演一个节目。"

一连几天，下班后的晚上，梦飞和春花就在工厂的空地上排练节目。不去太显眼的地方，声音也不敢整出太大的动静，像是地下活动一样。她知道自己歌唱得不好，想在跳舞方面一展身手。然而她没有经过专业训练，都是自己琢磨的。但她一想到望陆在台下望着的样子，浑身就充满了劲儿。

她希望望陆能欣赏自己，喜欢自己。为了凸显身材，还特意买了一件紧身的连衣裙，准备在中秋那天穿。女为悦己者容，她觉得一点都不假。月亮一天比一天圆了。

"上次旅游见你和陈望陆在一起。"

"碰巧坐一排。"她掩饰着说，生怕别人知道自己喜欢他。

"人是长得好，听说好像三十多了。"春花说。

"年纪你也知道？"

"听说的，女人都很八卦。对了，你有和男人在一起过吗？"

"什么在一起？"

"就是那种事。"

梦飞脸红红的，说："男朋友都没有，哪有那种事？"

"总之很舒服，跟你说也不明白。我男朋友好久没有来了，真不该找个部队的。他和我是同学。"

"你们什么时候结婚？"

"来年正月吧。趁年轻，你也赶紧找一个。女人呀，过了这个村没有这个店。"

"是吗？"

"不过台湾的不要找，台湾男人好色。前几年，厂里有个小姑娘，肚子大了，听说就是台湾人搞的。那男人又不负责，后来小姑娘也不好意思在厂里上班，就辞工了。"

莫非春花知道自己喜欢上望陆了，在提醒自己？是有这样一件事，她听说过。不过望陆看起来不像那样的人，她说："并不是每个台湾人都那样吧？"

"很难说。"

梦飞听到这些，犯了愁。望陆三十多了，没有女朋友，让人难以相信，是不是他在骗自己？立马又觉得想多了，对方都没有说要和自己拍拖，充其量只能算是自作多情，或是少女怀春。也不能说是少女了，早就过了十六七岁的年纪，只不过乡下的姑娘心智成熟得晚而已。不过这种情感就像弹簧一样，越是压抑，反抗的力道越强。

到了那天，望陆果然来了。梦飞涂了腮红，化了妆，犹如将要出嫁的新娘一样。她紧张，怕表演不好，误了事，弄巧成拙。她坐在赏月的桌子边，不停地喝饮料。月饼是不吃的了，太干。水果不少，橙黄的哈密瓜，粉红的苹果，青皮的梨子，还有各种广东特有的，火龙果、沙田柚，等等。水果也不敢吃得太多，怕跳舞的时候肚子痛。她假装不经意地望了望那边，望陆正和几个台湾同事说着话，并没有朝这边看，不由有点失落。他是不是对自己根本不在意呢？她又望了望天，月亮比以往的年份都要圆，都要亮，这让她充满了信心。

轮到她们上场了，梦飞忘情地跳着，春花唱得也动情。她又看了看望陆，望陆也在看她，眼神对视了那么一两秒钟，梦飞顿时有种心满意足的感觉。她突然想起几年前的中秋夜，也是在那个位置，也是有那样一个人，是不是就是望陆呢？她的回忆有点模糊了。那时候她还不认识望陆，也没有什么印象。

表演完了，大家都鼓掌。梦飞对自己也很满意，没有出什么差错，下台继续看节目。这时，望陆走了过来，倒了一杯水给她，说："跳得不错。没有想到你还会跳舞。"

梦飞不好意思地笑了笑，说："马马虎虎。"

望陆又抽出一张餐巾纸给她，说："擦擦吧。"

"谢谢。"

望陆说："等下一起去吃夜宵吧？"

"这不是有很多吃的吗？"梦飞说，她其实想去，她知道很多人拍拖都是从吃饭开始的。

望陆说："我们约好了，你叫上春花一起去吧。听说那家味道还不错。"

"那我问问她吧。"梦飞跑过去问了，春花也说好。

他们上车了，三个台湾人，其中一个做司机。梦飞仍然和望陆坐一排，不一会儿就到了大排档。近邻河边，风吹过来，相当凉快。炒了河粉、田螺、生菜，等等，又叫了几瓶啤酒。望陆跟老板说，炒田螺加辣椒。老板好像认识他，说："陈先生，您以前吃不放辣椒的。"望陆说："两位女生是湖南的，不放辣椒怎么行。"梦飞觉得他可真够体贴、细心。

他们聊了些台湾的事。梦飞对那个陌生的地方充满了向往，问："台湾好玩吗？"

望陆说："好是好玩，就是小了点。"

"去那里方便吗？"

"不方便，要转机。"

"坐飞机好玩吗？"

"你没有坐过飞机？"

"没有。"

春花插话了，说："机票好贵的。我有一个想法，就是结婚时，能坐飞机去外面看一看。"

"你还想旅游结婚，很新潮的。"梦飞说，"我姐结婚时，只是在工厂摆了几桌，简简单单的。"

春花说："我跟男朋友提了提，还没有音信呢。"

望陆对梦飞说："就一个姐姐吗？"

"是的。那个时候大陆计划生育严，到处抓人。"梦飞说，"我差点就生不出来了。"

说完，惹得几个人都笑了，梦飞才意识到自己说错了。这时，她喝了点酒，放得开了，倒也不觉得有什么不好意思。那晚的月色很美，流水声淙淙，还有秋虫的呢喃声。河上还有几家船，点着灯，招揽着生意。夜并不显得黑。两位女生的兴致高，喝得比平时要多，似乎有醉了的感觉。

我的工作逐渐走上了正轨，公司欠缺技术人员，我忙得不亦乐乎。周末有时在加班中度过。好在我是农村出生的，这点苦也算不了什么。况且我不得不热爱自己的行业，和土地脱不了关系。要是换成别人，早就甩手不干了。为了研究收割机如何适应地形，我去过很多偏远的地方。各种各样的梯田，崎岖的田间小路，都留下了我的脚印。

有天，梓辛打电话给我，问广东有没有什么好玩的地方，来了这么久也没有去哪里玩过。我说："爬山吗？"她说："我们都是山区出生的，爬山有什么好玩的。"我说："那去看海吧。"她说："行。"听得出来她很兴奋。

找了个礼拜天，我们整装出发。来到长途汽车站，准备坐大巴去。她已经完全的广东式打扮了，穿着休闲的牛仔短裤，还有一两个破洞。脚蹬一双帆布蓝运动鞋，没有穿袜子。类似的打扮，让我想起和她一起打羽毛球的情景。头发也剪短了，还是那么的精神，干净利落。肩斜挎一个小包。她见到我，笑着说："你怎么又晒黑了？几年前军训后就是这样的。"我说："没办法，要到处跑。"

大巴开了一会儿，才上高速。我们是去珠海，其他地方的海太远，无法当天往返。风景不错，十月的天气尚可，适合旅游，不冷也不热。我来了广东这么久，没有正式旅游过，出差倒是路过不少地方。一路上我给她介绍广东各地的见闻，说："广东这地方的方言真奇怪，每个地方都不同。"

她说："湖南也是，有很多方言。"

我说："有时我听见别人说笑话，也不知道笑什么。"

"有些要用方言讲才好笑。"

"北方话应该好懂一些吧？"

"作为一名语言工作者，我得要说，确实比南方好懂。"

邻座有对上了年纪的夫妇搭腔，说："你们小两口，也是去珠海的吗？"

我说："是去珠海。我们是同学。"

梓辛也有点不好意思，说："对，是同学。"

老太太说："我们是北方人，第一次去看海。"

这老两口可真浪漫，一把年纪了，还去外面玩。我想。

车到了边检站，梓辛没有边防证，被赶了下来。我只好跟着下了车，赶紧道歉说："忘了告诉你，去特区要办证。"

她确实不开心，说："什么破地方？中国人连自己的领土都不能去。现在怎么办？"

我叫了一辆摩托车，抄了小路，才到珠海市区。梓辛坐在我的后面，抱着我的腰。她又问我是不是故意的。我说："真是忘了，兜兜风还是蛮凉快的。"她说："这样的旅游叫人印象深刻。"她头靠在我的背上，我觉得很舒服，不过这段行程很快就结束了。司机有着一张海风刮过的脸，黝黑而又光亮，收钱时露出了白色的牙齿，应该是友好地笑了。

我们一起在情侣路散步。梓辛打了一把伞，刚好两个人够用。远处是茫茫一片，波浪不大，似乎在细声地诉说什么。近处点缀着几个独立的小岛。梓辛说："我们去小岛买块地建房子怎么样？"我说："你开什么玩笑，海水要是淹没小岛怎么办？"梓辛说："涨潮时应该有征兆吧。我们不会跑吗？"我说："你真是一个浪漫的人。"她说："年轻时候不浪漫，到老了还能浪漫吗？"我想起了刚才的那对老夫妇，也没有反驳。梓辛又说，这是她第一次看海，果然比老家的江河要宽，很感谢我陪她。我说，应该的。

她说："海里有船坐吗？我很想坐一艘船，去一个荒无人烟的岛上，去看落日。"

"船是有的。不过时间来不及了。"

"瞿格，你总是中规中矩的。不像郝强，他是一个突破常规的人。"

"那你觉得哪种性格好？"

"这个我也说不上来，各有千秋吧。"

我们就这样一路走着，也不觉得累。很多人在珠海渔女这个景点拍照。梓辛说也要来一张，她走到了雕像的下面，海风吹着她的头发，显得极为安详和满足。摄影的师傅立马洗出了照片。蓝色的海水，美丽的女人，真是一幅绝妙的图画。我想起了丹麦的美人鱼也应该不过如此吧。

梓辛说："你说我像海妖吗？"

"什么海妖？我不知道。"

"书上写的，海妖半人半鱼的样子，常常发出悦耳的声音，来迷惑船员。"

"这么说来，有一点像。"

梓辛笑了，很幸福的样子。她觉得我还懂点幽默，偶尔也浪漫，聊起天来还是蛮好玩的。或者认为我做她的伴侣也是一个不错的选择。她没有直接说出来，这是我猜的。

我掏出手机，看了看时间，该回去了。梓辛恋恋不舍，说："这里景色好看，不如留下来过一晚吧？夜景也应当漂亮。"

过一晚？我想了想，这可是一个严肃的问题。我拿不定主意。

她又说："说说而已，明天还要上班呢！"

我们打车去了车站，上了大巴。深秋的太阳，依旧把云彩映成了橘红色。云彩并不散去，享受着太阳的照射，感觉十分温暖。远处水天交合，融为一体。细风吹过海面，波浪不大。近处船舶停靠在岸边，一动也不动，如同睡在母亲的怀抱。海上贝壳形的建筑物离我们越来越远。沙滩上可见有小孩在追逐皮球，光着脚丫。有几个老人在钓鱼，静静地注视着水面，一点也不着急，在等着鱼儿上钩，又或者想着什么其他的事。海是那么的碧蓝，那么的广阔，仿佛能够包容世间万物。我想或许其中有几滴水就是来自沅江吧，因为江水最终的归宿就是大海。

梓辛说："你觉得跟广州比，哪里好？"

我说："我不喜欢广州。人们好像住在鸟笼中一样。像我这种在乡下出生的孩子，刚开始还真不适应大城市。"

"你说得有一定道理。我在小县城长大，那里的人都比较熟悉，从来也不塞车。在大城市，有时感觉像置身荒野的沙漠，周围的人像沙子一样多，却都不认识。"

"我喜欢老家，一出来就是院子，绿色的田野，和缓的小山。对了，'开门见山'这个词一定是形容我们那里的。热天，家里能听到知了和青蛙的叫声。这里什么也听不到，除了见到蟑螂之外，难以见到其他的动物。"我说。

"你喜欢青蛙吗？"

"是的。晚上会叫的那种，让人睡得踏实。"

"我很少听到青蛙的声音。不过能够和你说家乡话，是件惬意的事。"

"是吗？"我说。

"人从一个地方到另一个地方，起初总免不了水土不服，便试图在陌生的地方寻找同类。"她想了想，说。

"你说得对。"说完，我又问她将来有什么打算。

"赶紧找个正经人嫁了。"她说。

"着急了？你看我像正经人吗？"我问。

"人还算正经，就是说话有时不正经。女人不像男人，经不起折腾。虽然才工作一两年，但心老得很快。"

"蛮有道理的。"

梓辛累了，那天起得很早，一路来都没有休息，她打起了哈欠，倦怠的样子。不一会儿，她就睡着了，头靠着我的肩膀。我这时有机会仔细看看她。嘴唇涂了浅色的口红，给人一种秀色可餐的感觉。浑身散发出熟女的特种芬香，令我心神摇荡。肉色的胸罩藏在白色的衬衣里面，若隐若现。从脖子看过去，可见透明的肩带。耳朵如同海螺一样盘旋，试吹一下，说不定可以发出悦耳的乐曲。我想到她孤身一人出外闯荡，无依无靠，作为一个女孩子，确实不容易。如果她愿意停靠在我这个港湾，我是不会拒绝的。她也似乎愿意依偎在我的身边。我能听到她浅浅的呼吸声，如同和谐的音乐，应该睡得很香甜。

车载电视正播放着《风继续吹》的歌。车厢的顶部有冷风吹下来。我很想打开车窗让自然的和风吹进来，但也无可奈何。只是看见有树叶在晃动，一定是起了海风。我吻了吻梓辛的短发，觉得口舌生津，清甜无比，顺着喉管一直下流到深处，引起了胃的蠕动。她睡得很熟，兀自不觉。

冬月的一天，家里打电话给我，说爷爷病重，让我回去一趟。我赶紧请了假，随便收拾了几件衣服，连夜上了火车。由于尚未到过年的时节，车上人不多，不过也没有卧铺了。我坐了下来，打量着乘客。从神情上看得出来，他们大多是我的老乡，对未来一片茫然，对现实又能随遇而安，充满着忍耐和坚韧。他们就像候鸟一样，每年都会有规律的迁徙。小孩子们很高兴，似乎知道要回家了，在过道里追逐打闹，全然不顾肮脏的垃圾。我下意识地和他们保持距离，生怕他们蹦到我身上。对面的乘客在说话，声音很大，旁若无人的样子。我无心听他们说什么，但总有几个熟悉的词语跑进耳朵里面。很多人都是我的老乡，却连一个熟识的也没有。除了共同的乡音之外，也难以找到共同的语言。

夜深了，外面漆黑一片，车厢的灯也是昏暗的。我有点困了，就趴在桌子上睡。一会儿后，手脚开始麻木起来，我感觉难受，起身上厕所。乘客们大多昏睡了，有人还在打鼾。回来后，换了一个姿势，继续趴着。到站的时候，听到列车员的吆喝声，车厢又是一片躁动，有人拉着，或者扛着，或者背着行李下车。

到益阳时，天已经大亮。有人打开了车窗，冷风灌进来，吹得我簌簌发抖。田野的水稻早已收割，一片荒芜。山上的野草有些枯黄了，被吹得朝同一个方向伏着，抬不起头来。高高的树上，一只黑色的大鸟从巢里飞出来，扑哧着翅膀，绕了几圈，又飞回了巢。几缕青烟从屋顶冒出来，估计在做早饭。我这才意识到自己饿了，要了一份早餐，稀饭加馒头，还有几粒辣辣的泡菜。食物索然无味，我一点胃口也没有，好像没吃一样，不过肚子里还是有了点东西。

我是爷爷的长孙，小时候他最喜欢我了。他给我做过木制的刀枪，打磨得很精致。小伙伴们总是很羡慕，问我是不是自己做的。我玩过他做的铁环，那铁环滚着，发出丁零零的声音。还有他扎的龙灯，过年的时候，我们一群小孩子总是举着龙灯去各家各户表演。他总是藏着姑妈给他买的红糖，我想吃的时候，他就变戏法般地找出来了。他和叔叔住在一起，自从我上大学后，我们每年见面的次数越来越少。他是一个健康的人，怎么说病就病了呢？应该七十来岁吧，准确年龄我不知道。小孩子总是搞不清楚大人的年龄。爷爷一辈子没有出过远门，我曾应承过他，等我赚钱了，带他去外面走走。他当时听了很开心，笑得像个小孩子一样。并且问，城市的楼房高，是不是望的时候，连草帽也要落下。

下了火车，我立马到了市区的医院。听说里面有熟人，才把爷爷送到那里的。奶奶、爸爸、叔叔、姑妈也在病房里。爷爷的脸瘦了，皱纹显得更深。他见到我来，眼睛放光，似乎回光返照的样子。我开始掉眼泪，不知道说什么好。他坐了起来，背靠着枕头，吃力的样子，说："格儿来了就好，爷爷舍不得你。"他叫我的小名，特别有亲切感。我说："爷爷，您会没事的。"爷爷说："上了年纪的人，说不定哪天就会走。前一阵子，队里像我这样年纪的就走了两个。"我见到桌子上有苹果，就给爷爷削来吃。他说："不要削了，牙不行了，不想吃硬东西。"我又给他剥香蕉，他这回没有说什么，吃得很费劲，脸瘪进去了一片，腮帮子动得厉害。

吃了香蕉，他恢复了一点，说："当年送你爸去参军，就是希望家里有人能够离开农村。结果他有次在部队里下象棋，误了事，最后还是回来了。等到你考上大学，离开了。可是，我又希望你能常常回来。"我说："我会常常回来看您的。"爷爷说："这样虽然好，但我又担心影响你的工作。这次是万不得已叫你爸打电话，让你回来。像我这样的人，是见一面少一面了。"我扶他躺下，说："多休息会儿，就好了。"他说："今年割晚稻的时候，我还在踩打稻机呢！这病可来得真快。你搞的那个机器，什么时候也在我们这里卖几台？"我想到时候他肯定会对别人说：你们看，这机器是我孙儿搞的。果然他又说："说是我孙儿搞的，可以给别人吹吹牛了。"说完，他像以前一样大笑起来，吐出一口痰，轻松了不少。

这时，我才注意到爷爷的胡子白了，短短的，皱纹里藏着岁月的年轮，皮肤里有着太阳的印记。他确实老了。爷爷是个篾匠，算是一个手艺人，他的手总是皲裂着，比核桃还要粗糙。爸爸在一旁吸烟，不怎么说话。

"你们几个今天先回去吧，医院地方小，味道也不好闻，你妈留下就好了。"爷爷又转过头对我说，"你也回家吧，坐了一个晚上的火车。"

姑妈说："我们不放心。"

爷爷说："有什么不放心的，有你妈看着。明天有空就过来，有事就去忙自己的活。"他声音大了起来，依然保留着家长的权威。

我们只好都回去了。刚回到家，一只白色的狗朝我叫。妈妈出来说："白儿，莫咬，是自己家的人。"那狗好像听懂了话，不再叫，爪子趴到了我的包上，要帮我卸下来一样。我拍了拍它的头，说："真乖。"妈妈又问爷爷的病怎么样了。爸爸回答说："见到格儿回来，好了很多。"妈妈端来了一盆花生，对我说："听说你要回来，刚炒的，今年的新花生。"她知道我喜欢吃。我吃了些，还是热的，壳有些煳味。

"家里以前不是不养狗的吗？"我说。

妈妈说："你参加工作了，你妹妹在外读书。家里不热闹了，连个说话的人都没有，和你爸也不怎么吵架了。菜也做得不多，日子短的时候一天有时吃两顿。"

"所以要养狗？"我说。

妈妈说："不然怎么办？现在你们过年还能回来，等到将来成家立业了，也不一定年年回来。我又不喜欢坐车，不喜欢去外面。将来你爸去看你们好了，他喜欢到处跑。"

我想了想，这几年确实聚少离多，一年一般也就回家一次。

第二天，我去了医院。爷爷的精神不错，能够下地走路了。连医生也说是奇迹。姑妈打电话过来，问爷爷怎么样了。我把手机给了爷爷，让他自己说。他问我："这是大哥大吗？"我说："不是。是手机。"他说："我说怎么看起来也不像。"他心情很好，喊着我姑妈的名字，说："没事，你不用过来了。今天准备出院。""医生同意了吗？""管他同不同意，受不了这医院的味道。我活了这么大，还是第一次住院。"奶奶说："再观察几天吧，钱都已经交了。"爷爷说："有什么好观察的。今天必须回家。"我们都劝不了他。

我给妈妈打电话，让她预备一顿晚饭，一家人小聚一下。加上叔叔和婶婶，一共也就七个人，他们家的孩子也不在家。红烧肉炖得很烂，一盘油炸花生米，几个青菜和腌菜。特意杀了一只鸡，里面放了橘叶，味道着实香。爷爷想喝点酒，奶奶不让，爷爷说："我都这么大年纪了，还能喝几回。"奶奶没办法，倒了一小杯。爷爷说："得了回病，我算是弄明白了，平时有得吃就吃，有得喝就喝，不要省着。"奶奶说："你爷爷年轻的时候吃得多，力气也大，一个人扛得动打稻机。"我说："是吗？"爷爷说："也没说得那么夸张，去掉滚子还差不多。"他开始吃红烧肉，称赞妈妈的厨艺不错，又说："鸡肉我吃不动，鸡血我可以吃点。格儿，你小时候最喜欢吃鸡冠的。"我说："是的。好久没有吃了。"他说："自己夹吧，我的筷子不干净。还记得吗，从前我给你做了个风车，你在前面跑。怕你摔倒，我在后面追，怎么也追不上。你小时候就跑得很快。""哦，不记得了。""我还记得。"

奶奶说："小时候，就你最调皮。加上你叔叔家的两个孩子，我一带就是四个。大人要搞事，没得空看你们。"

爷爷说："我也带了，好不好？"

他们像往常一样要拌嘴了。我们见他们说话带劲的样子，都很开心，让他们说。吃完饭，见爷爷无大碍，我送他们回家。我私下给了奶奶几百元，嘱咐她说，爷爷想吃什么就买什么，不要不舍得花。

回来洗澡，家里已经用上热水器了。换了衫，准备睡觉时接到一个电话，是诗琴打来的。

她问："今年过年回来吗？"

"昨天就回来了。"

"我说我怎么好像有种预感。"

"预感什么？"

"预感你在家，觉得磁场有点不同。"

"是吗？这样就太神奇了。你好点了吧？我明天过来看你。"

"好的，谢谢。"

我们约好在一家蛋糕店见面，店面不大，装修别致。我坐在了诗琴的对面，她留起了长发，指甲涂成了绿色。

我说："好久没见了。"

"差不多一年了。"她说，"今年还回广东吗？"

我便把爷爷生病又出院的经过简单说了一遍，补充说才请几天假。

"太不可思议了。跟我一样。"她说。

"怎么讲？"我问。

"你回来总是给人以安慰。"

"哦。家里还好吧？"我搞明白了，啜着饮料说。

"有所好转。妈妈有了一个正规的水果摊，不用到处流动了。爸爸的事情过去了，总算没有牢狱之灾。他说自己还年轻，可以重来，准备做点生意。情况就这样。"

"你呢？"

"差不多吧。妈妈鼓励我去外上班，说长期憋在家里，好人也会出问题的。"

"有道理。怎么留起了长发？"

"你忘了？你上次说我小时候留长发好看呀。"她说起来很天真的样子，一脸的纯洁。

我想，经历过抑郁的人也许会变成小孩子的，又说："指甲油呢？"

"好玩，试一试。老待在家里，无聊。这家蛋糕店好，有饮料果汁喝，其他店没有。我逛了很多店，才发现的。"

"有准备出来上班吗？"

"没有信心。我妈见实在没有办法,托人给找了一件事,做图书管理员。"

"可是你曾经说过要离开县城的。"

"是哟。我们当时去单洲玩，说好十年后再聚一次的。很快就十年了。"

"时间过得真快。愿意做图书管理员吗？"

"有次，我心情不好，吃饭时摔了碗，吓得妈妈不敢出声。常常见到书本上说生气前数到十，就不会生气了。不过总要事后才想得起来，便觉得有时烦躁是难以控制的，也不知道是不是抑郁的缘故。"她说，"也许干那个对我有帮助。"

"我也觉得要尝试一下。"

"试试吧。那个图书馆我去过，书不多，大多是旧的。杂志有几本。还算清静。"

"但不能施展你的才能。"

"无所谓。我爸爸年轻的时候算是风光过，到头来还要重新来过。"她语气不无伤感，说，"只是每年才能见你一次，而且还是在冬天。你知道，我喜欢穿裙子的。"

"是的。连衣裙。"

"要是你夏天也回来一次就好了。"

"好的，特意回来看你穿连衣裙。"我半开玩笑地说。

她发自内心地笑了，说："你越来越会说话了，只是不要骗我。"

"我什么时候骗过你？"

"将来呢？"

"估计也不会。"

"还是不够肯定。"

我们吃得差不多了，照例出来在堤边走。冬日的阳光不那么刺眼，天上的流云任自卷舒。远处见到有新的工地，黄色的安全帽，耀眼的电焊火花。单洲静静地伏在江面上，似乎在等待着什么。或者是轮船，抑或是路人，未可知。洲上的居民逐渐迁走了，已然是座孤岛。

诗琴突然冒出一句，说："也许只有我一个人会兑现诺言。"

"什么诺言？"

"当时说好十年后再聚一次的。你们都去了外面。"说完，她显得很焦急的样子，不停地来回走。

我一时不知道怎么办才好，猜想她应该犯焦虑了，只好安慰她说："我会回来的。"

她还是走来走去，停不下来。我试着抱住了她，她这才安静下来，说："对不起，有时我会失控。还有，我突然想起另外一件事，你在外面会不会喜欢别的女人？"

"我……我……"我想起了梓辛，不知道算不算。

"你不用认真回答，我随便问问而已。"她的情绪转变很快，让人难以捉摸，"一个人的时候，我喜欢瞎琢磨。望着家里的鱼缸，我常常想自己就是里面的鱼，游的范围有限。"

我望了望江水，说："你可以幻想成江里的鱼，就可以游很远了。"

"不是不想，只是不能。每条鱼都有各自的归宿。"她语气淡然，转而又说："你身上的味道好闻。"

她的鼻子贴在我的脖子上，我感觉痒痒的。我能感觉到她深深的吸气声，像要把我吸进去一样。

她又望着我说："你知道吗？没有你的时候，我觉得好孤独。人生最后不可避免地走向孤独的终点。"

我只是抱着她，不说话，让她有种实实在在的感觉，力图驱散她的孤独。其实我又何尝不孤独呢？就这点来说，我们在同一条路上前行，不至于渐行渐远，算是有了交点。

很快，我要回单位了。临走时，家里的狗咬住我的裤脚不放，舍不得我走。在家没待几天，它就和我搞熟了，好像亲人一样。

那年我没有回家过年。为了活跃气氛，我买了一份春联，贴在了单身宿舍。又买了些食品放在冰箱里，以备不时之需。新买了一个电饭煲，可以用来煮点吃的。买齐这些东西的时候，已经到了大年二十九。广东的冬天不算冷，可我就在那天感冒了，发烧严重。同事们基本上回家了。我在外举目无亲，躺在床上看电视，头倚靠在枕头上，十分难受。

从窗户向外望过去，都市的夜晚依然灯火点点，如同天上的繁星一样多。我知道那都是陌生人家的灯火，不知道他们都在忙些什么。电视里轮番播放着往年春晚的节目集锦，喜剧明星们粉墨登场，很是热闹。很多歌本来不好听，播放的次数多了，就成了流行歌曲。年复一年的春晚，宣扬着主旋律，以至于成了《新闻联播》的娱乐版。由于常年接受主旋律的教育，使我天然地对此产生了抗体。正如信念不坚定的教徒常常质疑上帝的存在一样。我便疑心统一思想限制了人们的创新力。其他方面可以统一，唯独思想不能统一。思想是应该被表达和讨论的。路上见到有小车疾驰，那是先富起来的一部分人。我口渴得厉害，拿了一瓶冰镇饮料解渴，喉咙稍微舒服了些，头却越来越痛。这时也不适合看医生，听说会影响来年的运气。再说大门诊手续繁复，小门诊也未必开门营业，只是一个感冒，就决定不去了。

意识也有点迷迷糊糊了。老家的一草一木逐一在我的脑海中浮现，那门前四季常青的橘子树，那绿波荡漾的水库，那万里无云的蓝天……我只能幻想生活在其中，否则还能怎样呢？以前要是生病了，或有亲人的照顾，或有同学的问候，也没有特别留意，也没有特别珍惜。现在独自在外，才觉可贵。

我想起了诗琴和梓辛，她们两个只要有一个在我身边，那该多好啊！我想给梓辛打电话，前一段时间她还说过要回家过年的，猜想她也已经回家了，就没有打。再说，我也不愿意在危难的时候求救。有些事情我愿意一个人承受，这几乎成了一种习惯。自从我出外读书以来，家里人问在外怎么样，我总说好，向来是报喜不报忧，免得他们担心。这么远的地方，就是出了什么事，家里人也不是说来就能来的。

明天就要过年了。爸爸妈妈年货应该买好了吧？卫生也搞好了吧？我想。猪肉是自家的还是从别人家买的呢？家里会不会因为少我一个人而感到不习惯呢？妹妹有没有帮忙干家务呢？瓦上终年累计的灰尘总是要扫除的，多洗些碗筷，预备亲戚拜年时吃饭用。板凳上的灰抹干净了吗？有买猪头吗？今年的鞭炮只能由爸爸来放了。我又想起以前放冲天炮，嗖的一声，划破夜空，落在了很远的地方。

第二天早上五点多的时候，我料想家里正在吃年饭，打了一个电话回去。是妈妈接的。

"年过得热闹吧！"我说。

"热闹。只是你不在家。"妈妈说。

"都做了些什么菜？"我问。

"有鸡、鱼、猪蹄、牛肉、青菜、豆腐、萝卜、花生米……"她一连说了十来个。

"都是我喜欢吃的。"

"单位有吃的吗？还是你自己做？"

"单位有吃的。"我骗妈妈说，咳嗽了一下。

"那我就放心了，我总担心你不会做饭。上次你冬月里回来，过年也不好再要你回来，又要花路费的。按你爸爸的意思，他是要你回来的，他说一家人过年吃饭，图个团圆。被我顶回去了，我说，'你以为坐车不累呀？'"她说了一大通，她总是维护我。

"不用担心，单位里伙食很好，有虾，有海鲜吃。不过这里是晚上吃年饭，跟家里不同。"我说着又咳嗽了一声。

"格儿，你感冒了吧？"妈妈好像听出了什么。

"没有。一点点咳嗽。"

"妈妈不在你身边，你自己要注意身体。"

从电话那头，能隐约听见邻居家鞭炮的响声。妈妈又叫爸爸和妹妹过来，分别说了几句，才挂机。爸爸说他今年酒喝得没有以往多，没有人陪他喝。妹妹说她独自吃了鸡冠，没有人和她抢。如是而已。

三十那天，我整天没有胃口，吃得很少。晚上煮了一锅米汤喝，体温方才下降。春晚了无新意，我十分厌倦，看到十点多钟，就睡了，连晚会的新年致辞也没有听。见到晚会中那么多的道德模范出现，便自叹弗如，内心也备受煎熬，除了"躲进小楼成一统，管它春夏与秋冬"外，实在别无他法。

第四个半年

过了正月十五，郝强说要来广州一家单位面试，顺便和我见面。我很开心，虽然相隔很近，但平时也没有联络。像这样熟的同学和朋友毕竟很少，即使很少联络，也是心心相印的那种，彼此之间没有隔阂。我们心里都给对方留了位置。

我们在一家餐馆吃饭。他神情中透露出一种无奈和乐观，有点矛盾。

"过年有回家吗？"我问。

"我已经两年没有回家过年了。"他喝了一口啤酒说。

"我去年也没有回家过年，不过年前回去了一趟。"我说，"票不好买吧？"

"不单单是票的问题。没有赚到钱，不好意思回去。"他苦涩地说，"总不能让家里出路费吧。再说爸爸妈妈上了年纪，农村里也挣不到什么钱。"

"这一年多来都做了些什么？"我问。

"先是在一个学校当语文老师。"

"什么？语文老师？"我很吃惊。

"我办了一个中文专业的假文凭。当然这学校也不是一所正规的学校，技校来的，规模很小。专门招收没有升上高中的学生，都是广东本地的。他们家庭条件还算一般，家长不愿意孩子过早地步入社会，因此送进来混几年。"他说，"进校的要求也不高，交钱就可以，并不需要录取分数。"

"你是怎么应聘进去的？"我很关心这点。

"我打了个电话问小荷，她告诉我中文专业大概都学了些什么。我去到书店，看了看，大致了解了一下。面试的时候，校长也不是很专业，四十多岁的一个中年妇女。我说起来头头是道。她有点懵懵的样子，不知道她是怎么取得办校资格的。过了几天，她通知我过去教书。"

"好玩吗？"

"刚开始有点新鲜，学生都是女生，有意思吧？头一次上课，我穿了一件黑色的西装，看起来像个老师。备课我不是很会，我也不是师范专业的。还好有一本老师专用的辅导教材，课文的中心思想和段落大意基本上都有，照本宣科也能混上几十分钟。万一时间还有多的，就让学生们自行朗读课文。"

"你可真有一套。"我喝了口啤酒，笑了。

"我才比她们大七八岁，人生经验有限，谈不上传道授业解惑。她们很多思想上的问题，我都无能为力。开始我还有点胆怯，怕教不了她们，后来发现她们的常识比我还少。我好歹在大学里混过几年，其间我还经常去图书馆。我偶尔会穿插一些大学校园的奇闻轶事，她们喜欢听这个，对所谓的知识反而没有兴趣。"

"想不到你还能当老师。"我说。

"课余时间，我和她们打打乒乓球。伙食是免费的，不过吃得很差。学校给我提供了住宿，还算宽敞。整个学校就我一个年轻的老师，其他年纪都大了，都是兼职的。过了一个月，没有发工资。我才知道这个学校的财政非常糟糕。这时，有位年长的好心的代课老师劝我不要教下去了，说，他都有几个月没有拿到工资了，我还年轻，有大把的机会，不要困在这个学校里。"

"原来这样。"我说。

"我才知道当初校长果断答应我是有原因的，其他的人都不愿意来这么小的学校教书，没有前途。当然，我也并没有把教书当成终身职业，也只是想过来先拿几个月的工资再说。刚开始出来的时候，确实不知道自己适合做什么，谈不上有什么职业规划，何况像我这种一无所长的人。"

这些事情他经历过，娓娓道来。我听得很有兴趣，说："听起来还是蛮有趣的。"

"后来老师联合起来找校长理论，说，'你收了学生的学费，为什么不给老师发工资？'校长说再宽限一个月，想想办法。又听说房东来找校长催缴租金，说再不缴齐，就停水、停电之类的。我也没有心思上课了。有个女生好像对我感兴趣，经常借故问我问题。我长得也不帅，还有那么一点自知之明，心想是学校里缺少年轻男性的缘故吧。学生就是单纯。"

"后来呢？"

"我一无所有，还敢有什么非分之想，也无心搞什么师生恋之类的，只是装傻，当作不知道。看她的穿着打扮，家里条件应该还不错。不过你知道，我不想靠女人发达。又教了一个月，还是没有发工资，我果断走人，也没有给校长打招呼。想想这样做也不对。不过她不仁在前，我不义在后，心里也就没有什么愧疚了。如果我当面请辞的话，说不定她又要挽留我，因为实在没有人愿意做。我一时心软留下来，这也不是我想要的结果。"

"你应该介绍一个你的女学生给我。"我嬉皮笑脸地说。

"去你的。不过讲真，你的对象有着落没有？"

我想了想，就把诗琴和梓辛的情况原原本本地说了一遍。

"你这样很危险，不能脚踏两只船，到头来恐怕对大家都有伤害。"他认真地说，"不过确实很难处理。从感情上来讲，你可能更喜欢诗琴，她是你的初恋。而且她病了，情况也不乐观，男人大都愿意充当一种保护神的角色。你如果不搭理她的话，说不定她的人生就会毁了。不过她在家里，远水救不了近火。梓辛也是一个好人，性格直爽。我们坐过同一艘船。"

"你分析得有道理，我也是很纠结。"我说，"还是说说你从学校出来后的事吧。"

"我面试的那家公司终于来了电话，让我去做行政助理。"他说，"我去了。这个工作没有任何技术含量，负责员工资料的整理，工厂板报的更新，等等。我整日好像在忙，但却不知道在忙什么。和普工们住同一个宿舍，十来个人的那种，比学校的宿舍还差。没过多久，我的传呼机就被偷了，也没有找回来。等到两个月后，发了工资，我只好又买了一个。"

"还好你当时用的不是手机。"我说。

"传呼机也不便宜，贵的要几百多。工厂的伙食也差，食堂是承包的，菜里没有一滴油是常态。即使有油，那油也不知道是什么油。比家里的菜籽油和茶油差远了，就吃的来说，城里有些东西确实比不上乡下。"他说，"最主要的是我很迷茫，空虚和困惑，没有相当的人和我交流，没有人理解我。我好像是一只深水鱼，本来适合在深水区游。现在游在浅水区，反而感觉很不适应。"说完，他苦笑了一下。

"你确实不适合做这份工作。"我了解他，他是有创新性的那种人。也就是说度过一生，就应该要有创新，得要给这个世界留下点什么，否则便是虚度。

"我的直属上司是一个广东男人，他对我们外地人不那么待见，有种排斥的意味。总认为是外地人抢了他们的饭碗，外地人把本地的治安搞坏了，外地人的素质普遍低。他时不时地冷嘲热讽几句，言语中有点指桑骂槐的意味。虽然他不一定是针对我说的，但我就是受不了。有次，我说，'你们广东要不是外地人来建设，还不知道是什么样子呢？只是你们这里沿海，有地理优势罢了。'这让他在同事面前很没有面子，后来处处刁难我。我觉得再上下去也没有什么意思，就辞了那份工。转正后才一千块钱，扣除伙食费和其他日常费用，我也没有剩下几个钱。"他猛地喝完一杯啤酒，又点了一瓶，说："好久没有这么畅快地喝了。你说我们为什么就不是本地人呢？"

"你这不废话吗？因为我们不是这里出生的。"

"三言两语就说完了，我可经历了一年多的时间。"他说。

"有趣。"

"机器研究得怎么样了？"他问。

"还在调试阶段，没有批量生产。"我说，"今年任务很重，除了要下乡之外，就是一定要把机器整出来。以前我们都是用的别的厂家的，没有自己的核心技术。"

"只可惜我没有时间，不然的话跟你下乡去玩一玩。说老实话，我很怀念在水库游泳的日子，来了广东一年多，连游泳池都没有去过。"

"去乡下确实有机会游泳，广东有些地方也有水库。"

"我可能要在你这里住一段时间，佛山我暂时不去了。也不知道广州租房贵不贵。"

"没问题，如果你不嫌弃两个人睡一张床的话。而且我会经常出差在外过夜，你倒可以帮我看守房间。就先不要租房了。"我说。

"想不到你也挺忙的。"

"农民伯伯都称我技术员。"

那一晚，我们喝了不少，谈了很多。才一年多没见，好像有说不完的话。

他大概在我这里住了三个多月，做了两份工。第一份工是在一家公司做文员，我不知道他是怎么面试上的，按理说很少有男生会做文员的。做了两个月后，他觉得没有什么前途，就辞职了。后来去一家公司做销售，听说是底薪加提成。做了一个多月，没有签单，老板把他辞了，连底薪也没有给。

临走时，他失望地对我说："广州不适合我，或者说我不喜欢广州，太杂乱了。一个人在一个城市生活，是讲缘分的。好像恋爱一样，不适合是不能在一起生活的。"

"广州有什么不好的？"我问。

　　"这房子就好像抽屉一样，我好像里面的一只老鼠。每天天亮后，从抽屉里爬出来，穿梭在地道中，如同老鼠在下水道中穿过，难以见到阳光。我真不适应在大城市中生活，在某种感觉上，我是被放逐到了这里。"

　　"房子是有点小。等我有钱后，买间大的。"我说，"不过没有听说过放逐在城里的。"

　　"相比于闪烁的霓虹灯，我更喜欢有星空的夜晚；相比于车辆的噪声，我更喜欢蝉虫的鸣叫；相比于太阳从楼顶落下，我更喜欢太阳被山托着的感觉。"他使用了排比句，很显然这些话似乎在心里郁结了很久，不吐不快。

　　"你这很文艺。对了，你还吹口琴吗？"我说。

　　"不吹了，已经生锈了。你的笛子呢？"

　　"不知道被扔到哪里去了。随着年纪的增长，逐渐放弃了以前的爱好。"

　　"我开始对上帝感到怀疑，如果他善良的话，为什么不让我过上想要的生活呢？为什么总是试练我呢？为什么设置重重的障碍呢？"他就是这样一个人，在漂泊的生活中还会谈信仰。

　　"我读书时就没有什么信仰，毕业后就更加难以产生了。我只是努力想要让自己的生活过得更好而已。真的不愿意在广州待下去了吗？"我说。

　　"是的。幸好我是住在你这里的，如果租房的话，简直入不敷出。应该是我不够优秀，或许是适应能力不强。"

　　"准备去哪儿？"

　　"东莞。我已经成功面试了一家公司。我想在工厂待一段时间，那里包吃包住，相对来说收入比广州高。我也不知道我是否适合做那一行，能干多久，不过我还是要试一试，努力坚持下去。"

　　"你是怎么面试成功的？"

　　"说谎。为了谋生，我必须说谎。我先得虚构我曾经做过类似的工作，这需要发挥想象力。而且还得要预测一下面试时对方会提什么问题。"

　　"说谎会恐慌吗？会愧疚吗？"我问。

　　"刚开始有点儿，后来就习惯了。比起政治家说的谎，我这点算什么。

说谎是一种能力，在逻辑上不能前后矛盾。"他真是一个有趣的人，竟然这样说。

我和他碰了一杯，说："祝你好运，有空常来。梦飞好像也在东莞。"

"虽然我鼓励你适应城市的生活，但我却不适应。"

"我不得不适应，因为我的户口是广州的。"

"也许是我混得差的原因吧。不知道我混得好以后是否会真心喜欢城市，城市毕竟代表着文明。不过不管怎样，总有一种对乡村的怀念，因为身上有乡村的遗传基因。"

"有同感。"

"哦。有时间你来看看我们。"他喝完之后就动身了。行李不多，一个包而已。

梦飞的办公室用上了电脑，对于这个先进的设备，很多人都不会用。听说有台湾同事会过来，培训汉字输入法和常用的办公软件。来人正是望陆，梦飞得知这个消息，很兴奋，这几天上班也特别有精神。她已经好久没有见到他了。

望陆来了，穿着一身灰色的西装，站在投影仪前讲课，很像老师，很帅的样子。需要使用电脑的人聚精会神地听着，有人在做笔记。梦飞出神地望着望陆的脸，如同见到一个失而复得的宝贝。望陆还会电脑，真是有才华，学识渊博，她这样认为。他吐词很清楚，声音有磁性，带着台湾腔。不时地穿插一些生活琐事，让人听起来不单调。

培训结束的时候，望陆说："这次来，我会在大陆待一个星期。大家有不懂的地方，可以当面问我。不然等我回了台湾，你们只能打电话或者发邮件给我了。"

这无疑对梦飞来说是一个好消息，可以见到望陆一个星期了。由于刚开始使用电脑，有些地方确实不熟悉。她比别人都跑得勤，一旦碰到问题，就去找望陆。她敲了敲办公室的门，望陆说："进来。"他正在看电脑，看到是她，说："又是你呀？"

"怎么？不准我多问呀？"她和他有点熟了，所以这样说。

"不是这个意思。觉得你挺好学的。"

"笨鸟先飞嘛。我文化程度比别人低。"她说话的时候瞟了望陆一眼，看看他什么神情。

"做这份工作不需要多高的文化，又不是搞科研。"他不以为然地说。

"我觉得你挺厉害的，就是有文化，连电脑也会。"梦飞说，她很崇拜有文化的人。

"哈哈，会打字就厉害了？"

"有很多字我就不会打。"

"这些都是小儿科，熟能生巧。"望陆说，"对了，有男朋友了吗？"

"你不是上次问过了吗？"梦飞还是有点不好意思。

"还没有？也好，你陪我去一次温泉吧。我们台湾同事都去过，就我没有去。"

"哪个温泉？"

"龙门温泉。"

"在哪里？"

"惠州龙门。也不是很远。"

梦飞也很想去泡温泉的。她在电视里见过，温泉就像游泳池一样，有很多人在里面，还有人造的瀑布，听说水是热的，她从来没有体验过。她觉得这是有钱人才去享受的。她是会游泳的，也很想展示一下，就毫不犹豫地答应了，说："好呀。"

"收拾一下，下了班就走。"望陆说。

"这么快呀！"

"明天星期天，我要回台湾了。"

下了班，梦飞简单扒了几口饭，就心急火燎地上了车。车上高速的时候，天已经黑了。这次和以往不同，就他们两个人。梦飞忐忑不安，感觉不适应，有点紧张。她坐在前排，不时地挪动身体。

望陆双手握着方向盘，专注着前方，说："安全带是不是有点紧？"

"还好，有点不习惯，第一次戴。"

"以前没有系过吗？"

"是的。从来没有坐过前排。"

"大陆车还不是很普及，台湾二手车已经很多了。"

"哦。"

车如同旷野中的野马一样发足狂奔，驶向前方。不一会儿，下起了大雨。四周黑压压一片，雨声显得更大。远光灯探寻着前方，冲破了黑夜的包围。雨刷不停地转动，车速慢了下来。梦飞有点害怕了，说："咱们回去吧，我怕出问题。"

"上了高速，没法回头。"望陆说，"我在台风中都开过呢，这点雨算不了什么。雨中开车刺激。"

"刺激？"

"是的。你有驾照吗？"

"没有。我没有想到我将来能买车。"梦飞心想，有车真好，不用担心恶劣的天气，在车里感觉跟家里一样。

"考一个吧。等你开车后就知道了。听歌吗？"

"放吧。"

望陆放了罗大佑的《童年》。梦飞觉得旋律很熟悉，不再那么紧张，说："好听。"

望陆说："我也喜欢这首歌。"说完，他吹起了口哨，跟得上节奏。

"我能吹吗？"梦飞问。

"随你意。女生吹口哨可不文明。"

"男女要平等。"梦飞也吹了起来，她无拘无束的时候，很放得开。

雨弱了些，高速路上车辆很少。终于到了温泉，这个时候来的人并不多。他们买了门票，泳衣，分别进了更衣室。梦飞买的是一件上下分开的泳衣，黄绿的颜色。这衣服要是在老家穿，肯定会被人觉得有伤风化，连肚脐眼都露出来了。开始她还在犹豫要不要换，后来见到周围的人穿得都差不多，便换了。不过还是觉得不自然，不敢直起腰来走路。冲了水，照了照镜子，发现身材并不坏，又恢复了自信。她把头发盘了起来，扎了头绳。

出了门，穿过走廊，是一个大的泳池，冒着白雾。有一个石头的假山，上面还在冒水。有几个人泡在里面，在嬉戏打闹。还有人在游泳，看得出来，水并不深。刚下过雨，空气格外清新。梦飞试了试水温，刚刚合适。她游了起来，水是透明的，在灯光的照射下，能见到池底。这是在乡下小河游泳所没有的体验。在老家，黑的夜晚，一般是不敢去游的，危险，说不定有蛇。这样对比，还是温泉好。她感到一种前所未有的惬意，她觉得有钱多好啊，可以去想去的地方，可以过上舒适的生活。水亲吻着肌肤，能听到周围虫的叫声。姐姐来广东这么久，从来也没有听说她泡过温泉。只是这温泉太远了，来一趟也不容易，而且价钱也不便宜。不过她觉得体验一下还是值得的，人生不就是一场体验吗？

望陆也来了，肌肉看起来虽然不像农村的小伙子那么密实，但身材还算匀称，身上也很白。他扑通一声，来了一个俯冲，激起了巨大的水花，独自嗷嗷叫，说："肚皮好疼。"

梦飞停了下来，说："谁叫你扑下来的？肚皮当然疼啦。"她很心疼他，很想给他揉一揉，却不好说出来。她对他是有好感的，但限于自己的身份，不好表现得主动。

"帮我揉一揉吧。"

"不好吧？"梦飞的脸在发烫，不过在夜晚，倒不用怎么掩饰，没人看得出来。

"我跟你开玩笑的。"望陆说，"这温泉果然名不虚传，不白来一趟。以前皇帝的华清池不知道是什么样子的。"

"估计也就跟这差不多吧。"梦飞说。

"你可真会讲笑。"望陆说，"你游得挺好的。"

"我们那里的人出来后，都需要拼命地游，否则容易沉下去。"

"哈哈，有趣。"他说完，扎进水中。过了一会儿，才冒出来，说，"是这样吗？"

"是的。"她说，"对了，以后跳水可不要肚皮先着水。我们老家有座桥，男孩子都是垂直往下跳的。"

"你应该早点告诉我。"

"谁知道你要跳？还好不是从高处跳的。"

玩了会儿，他们起身来到一个小的温泉，没有其他人。水在翻滚，散发出浓浓的硫磺气味。据牌子上的文字介绍说，这温泉泡了好，能治皮肤病。温泉独立一处，外罩了一多角的亭子，颇有几分古意。内置一实木茶几，供客人消费茶水。有几张木头凳子，尽是疙瘩，摸起来却又光滑无比。

梦飞下了水，感觉滑滑的，很舒服，只是觉得那硫磺味道不好闻。泡了会儿，望陆点了一壶茶，又对服务员说："准备好茶叶就行了，我们自己泡。"服务员拿来茶叶后，就离开了。

"会泡茶吗？"望陆问。

"以前在家泡过，不就是用水吗？"她想起了家里的炊壶，爸爸妈妈干农活的时候，总是提了满满的一壶茶去田间。

"这第一次泡的水是不能喝的，用来洗杯子。"

"那这茶还有什么味道？你们有钱的人讲究就是跟我们不同。"

"第一次泡的水中难免有杂质，喝了不好。"望陆给梦飞倒了一杯，说："第二次泡的会清淡些。你尝尝，是不是这样？"

梦飞尝了一口，是清淡一些，她对喝茶也没有什么研究，说："还好。味道没有那么浓。这杯子可真小。"

"你想听听我的故事吗？"

"什么故事？尽管讲。"

望陆便说了起来，原来他曾经有过一段婚姻。大学毕业后没多久，就结婚了。婚后感情不和，才发现结婚时太仓促了。也说不上太太有什么明显的缺点，但就是觉得两人生活在一起很累。过了两年，他们都没有继续过下去的意思，就协议离婚了。好聚好散。这几年，他一直过着单身的生活。

"怪不得上次问你有没有女朋友，你想了一下。"梦飞说。

"如果我这么大年纪，还说没有女朋友，可能会觉得我是在撒谎。"望陆说，"要不就是我不够优秀。"

"有孩子吗？"

"没有。"

听到这里，梦飞燃起了希望，她从心理上并不排斥一个结过婚的男人，况且对方没有孩子的羁绊，又是自己所欣赏的。

望陆继续说："我们都觉得对方没有难以忍受的缺点，但就是不能生活在一起，你能体会到吗？"

"不能体会。我没有结过婚。"

"你说得对。有些事要在经历过后才知道。"望陆倒了一杯茶，品了一口，说，"离婚后，我过了一段颓废的生活，去过酒吧，逛过夜店。除了空虚之外，什么也没有得到。有时我会想起我曾经的太太，她漂亮，有一份稳定的工作。"

"这么说，你还想念她？"

"偶尔。"

"不奇怪。"尽管这样说，还是有一丝醋意涌上了梦飞的心头，连她自己也觉得奇怪。她觉得那茶的味道也变得苦涩一点了，虽然还是刚刚的那杯。

"自从见到你后，我的生活发生了改变。"望陆望着梦飞说。

"什么改变？"

"有了希望。"

梦飞感觉那眼神诱人，一时不知如何应对，心想望陆是不是在对自己表白。

"你很纯洁，正如有句诗所说'清水出芙蓉，天然去雕饰。'"果然，他继续说，"这样的女孩子不多了。"

"李白写的。我一直很遗憾，我没有读过大学，不然我知道得会更多。"梦飞说，"你以前的太太是大学生吧？"她似乎找到了一个参照物，明明知道自己比不上，却还要比。

"是的。台湾的大学快普及了，没有什么奇怪的。你要出生在台湾，肯定也是。"

有一对男女过来泡了，看样子是情侣，恣意地打情骂俏，全然不理他们也在场。梦飞看到他们，不由有一丝冲动。只见那男的在给女的搓手臂，女的咯咯地笑着，很享受的样子。

望陆说："让他们玩吧，我们走走。"

梦飞起身，并排和他走在一起。她刚好够到望陆的耳根，望陆于是很自然地搂住了她的腰。梦飞没有拒绝，显得很顺从，像一只温驯的小羊。她第一次被男人搂着，觉得很舒服，某种成熟的欲望在沸腾。她不说话，只是随着望陆的节奏走着路。温泉里模仿古代修建了曲水流觞的水道，那弯弯曲曲的样子，一如人的心思那样古怪。

他们又到了一个类似浴盆的温泉。那浴盆由木板做成，有热水从龙头出来，刚好落在其中。一个木制的瓢瓜浮在水面上。望陆不停地拿瓢瓜舀水，往梦飞的脖子上冲。梦飞觉得爽爽的，却又舒服得很。这地方所在十分僻静，旁边种了几丛竹子。山风袭来，竹叶轻拂，如同女人婀娜的舞姿。

望陆回了台湾。一连几天，梦飞上班都提不起精神，魂不守舍的，工作还犯了几次小错误，挨了批评。幸好问题并不严重。她定了定神，很快就回到了工作上来。

有天晚上加班后，她回宿舍的时候，听到里面有人提到了自己的名字，就躲在门外听。

"听说望陆结过婚的。"

"梦飞有次整夜没有回来，也不知道去了哪里。"

"不要怀疑别人，说不定去她姐姐家了。"

"她姐姐家很小，怎么住？她去那里从来不过夜的。"

"还有呀，我听人事部说，当年梦飞被提到营业部来工作，就是望陆的意思。"

"这个有道理。不然的话，一个高中生怎么就无缘无故地坐办公室了。"

"不过话说回来，梦飞能力还是可以的。"

"依我看呀，他们两个八成有一腿。"

说完，她们又转移了话题，嘻嘻哈哈地说其他了。

梦飞装作没听见，进了门，说："你们讲什么好玩的，这么热闹。"

她们顿时噤若寒蝉，一时都不作声。

还是春花跟她比较熟，说话了："在讨论考驾照的事。我男朋友说了，将来我们要买车。"

有人说："买部好的手机先用着吧。买车还远着呢，那不是天方夜谭吗？"

春花说："为什么就不能想一想买车的事呢？"

"你男朋友是不是没有考驾照就开始开车了。"有人在笑话她。

春花追逐着那个姐妹就要打，说："我让你胡说。"

那姐妹就笑着说："春花姐姐，别打了。我不说了，好不好？"

宿舍过了好一会儿，才安静下来。梦飞睡在床上，倒是记起了一件事，在头一次中秋晚会朗诵的时候，那个地方坐着的那个人，应该就是望陆。

我经常出差，饱览了祖国的大好河山，往好处想，可以称得上是免费的旅游。以至于后来我对发自内心想要去的旅游，也毫无兴趣。为了让客户最大程度的满意，我还兼职做起了机械维修师，别人也叫我师傅。有时，我需要趴在田里拧螺丝，这个活在读大学的时候，老师可没有教过，我是自学成才。我渐渐适应了这份工作，一段时间生活在城里，一段时间在乡下。乡下是我的出生地，城市是我曾经向往的目标。在乡下的田野里，我日出而作，日落而息，好像回到了从前。在城市里，我无聊的时候看电视节目到很晚，也排遣不了孤单。

有天出差回来，我发现冰箱储存的食物不够了，便出门到了附近的一家大超市。寻了一个大的手推车，准备购物。我是一个懒惰的人，不喜欢零散地购物，总希望把超市的东西全部买走。我突然发现一个熟悉的背影，便在后面拍了拍她的肩膀，说："你也在这里买东西？"

梓辛蓦地一惊，看到是我，就说："吓死我了。这个超市大，品种齐全，所以来这里了。"

"不会是因为我住在附近，你特意来光顾的吧？"我说。

她推车里已经有很多东西了，洗衣粉、洗发水、面条、大米、花生油，等等，她说："你还好意思说，我在广州工作这么长时间了，也不经常请我吃饭。"

"最近确实很忙。要不就今晚吧！"我说。

"又下饭馆？"

"不然怎么样？你知道我那里没有做饭的地方。"

"老要你请吃饭也不好意思。再说餐馆也未必卫生，有时候吃了回来口渴得要命。要不你去我那里吃，我来做。"梓辛看了我一眼，做出一个邀请的手势，"顺便帮我拎东西。"

"好主意。"我觉得也是，在家里吃饭总比外面吃好。我工作这么长时间，还从来没有正儿八经地做过饭。每次不是煲个汤，就是煮个面条、稀饭之类的。条件不允许，没有办法。我其实很希望能有一个单独的厨房。

我们提了东西，上了公交车。虽然过了下班高峰期，还是有点堵，红绿灯很多。车上的人都很困倦，有人在打盹，车里暗暗的。不知道过了多久，到了站。上了楼，开始做饭。

厨房很小，炊具相对来说显得多，锅、盆、瓢、碗，一应俱全，摆放整齐。没有抽油烟机，倒是有个排气扇。看样子应该打扫过，不然没有那么干净。梓辛开始切菜了，说："你可以帮忙煮饭。"

"这个我会。"我开始淘米。

梓辛说："家里很简陋。没有冰箱，一次也不敢买太多的菜。"

"为什么不买一个，冰箱不贵。"

"像我们这种上班的人，指不定哪天要搬家，不敢买大件的东西。洗衣机也没有买。"

"那不是要手洗？"

"是的。下班后也没有什么事，有时间洗。"她切菜的频率很快，很专业，像厨师一样，发出嚓嚓的声音。

"以前有在家做饭吗？"我淘好了米，按了键。

"没有。在外没有办法，被逼的。不能老是在外面吃饭吧。我妈妈老担心我不会做饭，没想到我在这方面还有天赋。"她切得更快了，胡萝卜丝细而均匀。

"热水器也没有？"

"广东不冷，我习惯用冷水冲凉。"油下锅了，撒了葱、姜、蒜之类的，梓辛开始炒菜，排风扇发出呼啦啦的响声。

"冬天也有冷的时候。"

"太冷的时候，也烧水，或者不冲凉。"

我被辣椒味呛得打喷嚏，说："放辣椒了？"

"是的。这排风扇就这效果。"

很快，整好了三个菜，饭也熟了。桌子不高，七八成新，应该是二手市场淘来的。两个草绿色的矮的塑料凳子，新的，形状怪异，显然是经过认真挑选的。

"去北京待了一段时间，习惯坐矮凳子吃饭了。我很奇怪，北方人那么高，却喜欢蹲着吃饭。"她说，"喝啤酒吗？"

"应该是和南方人争取平等吧。"我笑着说，"一罐就好了。"

她开了两罐珠江啤酒，给我一罐，说："味道不如青岛。"

"喝青岛的不爱国。"

"我只关心好不好喝。"

"平时独自喝吗？"

"不常喝。我又不写诗。"她说，"不过我倒是很欣赏一首，'当我死后，把我埋在自由的土壤里，让思想破土而出。'"她趁着酒兴，朗诵起来。

"谁写的。"我问。

"是我。以前写的。酒后写的。"

我露出了诧异的表情，说："诗人才喝酒吗？看样子，你好像没有激情了。"我又尝了尝菜，味道不错，辣味很纯。

"激情？是比以前淡了。刚去北京的时候，我大清早起来，去看升旗仪式，现在想起来很幼稚。"她喝了一口，不紧不慢地说。

"有什么书可以介绍给我看看。"我尽量找她感兴趣的话题。

"五十年代后，作家为政治服务；'文革'之后，出现了一批魔幻现实主义，以荒诞博人眼球，以苦难博人同情；到了九十年代，盛行拜金主义，都追求速成。很多作家在圈子里自我陶醉，实际上思想贫乏至极。实在没有什么好推荐的。大部分书被用来当柴烧，也不可惜。"她说，完全是种批判的语气。

"怪不得以前皇帝有焚书的举动。"我说，"你书确实比我读得多，我不服不行。"

"文学失去了灵魂，文字便如僵尸一般行走，实在面目可憎。"她说，"当然我未必写得就好，但我知道什么不好。好像吃菜一样，不好的菜吃了总是难受。"

"你有鉴别力。"我说。

"恰如其分，倒不是恭维我。"她和我碰了一下易拉罐。

"可是你不觉得生活本身也有荒诞而趋近魔幻的一面吗？"我说。

"你倒是提醒了我，原来我的看法也有偏激的时候。"她说，"这么说来，荒诞魔幻也是一种写实。"

"不看电视？"这时我才意识到没有电视机。床离桌子很近，有个毛茸茸的公仔，一个单人枕头。

"没有。收音机有一个，还是以前上大学时买的，用来收听国外电台学习英语用的。到现在还没坏，有时听听节目来学粤语。歌也听。对了，你还吹笛子吗？"

"没有。上次郝强也问到了。以前的爱好基本上放弃了，连象棋也很少下。"我说。

"为什么放弃？"

"机器也能下棋，人为什么还要为此伤脑筋。凡是机器能做的事，我一概不做。"

"忘了你是研究机器的。"她说，"如果有天机器人之间能恋爱，你还要恋爱吗？"

"这个例外。"我笑了笑，说，"对了，下周末，我有个大学同学结婚，你陪我去好吗？"

"白吃一顿当然去。远不远？"

"不远。在顺德。"我邀她去是有想法的，带个漂亮的女人去至少表示我混得还好。

"冒充你女朋友？"

"我正是这么想的。"我觉得她成熟中又多了些贤惠。如果娶到她，我可以吃上几顿好饭了，说，"不冒充也可以。"

"男人总是需要安慰。"

我吃得很饱，准备洗碗。她说："不着急，你走了，我再洗。给你看看我的相册。"说完，她取出来，坐在床上。我凑了过去。厚厚的一本，她一边给我看，一边我讲解。有些是她小时候的，她给我讲拍这些的缘由，背后的故事，我听得饶有兴致。她说每次想家的时候，都会拿起相册看看，回忆一下。有一张是全家照，她在爸爸妈妈中间，那时候才四五岁的样子。他爸爸戴眼镜，穿中山服，有点民国遗风。还有些是在北京照的，果然有一张升旗仪式的。她都保存得很好。后来指着一张相片说："你看，这是我在你们学校拍的，在钟塔下面。"

我说："是的。好看。"我不由看了看她，她就在我身边，很近的地方，伸手可及。

她的头离我很近，散发出诱人的气味，我无法抵挡。我抱着她，亲了她的嘴。她并没有拒绝，能够听到急促的呼吸声。我头一次接吻，没有什么经验。不过嘴唇仍然像马德堡半球一样紧紧地粘在一起，难以分开。她的唾液如同清泉一般甘甜，令人回味无穷。

过了几天，我收到了一条短信，是诗琴发给我的，让我看电子邮件。

瞿格同学，好久没有给你写信了。纸信看起来有情调，而且能够辨认字迹，但毕竟太慢。所以我先发一封电子邮件给你，不久你也会收到一封同样的纸信，叠成了鹤的形状，如同一个工艺品。你收到后，或保留，或付之一炬，只要你开心就行。不过最好还是保留下来，以便日后有个忆念。

经不住妈妈的念叨，我到底还是在图书馆上班了。这里的关系很单纯，多是学生过来借阅。有一台老式的电脑可用，员工很少，有时仅我一个人。如同有位作家所说，希望天堂是座图书馆。所以这么说来，我是在天堂工作。平时十分清闲，周末人会多一点。我负责给他们办理借阅卡、登记之类的工作。不忙的时候，我也会找几本看看。我觉得图书馆特别适合我这种类型的人上班，从此与外面的世界隔绝开来，退化成一个单纯的人。我猜测人类从趋势上来讲，是朝复杂的方向进化。而今我反其道行之，不知是祸是福。

县城图书馆的书陈旧，和大学没得比。好看的书并不多，偶尔也能看到契合心意的，如同沙里淘金一样需要相当的耐心。大学教育对我来说好像无太大作用，只是建造了一个你我共同说话的语境而已。没有上过大学的人却很想上，应该是好奇心在作怪。书里是另外一个世界，对我这样的人来说，具有某种治愈作用，是一个逃避现实世界的窗口。这里无人和我争执，我想看就看，一切随我意。在书籍砌成的围墙内眺望外面的世界，自得其意境。文学在某种程度上给人解脱，让人暂时忘记现实。或者从反面来讲，给人一种麻醉。然而，人有时却需要这种麻醉。谁能保证自己一辈子活得清醒呢？歌词不是唱到"留一半清醒，留一半醉"吗？

　　妈妈对我的期望也不大，她似乎觉得只要我不添乱，能够安心在图书馆上班，就心满意足了。她答应给我买辆女式摩托车。我周一休息，平时都骑自行车上班，风雨无阻。我倒是喜欢骑自行车，刮风下雨的日子除外。骑自行车可以瘦腿，爱美之心，我亦有之。听说广东常刮台风，你可要小心，起风的日子切不可出门。免得被风刮跑，我就找不到你了。嘻嘻……

　　县城有些变化了。正在修建住宅和酒店，起风的日子，尘土飞扬，往日的古意荡然无存。时代的车轮滚滚向前，并不以人的意志转移。我上学的时候，常常远瞻未来，现在却流连过往，变化不可谓不大。同学大多去外工作。有些留在县城的，大多也子承父业。和他们也并无来往，难道要让他们看我的笑话不成？

　　图书馆内有一台饮水机，水温可根据冷热水比例生成。爸爸送我一个保温杯，内置红枣、枸杞之类的饮品。他说我身子弱，需要进补。又说对不起我们，家里曾经捉襟见肘一段时间，都是他的错。经此一劫，他老了许多。我也无言以对，成人世界的事我无从知晓。见到学生们看书时聚精会神的样子，不禁想起当初的我们，也是这么走过来的，有种过来人的感觉。下班之余，我会把图书排列得整整齐齐，遇到有卷角的，也必抹平。这是我上班的地方，容不得有邋遢的样子。地也扫得干干净净，一尘不染。你是不是觉得我有洁癖呢？能容忍吗？

　　图书馆的院子里有两株桃树，即便不是开花的时节，亦有期盼。想到来年的春天，也必定春意盎然，繁花满枝，不由心生雀跃之感。转而想起黛玉葬花，又平添一丝愁绪。睹物思人，人的心情也四季轮换，变化有时。

　　我的境况毕竟是一天好过一天了。有人来给我提亲了，来人知道我的脾气，不敢当面说。走后，妈妈便私下里委婉地和我商量。这个年代，本无父母之命，媒妁之言一说，然千年留下来的规矩，自有它的道理。我当然不肯。对你的思恋与日俱增。近来读到有篇文章说，人的灵魂能在某个时空里相聚，但愿这是真的。

　　我时常也去看看沅江，江水涨涨落落，船只来复往返。和从前相比并无有所不同，只是观看的人不同罢了。明年就是单洲游玩十周年了。我很担心我的预测成为现实，只有我一个人孤零零地去到那里。一切将物是人非。不管怎么说，我仍然有所期望，希望有人能来。

断断续续写了这么多，人在静的时候，往往能想起很多事。还希望你不要嫌我啰唆。祝安好！

白诗琴

我看完后，心情久久难以平静。一面想起诗琴的拥抱，一面想起梓辛的热吻，让我左右为难，难以取舍。我不是一个多情的人，我只想简简单单地过日子，没心没肺地活到老，然而却让我遭遇这样尴尬的困境。我在生活中常常扮演配角，现在阴差阳错地成了主角，有点不适应。不管怎样，先睡一觉再说，我相信一切都会随着时间的流逝而自然化解。

周末，梓辛如约而来。她在打扮上花了工夫，光彩照人，宛如明星一般。一条乳白色珍珠项链，挂在细白的脖颈；一对碧绿的镯子，套在纤细的手腕。这些我以前从来没有见她戴过。白色翻领绣花上衣，紧凑合身，更显成熟女人的风姿。天蓝色的大裙子迎风飘扬，摇曳多姿。浅蓝色高跟鞋，落地有声。嘴唇和眉毛略微化了妆，一点也不显夸张，但能让人觉得是精心准备了的。

我说："今天可真漂亮，像你要结婚一样。"

"冒充也要像模像样。总不能给你丢脸吧，免得你同学说你没眼光。"

"到时可别喧宾夺主了。"

"新娘子的打扮肯定比我耀眼。"

"我这同学，以前成绩还不如我。现在一家公司做采购，比我混得好。"

"毕业后往往如此。以前你看不上的人，好像一转眼间都发达了。"

"说真心话，你的厨艺不错，余味绕舌，多日不绝。你是不是有点引狼入室的感觉？"我说。

"娶我的人有福了。"

　　我们很快就到了酒店，见到扎了红色的横幅，其中赫然印着我同学的名字。心想就是这家酒店没错了。我对酒店的分级不是很了解，目测了一下，至少三星以上。保安制服齐整，有几杆旗帜升得老高，停车场内有很多车。大厅宽阔，柱子又高又大，顶部还有巨大的吊灯。婚宴设在二楼，我们是坐扶梯上去的。人来了不少，我签了名，递了红包，说了恭喜的话。我同学笑得合不拢嘴。我认得我的名字，寻到了座位。位置并不偏僻，离新婚夫妇主台很近。婚宴大概有二十来桌的样子。

　　服务员在陆续上菜，菜品实在丰富，有虾鱼丸子之类的，还有一个烤乳猪。红酒、白酒、啤酒、饮料应有尽有，能满足各种不同的品味。烟、糖果、瓜子、花生、茶也有，即使有小孩，也不会哭闹。司仪开始说话了，不时穿插几个段子，场面热闹而不失控。摄影师在录影，将会刻录在光盘里，做成永久的纪念。新人咬苹果的戏，如同影视里一样逼真，让人觉得现代而不失传统。

　　我大学的一个室友也赶来了，刚到。我老远见到了他，招手示意他过来。他坐在了梓辛的旁边，说："瞿格，你女朋友可真漂亮。"

　　我没有想到真有人这么说，一时反应不过来，说："是老乡。"

　　"是老相好吧？"

　　"真是老乡。"我说。

　　"我怎么觉得有点面熟。"他看了看梓辛。

　　"不奇怪，当时我们学校离得很近。"梓辛说。

　　"幸会，幸会。我的名字叫林运。"他递上了名片。

　　"不好意思，我没有带名片。我是陪瞿格来的。"梓辛接过了名片。

　　"她的名字叫叶梓辛。"我介绍说。

　　"名字好听。不知道是哪两个字。"林运说。一段时间不见，他变得会说话了。

　　梓辛在手机上打给他看，又看了看名片，说："在上海上班？这么远都过来了。"

"刚下飞机。没办法,当初都是铁哥们。"林运说,"你五行是不是缺木?"

"为什么这么讲?"

"辛字旁边不是加了一个木吗?"他说。

"有意思。"她说,"我得要问问我父母。"

林运说:"你和我坐在一起就对了,我木很多。对了,有空来上海玩。"

"好呀。"

"我带你去东方明珠,看夜上海。"

"有周璇吗?"

"那倒没有。"

我见他们说得投机的样子,不由暗地生了一份嫉妒,又有一丝醋意,真后悔刚刚说是老乡了,承认就是女朋友有什么不好。司仪宣布可以用餐了。我闷闷不乐地吃着,谁也看不出来。新郎新娘挨桌来敬酒,我一口干了。

林运递给我一支烟,问我抽不抽。我说,不抽。

"喜烟,抽一支吧?"他再次递给我,"真不抽?我抽一支了。"说完,他点着了,很有派头的样子。

烤乳猪的头正对着我,好像在瞅着我。我转动了桌子,不愿看它。

吃完饭后,新婚同学邀我们唱歌,说老同学难得见一面。房已经订好了,就在楼上。盛情难却,我们进了包厢。梓辛也跟着去了。那一晚,我们唱了很多老歌,什么《送战友》《梦驼铃》啦。虽然年纪都不老,但接受新歌的能力明显差了很多。林运和梓辛还合唱了一首《选择》,令我很不爽。也许梓辛只是一些礼貌的应酬而已,但我想不到我的心眼竟然变得如此小,自己也觉得奇怪。我喝了很多啤酒,晕乎乎的。新婚夫妇好像打了个招呼就走了,没有陪我们,应该很早就回去了。

第五个半年

　　郝强进了一家大型鞋厂。这是一个崭新的工作，刚开始工作了一段时间，他学得很多，有积极性。他变得不再那么好高骛远，觉得老老实实，踏踏实实地学点东西很重要，至少能够谋生。谋生很重要，现在不是讲情怀的时候。他尽量降低自己的智商，争取和同事们关系相处融洽。他明白在工厂工作和学校学习是不同的。在学校每天几乎都有新的东西可学，让人有好奇感。而在工厂，反反复复就那几样东西，尤其是在传统制造行业，也不会有太大的创新。就像学会打铁一样，只需要来回地扔锤子就可以了，靠的是耐心和执着。

　　这工作比上不足，比下有余。可是他内心还是有些不满足，认为自己不该就在工厂里上一辈子班。这来源于一种实现自己的渴望，一种更深层次的追求。但也一时不知道做什么好，唯有潜伏起来。上司说什么，他都说，好的，照办。虽然他生来是一个有反叛精神的人。但在不擅长的领域工作，除了夹起尾巴做人，别无他法。这工作，他也谈不上喜欢不喜欢。人都是要穿鞋的，学会了至少不会失业。

他知道有些同学在读研，有些在科技公司上班。他想自己原来也是有可能走这些路的，只是命运多舛，不由得自己选择。他还是经常头疼，精气神也不足。他不知道什么时候能够完全康复。总之，他没有办法持续性的努力，潜藏的能量只是在体内流动，无法找到突破口。他希望这能量终有一天会爆发出来。他甚至想，人的智商会不会转化呢？比如说，一个人本来擅长数理的，会不会变得擅长文字呢？正如能量一样，势能不是能转化成动能吗？

他和厂里女同事的关系一般，并无亮点。他不会为了她们的品位，去主动迎合。女同事也觉得他无突出之处，并不留意。有几个本地的，走路时头望着天，旁若无人的样子。郝强也懒得搭理她们。感情生活一片空白，无可圈可点之处。

爸爸打电话说，中秋节奶奶七十大寿生日，希望他能回来。其实奶奶是八月底的，提前过，刚好赶上过节，到时很多亲戚都会过来。爸爸又说："弟弟答应回来了，一家人好久没有团聚了。有空的话，尽量回来。"郝强说："我给公司请假，看能不能批。"他没有立即应承。他想了想，也是，出来这么久，还没有回过家。也不知道家里怎么样了。平时连电话也打得少，是该回去看一看了。上了几个月的班，多少有点积蓄。他算了算，回去一趟还是勉强够花的。

他请了假，上司还算爽快，批了。他买了两盒广式月饼，算是礼物。本来是去广州坐火车的，但又不想去那里转车。于是上了一辆直达常德的长途大巴。未曾想到，大巴在东莞就兜了几个镇，又去广州兜客。等到上高速的时候，已经过了几个钟头。这让他的心情很不好，他不喜欢坐车。

他睡在车上，看着窗外。车还在广东的领地走着，到处是连绵的山脉。郝强希望这车能开快一点，早点回到家，有种"关山度若飞"的急切感。然而这车并不听他的控制，有时在路上加油，有时又停下来让乘客吃饭。这对他无异于是种折磨，他想还是坐火车好。司机说："大家吃饭了，吃饱了，不然晚上会饿。"郝强吃了一桶方便面，味道着实难吃，又嚼了一个面包，算是晚饭。

车上播着无聊的港台片，打打杀杀，吵闹得很。有人睡觉了，有人在打牌。气味很难闻，各种鞋袜的味道都有。车老旧了，空调也不得劲，有人呼喊着要开窗。售票员关了空调，开了窗，凉快了些。大巴像个醉汉一样，跟跟跄跄地走着。天黑了下来，路上都是南来北往的车。到收费站的时候，有些拥挤。明天就是中秋了，月亮高高地悬着。大巴一路唱着沉重的曲调，追逐着前方圆圆的月亮，如影随形。

早上，终于安全抵达了，车开了约二十个小时。有史以来，这是他坐汽车时间最长的一次。他想起在兵荒马乱的年代，那些流离失所的人，坐车的时间也许还要长，便欣慰了些。

转乘中巴回家，一路的景物熟悉了起来，过了一个砖厂，就是一个炼油厂，应该是提炼茶油的。他也没有进去看过，搞不十分清楚。一个上坡过后，是一段舒缓的平地，然后是一个下坡。老家的路还是这样，完全没有改观，听说会铺水泥的，到现在还没有动静。橘子树挂满了硕果，橙黄橙黄的。不时听到鸟的叫声，是那么的亲切。沿路的池塘里堆了些树枝，有翠鸟立在上面，警惕地盯着水面。秋日的凉风，从车窗外进来，干爽无比。

下了车，郝强碰到一个初中同学，打了招呼。那同学说："你那时候成绩最好了。现在在哪里发财？"郝强说："在广东打工。吃月饼吗？"那同学说："不吃了，家里有呢。有空来坐坐。"郝强说："好的。"

"好多钱一个月？"

"不高，刚够生活。"郝强说。

说了没几句话，就分开了。

郝强到了家，是中午了，饿得已经不行。妈妈做了饭，有肉有青菜。妈妈给他夹菜说："多吃点，家里的油好。你看你在外面吃得比以前还瘦了。"

"你也好像瘦了。"郝强说。

"你这么多年没回家，你妈病了一场。怕你在外面担心，没敢告诉你。"爸爸说。

"上次寄的一千块钱收到没有？"郝强说，"现在好了吧。"

"好了。你以后莫寄了。你爸爸妈妈还能养活自己，家里花不了多少钱。"妈妈说。

"家里除了人情开支外，其他消费少。"爸爸说，"对了，等下你和弟弟一人给奶奶包个红包。两百块应该差不多了。"

"好的。"弟弟说。弟弟比他早一点回来，也在场。

"家里有红包吗？"郝强问。

"有。"爸爸拿出了两个，一人分了一个，说，"特意去店里买的。"

吃完饭，洗了澡，休息了几个钟。到四点钟左右的时候，一家人拎着月饼到了奶奶家，奶奶跟伯伯住在一起。今年的中秋跟往年不同，隆重了些，郝强的堂哥特意去街上买了两个灯笼回来，挂在门口。亲戚们都到了，姑妈、姑父、表兄妹，人很多。很多人在玩牌，麻将、跑胡子、扑克。请了吹号的来，十来人的样子，大都是年纪三十开外的女人。她们吹着《祝你生日快乐》《今天是个好日子》，等等，到处洋溢着喜庆的气氛。

又请了一个打鼓匠来说书，内容有事先编好的，也有即兴创作的。"老太太，儿孙满堂，福气好。眼睛也不花，牙齿又齐全，矫健得很。丁财两旺，喜气盈门。有人握笔杆，有人拿算盘。男孙个个是帅哥，又有本事赚钱。女孙个个是美女，都赛过花木兰……"

奶奶的气色不错，也听得懂这些说唱，笑呵呵的样子。郝强喊了声奶奶，递上了红包。奶奶拉住他的手，说："强儿，回来了，比以前瘦了。是伙食开得不好还是怎么的？在外面要注意身体，钱是赚不完的。"

"还好啦！奶奶放心。"郝强说。

"都两年多没有回来了，快多吃点东西。"奶奶说完，又有人跟她打招呼。

郝强忙着和姑妈、姑父、叔叔、婶婶们打招呼，还有些队里的邻居。有人问他在哪里上班，有人问他多少钱一个月，有人问他在什么公司做什么，有人问他谈女朋友没有……人们总是对大学生抱以过高的期望，村里的大学生那时候还不多。也有人觉得能赚到钱才是硬道理，对郝强也不在意。郝强能回答的就回答，不想回答的就一笑而过。

吃完晚饭，有几位表兄弟邀他打牌。郝强说好久没有玩了，生疏了，不想打。他不喜欢打牌，即使赢钱也不感到愉悦。他落落寡合，独自一个人回家。抬头望望天上的月亮，和以往不同，连星星也不在旁边，显得孤独而清冷。四周寂静得很，小虫的声音听得清清楚楚，偶尔有狗吠的声音。路上少行人，只有他一个人走着。他想起了多年前初中的时候，也是常常独自走夜路，有时唱唱歌，有时背背元素周期表。现在元素周期表是没有必要背了，唱歌倒是可以。但以他现在的心情，似乎也唱不出来，也不知道唱什么歌好。

睡了一晚。一家人起来吃早饭。

"昨天，听说你大姑妈的儿子给了五百。"爸爸说。

"不要和他比，人家是做生意的。好多都是二百。"妈妈说。

"他比你们俩兄弟年纪还小。"爸爸说。

"一大清早讲这些干什么。"妈妈说。

郝强默默无语，只顾低头吃饭。

"对了，上次赶场的时候，蓝红霞见到我，问起你了。"妈妈说，"她比以前漂亮了。"

"她在干什么？"郝强问。

"在镇里中学教书。她叫你回来的时候找她玩。"

"晓得了。"

郝强坐了摩托车，去中学。路旁的树长高了许多，有些是他们读书时在植树节的时候栽的。那时候他还在戴红领巾。阳光透过树叶照过来，一点也不觉得晒。一排排矮小的墨绿的茶树地里，有人在忙着什么。虽然已是深秋，农人们依旧戴着草帽。一路上有些新的楼房，装饰外墙的瓷砖颜色鲜亮，跟得上时代。古老的小镇有了变化。

进了学校，刚好赶上下课，感觉学生比以前少了许多。操场的草好长，他想起了以前和同学们玩"斗鸡"游戏的场景，那时草断然不会这么长。

又有谁还记得"三角几何共八角，三角三角，几何几何？"的数学题呢？还有班主任总是拿着手电巡查宿舍，被同学们戏称为"射影定理"。过去的都是回忆。很多学生也不认识他，以前教书的老师有些已经退休，没有人和他打招呼。想当初，他在这里算是小有名气的。当然，他也不想遇到太多的熟人。他问了人，知道了红霞的宿舍，去找她。见到门前贴了喜庆的对联。刚好红霞也在家，酒窝里满是新婚的喜悦，见是老同学，自然十分欣喜，寒暄了一阵。

"你结婚了？"郝强问。

"刚结婚不多久。老公也是老师。"红霞说，"他今天上午有课。"

"很羡慕你们的日子，稳定。"郝强说。

"还是外面好，谁不想看看外面的世界。"红霞说，"我是没有办法，上师范的，除了教书，做不了其他的。"

"当老师好，没有那么复杂。"

"也没什么好不好的，工资低。只是有两个假期让人羡慕。"红霞说，"我们家总算快上岸了。姐姐和我都是老师，爸爸不用踩'慢慢游'了。"

"你弟弟呢？"

"明年考学。考上就读，考不上就去打工。他成绩不怎么好。"红霞说，"吃了中午饭再走吧，我去买几个菜。"

郝强环顾了客厅四周，十分简陋。有木质的靠背凳四张，方桌一台。连沙发也没有购置。有一个书柜，摆了些书，有些是旧的。有一个青花的瓷茶壶，看起来是新买的。房子的布局老土，长长的，厨房、厕所、卧室、客厅排成一列。面积不大，收拾得还算干净。或许这房子是学校临时分配给他们用的。但不管怎么说，比广东的出租房强多了。他说："不用麻烦了，今天还要回广东。"

"要是赶时间，就不留你了。家里没有装修，也不像个样子。"她和郝强熟，说话也直接，"等买了商品房，再招呼你。学校正在筹建，估计也快了。"

"比我住得要好，至少有种家的温馨感。"郝强说。

"乡下没有别的好，就是消费低。我妈经常给我送青菜。"

"真羡慕你。"郝强说完，就离开了。

临走时，爸爸拍了拍郝强的肩，一副舍不得的样子。郝强下意识地躲了躲，他也不知道为什么，也许长时间不回家，对家人的感觉陌生了些。

梦飞的月经，已经一个月没有来了。她觉得有点不对头，不过想想可能是生理方面的原因。也许是最近一段时间吃得不好，工作太忙吧。她还是有点隐忧的。想起了那晚和望陆的缠绵，真是一种美妙的体验。那是她的第一次，她一辈子也忘不了。刚开始的时候有点痛，但又是渴望的那种痛。后来几次越来越舒服。如果有一天是世界末日的话，前一天应该做爱，她这么认为。

到第二个月该来月经的时候，还是没有来。她有点慌了，估计是中招了。想起春花的男朋友经常来，春花也没有怀孕。自己怎么就那么巧。她中午等同事们都去吃饭的时候，拨通了望陆的电话。

"估计怀孕了，我好害怕。"

"什么？"

"两个月没有来月经了。"

"拿试纸测测。"

"什么试纸？"

"问药店吧，药店都有的。"

"这可怎么办？"

"先不要声张。"

梦飞去药店买试纸，她不敢看营业员的脸，怕别人记得自己。小心地放在了手袋的钱包里，偷偷地回到了宿舍，像做贼一样。她把厕所的门反锁了，试了试，又仔细地看了说明书，便静静地等结果。她觉得时间过得很慢，如同等待判决书一样焦急不安。果然有了！

梦飞喜忧参半，喜的是怀上了望陆的孩子，忧的是要是他不要怎么办。她想起了同事从前说过的话，不禁心有余悸。她认为望陆不是那样的人，凭直觉。女人的直觉通常很灵。春花在外面嚷："怎么上厕所半天也不出来？快点出来，我要上厕所了。"梦飞赶紧用纸巾把试纸包了起来，出来后扔在垃圾桶里，又匆忙去外倒垃圾。有同事就说："今天梦飞怎么这么勤快，这么晚了，还倒垃圾。"

梦飞回头说："我一直很勤快。从来不比你倒得少。"

"外面天黑，小心有鬼。"同事嘻嘻哈哈的声音。

到了第二天中午，她又拨通了望陆的电话，说："真的有了，怎么办？"

"啊，真的。"望陆犹豫了一会儿，说："先打掉吧。"

"不行。"梦飞要哭的语气。

"我可没想这么早要孩子。不然怎么办？"

"必须生下来。我妈妈说过第一个孩子不能打掉，不然以后难怀孕了。"

"你妈说的未必对。"

梦飞边哭边抹眼泪，在低声啜泣。

"让我想想，你先别哭。我跟我爸爸商量一下再说，你等我消息。"望陆说。

等了几天，望陆没有来电话。梦飞坐不住了，心神不宁，茶不思饭不想的。她对望陆是一种发自内心的爱慕，有那么一点崇拜的心态，这算不算少不更事？她思前想后，联想到望陆是不是文学作品中描绘的那种专门玩弄女性的角色？这种人表面上看起来像好人，对每个女人好像都是真心的。对了，他不是说离过婚的吗？这种人早已对爱情失去了信心和热情，只不过对不同的女人抱有好奇而已。她越想越害怕，后悔当时不该一时冲动。自己只是一个刚出来的菜鸟，怎么能和那些情场老手玩在一起呢？如果望陆不娶自己，将来的日子可怎么过。想到和他身份悬殊，本就不该抱着灰姑娘童话的幻想。

周日，去了姐姐家。姐姐婚后生了一个小孩，小孩放在老家养。姐夫加班去了，说是有了小孩，生活压力大了。租的房子没有什么大的变化，多了一个冰箱，便于一次多买些菜。姐姐见她愁眉不展的样子，问她什么事。

她便一五一十地说了。

"你喜欢他吗?"姐姐问。

"嗯。"

"他喜欢你吗?"

"也许吧。不然怎么会约我。"

"男人肯定喜欢约女人的。"

"那我是被骗了吗?"

"也不一定。说不定也是一个机会,将来我还有机会去台湾旅游呢。"

"他不娶我怎么办?"

"也不能被他欺负。就说你要跳楼,以死相逼。"

"这样行吗?"梦飞有点良心不安,这不是她的初衷。

"不试一试怎么知道?成了,或许能过上好日子。是他对不起你在先,你不必在良心上过意不去。"姐姐说,"嫁一个有钱人很重要,姐姐结了婚后才知道。"

"不成呢?"

"先不要考虑退路。"姐姐说,"我总觉得你的命比我的要好。"

过了一段时间,望陆终于来电话了。

"我跟我爸爸商量了,他说让我自己抓主意。"

"那你怎么想?"

"我很矛盾。"

"你不理我们,我就跳楼了。"这也是她经过仔细考虑的,她觉得如果望陆真的甩手不管,活下去也没有什么意思。梦飞鼓起勇气说,"我说得出做得出。"这也是她在没有办法的情况下,不得不采取的一种胁迫。她是一个单纯的人,不喜欢耍手段。她并没有想过要把肚子里的孩子做筹码。

"你千万别这样。"望陆急了,说,"你听我解释。"

"怎么解释?"

"我爸爸七十多岁了,他倒希望能在有生之年抱上孙子。我妈妈去世早。"望陆说，"公司准备派人常驻大陆，我有申请的打算。但考虑到爸爸一个人在台湾，年纪大了，不方便。"

梦飞的心情顿时好了些，她的直觉没错，望陆不是一个薄情寡义的人，说："你不能把你的爸爸接到大陆来吗？"

"我还在和他商量，尽量想一个两全其美的办法。"望陆说，"你不要急，先保住孩子。"

"好的。我等你的消息。"梦飞的心情稍微好了些。

春节前夕，我照例回了家。买了些广东特产，送给爷爷奶奶叔叔婶婶等，他们很开心。爷爷的身体恢复了，跟以前没有什么两样。家里的狗还记得我，见到我，很喜悦的样子。妹妹比我先回家，她明年要毕业了，正在想着找工作的事。她是学护士的，希望能分在市里的医院。听说要找关系，还要送钱才有可能进去。爸爸于是和我商量能不能在资金上支持点。我说是自己的亲妹妹，能帮尽量帮。一家人其乐融融的。

串了几家门，在外打工的回来了。有些是我儿时的伙伴，多数也在广东打工。聊起天来，共同语言越来越少。大约只是知道对方在哪上班，干什么。小时候的回忆也越来越淡，喝杯茶，抽支烟，并没有什么可多说的。各家各户都在忙着备年货。这些年来，生活水平也提高了，对过年也不像往常一样期待。以前，人们真的是想在过年的时候吃几顿好的。现在，大家希望的就是能够在过年那一天团圆。年还是照样要过的，愿望有所不同。

吃饭时，爸爸提到了梦飞家，说："前天我去你黄叔叔家喝酒了，他家准备明年盖新房子。"

妈妈说："听说是台湾的女婿给的钱。"

"别管是谁给的钱，总之他家要过上好日子了。"爸爸说。

"以后我女儿也要嫁个好人家。"妈妈说，"我女儿长得乖。"

"那么着急就要把我赶走了。"妹妹说，"哥哥都还没有结婚呢。"

"你我不担心，走也走不远，反正都在市内。"家里境况日渐好转，爸爸说话不再那么严肃了。

"对了,格儿,有着落没有?"妈妈问,"别怪妈多嘴,年纪是差不多了。"

"差不多了。"我说。

"你说话总这样,不正儿八经说。"妈妈说,"和那个诗琴怎么样了?"

"人长得漂亮,我看过毕业照。"妹妹插嘴说。

"瞎说,那么小,看得清楚?"我说。

"现在在哪上班?"妈妈问。

"县城图书馆。"

"离得太远。她也是大学毕业,你就不能在广东帮她找个工作?"

"你们不了解发生在她身上的事。"我说,"很复杂。"

"不管怎么说,回来了,去看看她,商量商量。"妈妈说。

正月的一天,有阳光,气温不高。我到了县城图书馆。果然有两株桃树,经历严冬,更加精神。两只白色的蝴蝶飞来飞去,触角清晰可见,似乎呼唤着桃花早日盛开。我上了二楼,诗琴正在上班,里面没有其他人。我和她打了招呼,说:"正月里还上班呀?"

"别人都忙着走亲戚了,我不愿意去。"她抬头望了望我。她的状态明显好了,眼神有光,眸子中透着纯净。只是脸上多了些青春痘。

"这里倒安静。"我说。

"经常这样,习惯了。喝水吗?"她说。

"好的。我要温的。"

她起身拿了一个纸杯,用水冲了冲,倒了一杯。我喝着水,打量着周围。台上有个花瓶,插了一支红色的玫瑰花。一台电脑,颜色暗黄。她的保温杯也在台上,透明的,暗红色的枸杞浮在中间,寂然不动。中间的柱子上有"静"的字幅,不知是谁书写的,用木框裱了挂在上面。墙壁上贴着"书是人类进步的阶梯"的标语。一切跟书有关。有一些连排的台凳,整齐有序。

我给她吃绿豆饼,说这是广东特产。她脱了手套,小心地从盒子里取出来,尝了一口,说:"你怎么知道我喜欢吃甜的?"

"上次我们不是吃过蛋糕吗?"我说。

"记性真好呀，都过去那么久了。"

"本来想带马蹄糕的，软滑可口，只是那是现做的，不好保存。"

"什么是马蹄？"

"我们这里叫'荸米'，书本上叫荸荠。"

"'我达达的马蹄声是美丽的错误，我不是归人，是个过客……'"诗琴说，"突然想起这一句。"

"在图书馆做管理员就是好，可以读很多书。"我说。

"就是太过清静了些。"绿豆糕有点干，她喝了一口茶，说，"我们住的小区正忙着拆迁，地产公司承诺除了能分房子外，还有钱可补。"

"好事呀。"

"我爸爸妈妈也觉着是好事，可我却总怀念老房子。"诗琴说。

"旧的不去，新的不来。"我说。

"原来你跟他们的想法一样。"她叹了一口气说。

我见她神色有所变化，不再作声，开始给花浇水。一会儿后，问："这花是你买的吗？"

"是的。"她说，"要常常浇水。我喜欢它饱满的样子。"

"最近听什么歌？"

"《勇气》。"她拿出了 CD 机，说，"要一起听听吗？"

"好的。"我不由想起了她第一次借我随身听时的情景，宛如昨日。我听了听，说："歌词写得好，旋律也不错。"

我们一起听着歌，沉浸在往日的回忆中。那时候我们十六七岁，太阳刚刚升起。朝露在绿叶上闪闪发光，晶莹剔透。人生如即将离弦之箭，弓张得饱满。不怀念过去，只憧憬未来。

"小县城里要买新碟，不是很方便。这张我还是托别人买的。"她说，"在这里，或听歌，或看书，或边听歌边看书，生活就是这样。我不愿意参加其他活动，有同学约我唱歌，我也没有去。"

"以后你需要什么碟，告诉我，我帮你买。"

"你工作忙，不必费事了。"

"跟以前比，你变了很多。"我说。

"回不到从前了。对了，去年我给你写信，说今年十周年了。我算了算，原来要到明年。我的记忆有时紊乱，也不知道为什么。"她说，"也许是我太心急了。"

"哦，明年？"我读信的时候并未留意。

"是的。"她说，"听说裴正研究生快要毕业了，还要到国外去深造。他当时在我们中间并非最突出的，看来他是读得最高的了。不知道他还要读到几时。人的未来真是难以预测。"

"这家伙挺能折腾的。"我说，"梦飞结婚了，嫁到台湾。"

"他俩毕竟无缘。"诗琴说，"无聊吗？"

"什么无聊？"对她这种跳跃性的话语，我常常不知所措。

"如果感到无聊的话，你可以看书。"她说，"或者打扫卫生拖地，整理书本什么之类，体验一下我的生活。"

"如果有需要的话，我愿意拖地。"我看了看，发现并不脏，米白色的地砖光可鉴人。

"地砖并不是脏才拖的，拖地成了我的习惯。"她说，"每天我都在固定的时间拖地，如同强迫症一般，总要拖完每一个角落。我时间很多，唯独不缺时间。"

"我试试。"我在洗手间洗了拖把，开始干起活来。

"并不熟练。"她看了会儿，走到我跟前，说，"应该这样，不要像挠痒痒一样。"她做了示范，力道很够。俯下身来，发如垂柳。

"在广东，我一星期拖一次，有时忘了，就半个月。"

"为什么不一个月来一次？像女人的'大姨妈'。我想起来了，你给我买过卫生巾的。"她嘻嘻笑了，说，"不如我们跳一曲舞吧。"

"在这里？"我说，"我好久没跳了，再说像我这种乡下出来的人，身板硬，不适合跳舞。"

"你敢在这里亲我一口吗？"

"这么神圣的地方，我不敢。"我没有想到她会开这样的玩笑，说，"万一有人进来看书怎么办？"

"这么说来，你是愿意亲我，只是怕有人看见。"

"我……我……"我觉得她的嘴唇很红，略略浅过玫瑰花。

"逗你玩的。"她再次笑了，说，"我一个人的时候，常常会虚拟一些场景和话语，自编自演。幻想是一种很奇妙的东西，我靠它来摆脱现实。我的行为你难以理解，你没有经历过我的生活。一个人整天很少说话，必然头脑里想了很多话。这些话没有说出来，会在里面到处碰壁，又生成了一些新的话。你相信吗？"她低头继续拖地，真的要把每个角落拖一遍。

"或许吧。"

"或许？"她望着我说。

"相信，相信。"我连声说。

待了大半天，也没有人来看书。我又帮忙整理书籍，大多是旧的，不过卷角的并不多。

最后，她拿出一大沓白纸，上面画了各种各样的图案，涂着各种各样的颜色。并且说，她无聊的时候，也会画东西，随便乱画，想到哪画到哪，这样可以打发时间。我看了会儿，有动物花草人物妖怪等。有几张甚至不知道她究竟画的什么，只是觉得那些线条和颜色着实古怪，却又耳目一新，并没有凌乱的感觉。

第六个半年

在家待了几天，我上了南下的火车，一如既往地拥挤。没有买到卧铺票，上车后直接进了餐车。有人告诉过我，只要多花几十块，就可以在里面过夜。列车员派发了奇异果汁一罐，饼干一袋，说是夜宵。不到五十块钱，我觉得很值，至少可以趴着睡觉。行李塞满了餐车，棉被、脸盆、衣架之类的都有。我不理解他们为什么要带这些，难道广东没得卖吗？

玻璃的餐桌上，放了一个玻璃瓶，也插了一朵玫瑰花，塑料的。已经到了晚上，偶见点点灯光，在不知名的地方闪耀着。不久，估计火车进了乡村，黑更加浓了。我睡意也浓，趴在了桌子上。下意识想，人为什么要奔波劳碌，不断地迁徙呢？是为了去到更好的地方吗？但为什么又要回来呢？似乎没有清晰的答案。我将车轮嗒嗒的声音幻想成催眠曲，逐渐失去了意识。

我研制的机器要上线投产了，也忙了起来。有几个生产零件的供应商，常常请我吃饭，唱卡拉 OK 之类的。当我领导不在的时候，常常叫我"瞿总"前"瞿经理"后的，我知道我有了利用价值，他们有求于我。我的生活开始逐渐好转，"朋友"好像也越来越多。

自从参加完婚礼后，我和梓辛的来往越来越少，也说不上来什么原因。有天，她主动给我打电话，约我喝晚茶，说有事要和我讲。我说要晚一点才到。她说没关系，会等我。

还是我们第一次喝茶的那家酒楼，晚上人依然不少，以本地人居多。她在那里等我，正在喝茶，桌子不大，供四个人用餐的那种。我坐了下来，说："不好意思，比较忙一点，来晚了。"她并没有露出不高兴的样子，问我点什么吃。我说："你点就好了，我随意。"她低头拿着铅笔，在菜单上开始打钩。有一壶特别的茶，事先已经点了，壶里的水在沸腾。一架小的酒精炉亮着，略显别致。梓辛泡了茶，给我倒了一杯，我觉得气氛有点异样。

她说："这几年在广州，麻烦你了，谢谢你对我的照顾。"

"说什么客气话。"我不知道她为什么这样说，喝了一口茶，说，"普洱茶？"

"是的。刚刚服务员给我推荐的。"她说，"跟你说一件事。我们公司在上海成立了分公司，准备派我去。"

"广州不好吗？"我很吃惊。

"这是一次机会。要是升职加薪的话，你愿不愿意去？"她说。

"这么说来，你工作能力很强。"我说，"听说上海的消费挺高的。那里人生地又不熟。"

服务员开始上茶点了。梓辛点的很丰盛，她对这些应该很熟了。黄金糕、煎饺、虾饺、皮蛋熟肉粥、菜心，等等，还有一个印度飞饼。我见到这些，不知怎么胃口也不上来。很奇怪的一件事，从来未曾发生过。梓辛打扮很有职业性，短裙短袖的。精制皮带的腕表，淡妆，耳垂上多了两个白色的珠子。

"我也是考虑了很久，才决定的。"她说，"我是一个追求独立的女人，首先要在经济上独立。"

"虽然我不愿意你去，但我同意你的说法。"我说，"以后要见一面难了。"

"不用那么悲观，现在交通还是蛮发达的。"她说，"怎么样？机器投产没有？"她尽量逗我开心。

"快了。"我见到有推车过来，要一笼榴莲包，说，"这个你喜欢吃吗？"

"没有吃过，尝尝吧。以后去上海未必有。"她说。

"开始我不喜欢这种味道，渐渐竟然也习惯了。"

酒楼的人走了一批，又来了一批。我们还在那里聊着，有说不完的话，似乎觉得不会再有见面的机会一样。我们回忆着当年大学的时光，感叹如今都东奔西走，为了生活忙碌，觉得那时要改天换地的想法实在幼稚可笑。

末了，她说："上了几年班，我渐渐学会了妥协，争取和这个社会和解。"

"不再意气风发了？"我说。

"是的。我是这样的了。"她说，"不知道郝强还会不会特立独行，他这样一个有个性的人。"

"他是那种为了吃碗正宗的拉面，不惜去一趟兰州的人。这样的人不多了。"我说，"他在广州上过班，本来要和你见一面的。但没有待多久，去了东莞。"

"可是在这个社会，我怀疑并不适合理想主义者生存。"

"也许吧。"

"我想问你一件事。"她想了一会儿说，"本来我不打算问的，不过如果不问的话，会一直让我很纠结。有个谜在我心里一直解不开。"

"什么事？问吧。"我也觉得好奇。

"你是不是在心里藏着另外一个女人？"她说，"如果我今天不当面问你，只怕是没有机会了。"

我实话实说，不想隐瞒她，有些事说出来反而舒坦些："我有个高中同学，叫白诗琴……"

"你不用说了，我明白了。"她说，"裘正，她，还有我在同一个初中班。我们是认识的，她当时是班花来的。初中毕业后，和她不在一个学校，来往就少了。"

那一顿，我吃得不多，全然不觉什么味道。不远处，身穿白色厨师服的黑皮肤印度师傅，胖胖的样子，留着胡须，在玩飞饼。高高的帽子，如同无常。我只觉那飞饼如同飞碟一样，飞出了酒楼，越飞越高越远，消失在茫茫的黑夜中。

梓辛贱卖了家具等物品之后，就飞走了。我在一种类似失恋的情绪中度过了一段时间。广东的雨季开始了，大雨小雨不间断地下着，足足下了一个月有余。墙壁生出了绿色的菌类斑迹。地砖很潮湿，有几次我险些滑倒。晾的衣服难以干透，需要使用吹风机。我买了一打内裤备用，这天气真恼人。城市低洼的地方有内涝，车辆也尽量避开，否则有熄火的风险。这是我到广东以来，遇到最漫长的一个雨季。等到天气好一点时，我打了个电话给郝强，说去他那里散散心。他说："好的，过来吧。"

上了和谐号，很快就到了东莞。原来并不远，我们居然一年多没见面了。傍晚的时候才去的，去早了没用，他要上班。他和我约好在一家东北菜馆见面。饭馆还算一般，努力创造出一种东北的味道。墙壁上有晒干的玉米和辣椒，难以辨其真假。又挂了些大蒜，这应该是真的。有几张类似榻榻米的餐桌，喜欢体验新鲜的食客，已经坐在其中了。还有斗笠和蓑衣，让我想起老家干活时的情景，"斜风细雨不须归"。服务员穿着花袄，听其声音，定是东北人无疑。食客未必是东北的，不过看样子，很多是北方人。

直到七点半，郝强才匆匆赶到，说："公司有点事耽搁了。"我并不介意，望了望他，只是觉得他胡须比以前长了，像是一个月没有刮的样子。其他并无大的改变。点了几个菜，酱骨架、哈尔滨红肠、娃娃菜、西葫芦牛肉羹。两个人吃饭，不点太多，没有必要浪费。这是我们的原则。

"没有叫上梦飞？"他问。

"打了电话给她，说是刚生孩子不多久，不方便出来。"我说，"她说，过一段时间再请我吃饭。"

"梓辛怎么样了？"

我便说她去了上海，那里有更好的发展。他露出了遗憾的神情，说："在广州感到孤单寂寞了？"

我想他猜到我来的原因了。

酱骨架最先上来，黑红的颜色。我吃了一口，味道还不错。郝强没有戴手套，拿着便开始啃，并且说："我吃东西从来不戴塑料手套，麻烦。还有，去西餐厅吃饭也从来不用刀叉。"

"为什么？"

"生性顽固，总觉得那些斯文的东西不适合我。"他说，"再说使用刀叉也并不让人觉得优雅，倒有种手握冷兵器的感觉。"

我便惊叹他来广东这么久，还保留着老家的生活习惯，原始自然而又方便，着实难得。

"和小荷有联系吗？"我问。

"现在没有了，连电话号码也没有了。"他在回忆中，说，"去年的时候，她来广东上了几个月班。"

"哦，真的？我怎么不知道？"

"她在中山上班，是一家灯饰厂。我不知道她是怎么来广东的。她联络到了我，我便周末去找她。我六点钟下班，上了车，过虎门大桥，经常塞车，让人着急。到她那里时常常都很晚。那桥确实雄伟，粗大结实的钢索斜斜地拉着。水面比沅江宽阔，集装箱的货轮到处可见。我便觉得人其实很渺小。"

"去到那里，干了什么坏事没有。"我说。

"不敢射在里面，怕怀孕。"他边倒啤酒边说，神情变得轻松的样子。

"别刺激我。"我说。

"你都怎么解决？"他问。

"自己解决。"我说，"这还是在大学学的一项较为有用的技能。"

他笑了笑，又变得严肃起来，说："我觉得我作为一个男人很失败，不能承诺对方未来会过上好的生活。因为我确实没有把握。后来，她家里人说给她在老家县城邮政局找了一份工作，就回去了。临走的时候说，她再也不想在外过漂泊的生活了。我打电话给她，手机一直处于停机的状态，应该是换了号码。她老家的风景很好，我去过。"

"哦。"

"后来我在一家理发店见到有个人在做头发，背影很像她，便进去看了看，又不是。"

"看来你对小荷还是念念不忘。"

"初恋总是难以忘却。"

"去年回家没有？"我问。

"回了。奶奶过寿时回去的。"他说，"回家也感到不适应，家里的人常常谈钱，只用钱来衡量一个人的生活。"

"那你说还有什么其他的衡量手段？"我说。

"暂时也没有发现，但我相信有。"他说，"在外生活也有在外生活的好处，走在大街上，谁也不知道你有多少钱，家境怎么样。既是一种逃避，也有一种自由。"

"这点我承认。"

"自从小荷回家后，我就从宿舍搬了出来。再也不习惯过集体生活了，多花点钱，落得个清静。"他在喝汤，说，"也没有朋友了，都是同事关系。偶尔和同事下几盘棋，没事的时候吹吹口琴。那口琴我还一直留在身边，擦了擦，像新的一样，音色更加醇厚。篮球也打，不常玩。"他点燃了一支烟，问我要不要。

我说："吸烟有害健康。"

"这个我也知道。"他说，"在郁闷、苦闷的时候我会抽一支，一包烟常常只抽了几根就扔了。我没有烟瘾。"

为了配合他，不让他感到孤单，我点了一根，咳嗽了一下，烟并没有从鼻孔冒出来。我也不熟，虽然不是第一次抽烟。

"抽烟会增加人的勇气，跟喝酒一样。"他说，"这附近有很多按摩院。你知道的，男人的性欲隔不了几天就会来，尤其像我们这样的年轻人。我有时会去按摩，也是一个人去。在按摩院的四周先会徘徊很久，犹豫着要不要进去。毕竟工资也不是很高。那闪烁的霓虹灯实在诱惑很大。我便会点一支烟，这样容易下决心一些。"

"你也去过按摩院？"我来了兴趣，问。

"是的。去到里面，开始时很紧张，不知道怎么聊，一心想着怎样动手动脚，占对方的便宜。去的次数多了，就放松了。和技师天南地北地瞎聊，也算是度过一段无聊的时光。"

"还有呢？"

"有些人让你摸，有些不让。问为什么不去工厂上班，她们说工厂上班辛苦，没有自由。"

"看来有些行业的存在，自有它的理由。"我说。

"站街女也很多。我进去过一次，并不是去嫖妓。只是好奇，想知道里面到底是什么样子。问了价钱，不贵，才五十块。进去后，灯光暗暗的，墙上贴着肉麻的海报，算是唯一的情趣，仅有一张床。此地不宜久留，我赶紧出来了，那站街女跟在后面骂我，说不搞就莫进来，又说我浪费了她的时间。"

"哈哈哈。"我听了后笑了起来，吐了一口烟。

"实在无聊嘛。工厂的工作流程基本熟悉了，每天都是重复，总要找点不同的事。"他说，"我总觉得我不适合在这样的环境上班，没有目标，无比渺茫，让人窒息的一种生活。"

"很多人都这样。"我说。

我们聊着聊着，菜已经上齐了，酒也喝了两三瓶。四周的喧哗声很大，我们亦充耳不闻，在一种久别重逢的心情中，相互了解对方的生活。我也说了在外地出差的见闻，哪里有好吃的什么东西，哪里的房屋建筑有什么特色，哪里的女人长得漂亮些之类的。他认真地听着，不时地点点头，表示感兴趣。

"我最近写了几首诗。"他突然说，有种从酒精的麻醉中苏醒的感觉。

"写诗？能发表吗？能赚钱吗？"

"不是为了发表，而是为了记录，为了表达。我必然见过别人未曾见过的风景，有过别人未曾有过的思索。"他说，"我并没有想成为一个诗人，只是生活让我有话要说。写出来，也是一种宣泄，让人感到痛快。"

"难以理解。"我说，突然之间又觉得跟他很陌生。他以前不是这样的。

"每个人的生活经历不同。周六的晚上，有时我会去蹦迪，也是一个人。里面很混乱，鱼龙混杂，什么人都有。免入场费，我一般不消费，只是坐在角落的凳子上，听着强劲的音乐，看着别人喝酒。等到蹦的时候，我也会蹦。看到别人狂欢的样子，我的内心却是无比的孤独，怎么也开心不起来。我对这些都不上瘾，又不得不去。总希望能用什么东西填满我的空虚，然而往往事与愿违。"

我对这样一个灵魂充满了同情，却又不知道如何帮他。因为我有类似的体验，从来没有跟别人说过，也无法自行排解。他说出了我想要说的话。

结账时，我抢着买单。他说，在这里，他是东道主，由他来买合适。我执意要买，他也不再客气，让我买了。他说："你的收入比我高，你买也行。我总认识一些像你这样主动买单的人。"

餐馆的对面是该镇的广场，还有人在跳广场舞。喷泉的水时不时地喷着，映着彩灯，五彩缤纷。照快相的人问我们要不要来一张，以喷泉做背景。玩轮滑的小伙子从身旁疾驰而过，吓了我们一跳。遛狗的本地人悠闲地散着步，狗穿的衣服比人还要好。有人在打羽毛球，还有人在玩公共的健身器材。

广东乡镇的生活比老家丰富多了。老家这个时候大都睡觉了，漆黑一片，寂静一片。人比以前少了许多，留下老人和儿童看守家园。年轻人都来了这儿。

有人在广场唱卡拉 OK，我们过去看了看，两元唱一首。由于价钱便宜，唱的人不少，刚有人唱完一首《流浪歌》，观众在鼓掌。我们也交了钱，排队等候。我们点的是一首老歌《水手》，好久没有唱这首歌了，决定来一个合唱。想起来，这还是我们高一时学的一首歌。我不禁想起了白诗琴，就是她教的。我们唱得很投入，从听众的反响来看，似乎还唱得不错。"……寻寻觅觅寻不到，活着的证据，都市的柏油路太硬，踩不出足迹……"

那天晚上，我们去了按摩院，是郝强买的单。

突然的爱

样机终于出来了，我头一个跳上去，下田试机。采用的是履带底盘，让我有种开坦克的自豪感。坐在上面，视野开阔，头顶设有一铁篷，用来遮阳。云在蓝天玩漂移，水在田里起浪花，一切随性而为。看着金黄的稻穗被机器顺利地吞进去，我心雀跃无比。各项指标基本正常，除了有几个小的部件有待改进外，大局已定。经过几年的努力，我的人生达到了一个小小的高峰。领导很器重我，把我当成骨干培养，应承年内帮我解决住房问题。农业实现现代化，指日可待。然而没有好朋友和我一起分享，我总觉得缺少了些什么。

十一月的某天，梦飞打电话给我，说，上次不好意思，没有陪我吃饭。现在她得闲了，请我吃一顿饭，并且要我邀上郝强。她和郝强不在同一个镇，但也相距不远。我先找了郝强，和他一起坐摩托车去了酒店。梦飞约的是一家日本料理店，开在酒店内。

酒店很豪华，有服务生给我们开门。进到大厅，向右转，见到有两个长长的日式灯笼，心想就是这家了。去的时候尚早，人不多，很安静。服务员撩开帘子，梦飞和一个陌生女生正在聊天。见到我们来了，她站起身来，说："快进来坐，刚好四个位子，一人一方。"那女生也站起来，笑了笑，算是跟我们打招呼。

我们脱了鞋，坐定下来。想到是吃日本料理，临来之前，我特意换了一双干净的袜子。梦飞说："这是小邝，毕业没多久，在我们公司做财务。"接着她又把我俩介绍给小邝。好久没有见到梦飞了，如果是在大街上偶然遇见，实在不敢相认。她的身材微胖了些，脸比以前也有肉了，不再像以前一样单薄。

老板过来打招呼，说："陈太，好长一段时间没过来了。可不可以点菜了？"梦飞说："最近比较忙，回了一趟家。有什么好介绍的。"老板看起来比我们大不了几岁，很精明的样子，拿来了菜单，说："有些新的菜，在菜单上没有。给您推荐一款吧，前几天刚从北海道空运来的牛肉，味道不错，其他客人都说好吃。"梦飞说："好的，来一份吧。"她又把菜单给我看，都是一些新鲜的东西，好多我都不知道是什么，我点了一份荞麦面。郝强见我吃面，也要了一份乌冬面，他说："还是你们两位女士点吧，我们不熟。"

我打量了一下环境，日式小包间，清淡高雅。点好了菜，老板去下单了，又忙着招呼其他客人。

梦飞说："瞿格，高中毕业后，我俩也没有见过几回。有时我回去了，你又不在家。你回去了，我又在外面。"

"是的。"日式器皿考究，手感不错。我端起茶杯，喝了一口，说，"不知道是不是景德镇出产的。"

小邝笑着说："梦飞姐，你这同学说话真风趣。"

"他就这样。"梦飞说，"前一段时间回家，没想到小孩子坐飞机也要买票。下了飞机，爸爸租了一个面包车来接我，村里熟人的。新房子正在打地基，就在原来老房子的旁边，吵得不行。"

"是听说过你们家要建房子。"我说。

"只可惜把我以前种的美人蕉和指甲花毁了。猫也受不住惊吓，跑到你家。你妈妈经常把它又送回来，上回我还见到你妈呢。"梦飞说。

"哦。"

"荡秋千的两棵树也挖了。后来买了一个能够荡的椅子，却怎么也荡不出原来的味道。"梦飞说。

"这点我相信。"

"你妈说你还没有个正式的女朋友。我就把小邝带过来了。我跟她熟，人还不错。"梦飞说到这里，小邝望了我一眼，就低下头倒茶。每人加了一点，又不至于溢出来。

"梦飞，怎么不给我也介绍一个。"郝强说。

"我知道你不用我介绍。"梦飞说，"不像瞿格，我了解他，打小就认识了。是一个不坏的人，人实在，就是性格温吞了点。"

"可不许讲我的坏话。"我说。

"本来就是嘛。你那时候喜欢和女孩子一起玩，跳皮筋、踢毽子什么的。"

听到这里，小邝又笑了。她看起来活泼可爱的样子，没有什么心机，只知道笑。我们有时说几句家乡话，她听不懂，依旧保持着笑容。这点很难得。

"我也喜欢跳皮筋。"郝强说，他帮我解围。

"瞿格，你算是正式广东人了，小邝是本地的，所以我才给你们介绍的。"她说，"对象太远也不好，像我姐姐，东奔西跑很累人的。"

"你姐姐呢？"我问。

"我出来吃饭，让她帮我看着小孩。我老公让我辞职了，专心带孩子。老是带孩子也挺无聊的，还不会说话，只知道哭。"

"那你老公呢？"郝强说。

"回台湾了。在东莞租了套房子，空荡荡的。他在这里住一段时间，台湾待一段时间，没有规律。"梦飞说，"有时我姐过来给我做饭，就一起吃。我一个人不愿意做饭，又要带孩子。"她说起话有点家庭主妇的味道。

北海道牛肉煎好了，端了上来，事先已经分好了四份。我尝了尝，也不觉得跟中国牛肉有什么区别。因为我很少吃牛肉，即使是中国的牛肉价格也比较贵。郝强也算是见了世面，说："以前我见到回转寿司店，那些菜在上面转来转去，远远望着，也不敢进去吃。没有吃过猪肉，只是看见猪在跑。这回我是吃上了。"

"你们说话真是有意思，人生经验丰富。"小邝还是笑。

"这算不了什么，他还写诗呢。"我说。

"真的难得。毕业后还坚持写诗。"小邝说。

"别听他瞎说，玩玩而已。"郝强说。

"我以前也写过日记的。"梦飞说，"自从结婚生孩子后，便停了下来。日记本在搬家的时候弄丢了，那本《唐诗三百首》也被小孩撕坏了。"

"他们两个都是有追求的人。"我对小邝说。

"有追求好。"小邝说。

又上了一道刺身三文鱼，那一道道的颜色，像是化石一般。我见到梦飞蘸了芥末，也跟着试了一下，觉得很辣，又不像辣椒的辣，有些不习惯。

"有点辣吧？"梦飞说，"我开始也不习惯，又贵。来的次数多了，也觉得好吃了。我老公超级喜欢吃。"

"是有点不习惯，肉是生的。这面的味道还可以。"郝强说。

"说到吃。我还经常闹笑话。"梦飞说，"有次飞机误点了，航空公司免费提供自助餐。我以为每样菜只能打一次，便夹得很多。结果我老公笑话我说，'你着什么急呀！'"

老板又进来打招呼，鞠了一躬，问味道怎么样。我们觉得很受用，都说味道还不错，毕竟这服务是以前没有享受到的。老板又说多谢陈太的关照，答应这次免费送一份昆布汤，出门时说："不打搅你们了，请慢用。"

梦飞说："这老板很会办事。十几岁的时候去了日本，攒了些钱，学了些经验，回来后就开店了。"

"我可从来没有想到哪天能做老板。"我说。

"对了，你到底是做什么的？只听说是做农机的。"梦飞说。

"具体来说，是收割机。"

"很复杂吧？"梦飞说。

"零件挺多的。"

"你小时候就喜欢和农具打交道,没想到长大了还做这行。"梦飞说,"记得有次你捉迷藏的时候，藏在风车里面,害得我们都找不到，最后还是你自己爬出来的。"

"确有此事。"我说。

"郝强是做什么的？"梦飞说。

"还是让他自己说吧，他做的行业太多，我也搞不清楚。"我说。

"我在一家鞋厂上班，和你们一样，都属于传统制造业。不像瞿格，搞的有技术含量。"他说，"不过我不知道我还能坚持多久。"

"我出来后就在一家工厂上过班，对其他也不懂。"梦飞说，"你们是大学生，跟我想的不同。不过，总换来换去也不是个事。"

"风车是什么？"小邝一直在琢磨，突然问。

"是把谷吹干净用的，木头做的。你们广东没有吗？"我说。

"我没有见过。你不也是广东人吗？"

"其实我从来没有把自己当成是广东人，虽然我户口是广州的。别人问我的时候，我都说是湖南人。"

免费的昆布汤上来了，样子像海带，味道怪怪的。

"湖南也没有什么不好。上次回老家，吃的茄子豆角，都觉得好吃。跟着望陆吃了些贵的东西，味道未必比老家的强。忘了告诉你俩，我老公的名字叫陈望陆。"梦飞说，"那房子还是我读小学的时候修的,确实旧了些。本来爸爸说家里两个女儿，不打算建新房子的。我觉得还是建一栋新的好，一家子回去的话，也有个住的地方。旧房子也不准备拆掉，留在那里，方便放些粗重的东西。"

"你家门前的仙人掌毁了没有？"

"也毁了,打地基打的。"梦飞说,"想当年我爸还想着和你们家做亲家，后来又打算让我嫁给一个木匠。听说那木匠也结婚了。"

"那木匠我也认得。"我说，"丝瓜藤还有吗？"

"这个倒有，就是挪了地方。"梦飞说，"妈妈做了丝瓜肉丝汤，我用来泡锅巴吃。"

"说得我有点想要流口水。"郝强说。

"瞿格，咱俩也算是青梅竹马了。当年读书的时候，我还对你有点意思呢。现在都已经结婚了，也不怕丑说出来。"梦飞说，"你当年对我有感觉吗？"

"我一直把你当女同学看待。"我说。

"读书的时候送了你一副手套，也没有套到你。"

"我戴的时候可没有想这么多。"我说。

"你这人可真没良心，枉费我的心思了。"梦飞又说。"小邝，你不会吃醋吧？"

"不会。"小邝笑着说。

"将来我要是去了台湾，回来一趟也不容易，见面的机会越来越少了。"梦飞感叹着说。她借口去上洗手间，顺便把单买了，免得我们尴尬。

我们像模像样地开了一瓶清酒，也品不出什么味道，只是觉得跟以前喝的酒有所不同。还有鳗鱼寿司卷，等等，有些我连名字都忘记了，好古灵精怪的，很难记。小邝的笑声却被我记住了。

过了几天，梦飞打电话问我对小邝印象怎样。我说还行。她说："那你赶紧行动呀。"我便约小邝见面，她没有拒绝我。我有时去东莞找她，她有时也来广州找我。那一年的假期特别多，什么圣诞、元旦、冬至，我们都在一起过。她比我年纪小，言语却比我多，思想开放，性格开朗，看电视剧会流泪。也很主动，敢爱敢恨，不像我们内地女孩那般含蓄。我不知道她喜欢上了我哪一点，总之我觉得她喜欢我。感情方面的事没法用科学分析。她是广东人，对这里的风俗习惯熟，连煲汤这样的活也会。我们之间的感情迅速升温，很快我就被攻陷了。

　　单位内部有两室一厅的房子出租，价格比外头便宜多了，上班也方便。领导履行了承诺，虽然他一般说话不算数。但在这件事上，他给了我优先权。我租下来，搞了一下简单的装修。首先把墙刷了，雪白雪白的。考虑到工程太大，地板砖没有换。换了个抽水马桶，买了热水器和空调。厨房也装修了，可以用来做饭了，连抽油烟机也买了。如此等等，看起来温馨多了，有了家的感觉。

　　我度过了一段乐不思蜀的时光后，新年悄然逼近。妈妈问我回不回去过年。

　　"房子刚刚装修好，按照这里的风俗习惯，头一年要在新房里过。"我说。实际上，有很多原因不方便说出来，比如说坐车麻烦呀，老家天气冻呀，等等。还有，如果我回去的话，小邝也会感到孤单的。

　　"也好。"妈妈说。

　　"刚出去几年翅膀就变硬了，过年也不回来。"爸爸的声音，他显然希望我回来。正月里，家里来了亲戚，我还可以撑撑门面。

　　"你就依他这回吧，他也长大了，不是小孩子了。"电话那头，妈妈在和爸爸理论，她总是护着我。又对我说，"有女朋友没有？有的话带回家看看。"

　　"快了快了。"我说，"好的好的。"信心很足的语气。我这个人说话，在没有百分之百的把握之前，从不贸然打包票。因此在别人的心目中，我是一个实在的人。会不会小邝就是看上了我这一点呢？我没有问过她，无从知晓。

　　这是我在广东过的第二回新年，比上一回好多了，尽管我有时也想家。

　　正月过后，机器开始批量生产了。我也越来越忙，到处开会，研讨，推广。我和小邝的感情则更上一层楼，已经如胶似漆了。我出差在外，总不忘和她煲电话粥。在外难免风餐露宿，但总有期望。回来后，又迫不及待地和她见面，有说不完的话。这样的日子过得飞快。

　　到了十一月的某天，小邝说是我们认识一周年纪念日，过来给我做饭。

我们一起买菜，回来后她开始煲汤了。这时我收到了诗琴的短信，让我看邮件。我心里咯噔响了一声，对小邝说："你先忙，我要用电脑，有点工作还没有忙完。"我顺手把门关了。小邝"哦"了一声，就去备菜了。

　　瞿格同学，见信好。从上次见面到现在差不多两年了，也没有和你联系。你去年过年应该没有回家吧，不然你会来找我的。这也许是我最后一次给你写信了。

　　图书馆的工作还是单调而又平常，还好有书相伴。体会书中人物的喜怒哀乐，成了我的一大爱好。别人看起来，这是一个虚无缥缈的世界。然而现实社会又何尝不也是一个幻境呢？今年春天，见到街上有卖栀子花的，买了一支，换下了玫瑰。这山野来的花，清香无比，沁人心脾。不觉喜欢上了这种花，一连买了几回。然而过季后，再也寻不到了。此后，也没有插玫瑰花了。如今花瓶空空如也，成了一个摆设，里面的水也倒掉了。院里的桃树只是开花，未见结果。问了人才知道，原来就是这种属性。

　　歌也照样听。新歌老歌只要喜欢的都听，前段时间在听一首老歌《往事随风》。奇怪的是，每当有种特别的心情时总能遇到一首适合的歌。有回居然感动起来，听得流下了泪，当时有种曲终人不见的感觉。你会不会觉得我是一个软弱的人呢？一个多愁善感的人呢？我从小就喜欢听歌唱歌，现在是听得多唱得少了。有些歌已经唱不出来了。

　　靠着看书和听歌，我竟然趋近于痊愈了。妈妈说我的情况和先前比，大为改观，说是准备给我换一个工作。图书馆的工作清闲，但工资低。家里在县城还有些关系，托人找一个工作不难。他们还问我愿不愿意去外面，我想都已经耽搁几年了，已经失去了部分勇气和进取心，还是待在家里好，熟门熟路的。

　　我们家搬进了新房子，刚进去的时候，甲醛的味道很重，呛人得很。窗户比以前的要大些，显得明亮宽敞。不知道为什么感觉没有老屋那么温馨，人总是对以前的旧物充满怀念。老屋的所在成了一片废墟。县城的建设还在紧锣密鼓，争分夺秒地进行着，好像不全部翻新一遍，就不会善罢甘休一样。潮流滚滚向前，淘尽了世间物。

摩托车也买了。我有时会一个人骑着兜风，江边的风特别大，感觉连青春痘也要吹走。女式的，马力不是很大，和自行车相比，还是有种风驰电掣般的感觉。你说过夏天要回来看我穿裙子的。我裙子是买了不少，这种天气大多也放在衣柜里。这里不是广东，不能一年四季都穿。我的腿还是跟以前差不多，并没有因为骑摩托车而胖起来。

你送给我的画，我还保存着，不时地拿出来看。那火车，还有那两个人。那两个人是谁呢？你当初画的时候是怎么想的。我也一直没有问过你，这似乎成了一个谜。画面上的梯子和月亮令人浮想联翩。我对画画是外行，也不敢妄自臆测。只是觉得那意境是美的。

去年的昨天是我们单洲之游十周年的日子，当天只有郝强给我发了短信，说不能来。看来经历过挫折的人，记性都特别好。也许是我上次说错了，误导了你，让你觉得今年才是十周年。不过昨天你也没有来。

那天说来也是很巧，竟然也下雨，只是没有十年前的大。我请了假，到了江边，执意要去，即使是我一个人。这几年居然没有去那里的渡船了，还好见到一个打鱼的人。我好说歹说，他终于愿意带我过去。他说，还去那里干什么，人都已经搬走了。

我到了单洲，果然荒芜，我也是十年没有去了。我们野炊的痕迹，早已荡然无存。只见雨点落在水坑里，一圈一圈地散开，十分圆，如同圆规画的一般，那水圈逐渐扩大又瞬间消失。虽是秋季，感觉水面很高，仿佛要把单洲淹没。洲上已经无路可寻，长满了长长的野草。野草也已枯黄，俯得很低，迎接寒冬的来临。我撑了一把小伞，不至于淋湿。旋转着伞，那水滴亦随之飘散，落地无声。水面上有一只鸟在飞，形单影只，不知道它的同伴去了哪里。叫声悲凄至极，不忍卒听。地上的蚂蚁也在忙碌着搬家，从一个巢穴到另一个巢穴。

我走了会儿，只觉荒凉孤寂。那打鱼的人还在等我，便上了船。

回到江边，附近有个小卖部。那个时节居然有卖雪糕的，买了一根，我喜欢吃甜的。但却冰凉无比，直抵心的深处，哇凉哇凉的。远望过去，雨雾中的单洲模糊不清，如同仙境一般遥不可及。

你不必回信了，不必联络了，也不必感到遗憾和愧疚，我不会怪你的。每个人都在走自己的路。从广义上讲，所有不在家吃的饭，都可以称之为野炊。可是单洲的篝火已冷却，再无野炊的可能。你已经走得很远，然而地球是圆的，并不排除偶遇的可能，到时你还会认得出我吗？

祝一切安好。

白诗琴

我看完邮件，眼角湿了。小邝开门进来说，可以吃饭了。见到我有些不对劲，又说："怎么了，不舒服？"我说："没事，油烟呛到眼睛了。"我开始吃饭，默默无语。

尾声一

后来，郝强先后去了中山、珠海、深圳等地上班。不是老板炒他，就是他炒老板。从一个城市到另一个城市，像吉卜赛人一样，不知道下一站是哪里。与其说是上班，不如说是体验。城市不是他的家，他不喜欢高楼大厦，拥挤的交通和人群。农村他回不了，他干不了农活，只能在城市里谋生。他去过的地方，比广东本地人还要多。他知道在中山香蕉成熟的季节，农人们划着船在小河中穿梭。在狂猛的台风作用下，铺天盖地的海浪会涌上珠海的街道。还有深圳的梧桐山有个寺庙和植物园，周末时游人如织。番禺莲花山附近的小店有好吃的双皮奶。然而这一切只是在外乡的一种经历，都是过眼云烟。

他觉得还是安定下来好，便认真地找了一份工作，在惠州一个小镇住了下来。工资不高，工作还算轻松，有双休日。这是一个城乡结合的镇，既不像城市那样繁华，也不像农村那样偏僻。有几栋楼房，几个超市，一个综合性的菜市场。很多菜都是周围的菜农种的，算是就近供给，价格也便宜。郝强没事的时候，就去周围的田地里逛逛，找回儿时的感觉。这里有种水稻、西红柿、西兰花、土豆、茄子的，种类很丰富。鱼塘里的鱼很密集，机器旋转着水花。养鹅的很多，经常见到鹅群蹒跚地前行。还有牛群，牛尾巴打着蚊子。

有天，他骑一辆二手的摩托车见到有个花木场写着招聘启事，需要工人。他想尝试一下，便去应聘。为了面试成功，特意买了一顶草帽。他是这么想的，平时在公司上班，周末就去花木场。老板是潮州的，在惠州来说也算是外地人，五十多岁的样子，三代同堂住在一起，身材健硕，像个墩子，络腮胡，一看就很有力气的样子。他见到一个年轻人来应聘，感到很诧异，因为很少有年轻人愿意干这活的。郝强的打扮也像一个农民，再说他本身就是农村出生的，只是多年没有干农活，手上没有老茧。老板说打零工可以，五十元一天。郝强说没问题。老板也很开心，有一个廉价的工人愿意给他干活，说有活就打电话给郝强。

花木场的生意很好的，活不少。不几天，郝强就接到了电话，他赶紧骑车赶到了。老板让他帮忙卸货，一大卡车的花盆花盘，有大有小，有重有轻。还有一个工人看样子五六十岁了，干瘦干瘦的，听口音是本地的，时不时冒出些客家话来。他们一起干活。郝强才二十多岁，可干起活还不如那个老头。老头不紧不慢地干着，很有节奏感。累了就歇会儿，抽支烟，喝几杯茶。潮州的老板也喜欢喝茶，两个老头儿一起喝喝茶，聊聊天，不像雇佣和被雇佣的关系，倒像认识多年的老朋友一样。从聊天的内容判断，他们确实认识有些年头了。郝强干活虽然不是很灵光，但工作态度好，也很卖力。干完后，老板当场结了工钱，郝强收下了。回到出租屋后，他只觉得腰酸背痛，好久没有干过体力活了。当天晚上，他累了，睡得很舒服。好像有了小时候在家干活的那种感觉，适度的体力劳动让人困倦，又让人舒服。

老板又带着他去学校里给树喷农药。这树是几年前花木场提供的苗子，生了虫子。郝强虽是农村出生的，但也没有使用过喷雾器。药物和水已经按照一定的比例混好了，装在水箱里。郝强背在背上，开始喷。他开始觉得好玩，有种神圣的劳动的感觉。他认为农民应该受到尊重，吃的东西都是他们种的。没有吃的，其他都是空谈。一会儿后，他的肩膀便感觉勒得痛了。这活看起来容易，做起来难。老板又让他给树的底部刷一层白色的浆，说是用来防虫。郝强就像刷墙一样刷了起来。完后，他引了一条长长的水管，给树浇水。操场上，有学生在上体育课。郝强也不由想起了自己的学生年代，如流水一般一去不复返。

有酒店新开张营业，郝强帮着去送发财树、黄金万两树，等等。他忙得不亦乐乎。坐在小的皮卡车上兜风，戴着草帽，是一种特别的体验。酒店的前台姑娘很漂亮，郝强不由多看了几眼。时间很紧促，忙完后又要回花木场移植树木。有新的花木来了，原来旧的需要挪动位置，这对郝强来说可是一项巨大的工程。还好有几个人，老板、老板的儿子、老头子，他们齐心协力，把一棵高大的树挖了起来，移到了另一个坑。光是挖这个坑，就耗费了郝强几个钟头的时间，手上都起泡了，戴手套也不管用。他才知道原来手上的茧是怎样形成的，又有着怎样的保护功能。

碰巧吃饭的时候，老板会叫他们吃饭，有时也不一定，看老板的心情。菜通常很简单，或者买点现成的烧腊，或者蒸条把鱼。泡菜总少不了，什么橄榄紫菜、萝卜豆瓣之类的。老板和老头子总爱整两杯白酒，问郝强要不要喝一杯。郝强表示愿意尝试一下，有点辣喉咙。吃完饭，喝小杯茶，他就逗逗老板的孙子玩。孙子有时不理他，要做作业。

花木场揽到了一桩大活。有个水电站需要苗木，在东江的上游。听老板说，这个水电站是私人的，拥有人有多少个亿的资产来的，具体数目不清楚。郝强也觉得挣几个亿好难。很多年前，他也有成为一个有钱人的想法，而今却觉得虚无缥缈了。大卡车开了很久才到，郝强在车厢里扶着花木，防止摔倒。一路上青山绿水，景色如画，复得返自然。他想人类好不容易从丛林中走出来，又对丛林充满了怀念。很多人在野外搭帐篷宿营就说明了这一点。人类真是很矛盾。

大坝拦腰把河水截断，高高的样子。水电站圈了一块生活区给工人用，刚刚开始施工。生活区有花木点缀的话，工人或许有点归属感。因为这里相对来说实在偏僻。

他们把树抬到指定的地方，挖坑，栽了起来。用锄头或者铁锹填好土，又洒了水。小的树或者花盆之类，就一个人弄。既有分工，又有合作。在单独干的时候，郝强就感到吃力，毕竟也是需要力气和耐力的。不过，他还是坚持了下来，继续干，算是对乡村生活的一种致敬，一种怀念。干完之后，还有小小的成就感。

断断续续干了一段时间后，郝强不干了，辞了工。老板还挽留他，毕竟愿意干活，工资要求不高的人难找了，虽然他干活不是很麻利，因为他并不擅长干这一行。

他又找了一份业余工作，帮一家字画裱装店干活。店铺不大，有一个伙计，是个哑巴。郝强和他搭档，跟着他学些使用电锯、钢片刀之类的工具。这行看起来简单，实则也不容易。哑巴比他年纪小，常常比画，面部表情丰富，常常又大笑。他不会说话，但笑会出声。哑巴也有快乐的时候。遇到比画解决不了的问题，哑巴就用手机打字或者在本子上写字。郝强想，他竟然会写字，真奇怪，他是怎么学会的。哑巴干不了其他的，一门心思都用在了工作上面，技术活做得漂亮。有客人拿过来的十字绣都愿意交给他做，他成了店里的招牌。郝强常常自叹弗如。

出外干活的时候，老板就会叫上郝强。如何定好画框的位置，如何让画框四平八稳地钉在墙上，这也是一门技术。这需要用到初中的一些几何知识，当郝强还在思考的时候，老板常常已经把位置找好了。所以说理论是一回事，实践又是一回事。这时，郝强的主要工作是给老板递工具，冲击钻之类的必不可少。他曾经试过一回，根本不好打眼，打歪了。看着老板做起来轻松的样子，自己却笨手笨脚的，便觉得真的是行行出状元。

没活的时候，郝强也会在店里坐坐，有时会练习一下书法，店里有笔有墨的。今时今日，已经很少有人爱好这玩意儿了。他也只是信手涂鸦，并没有打算成为一名书法家。

他又没有干了。骑车去很远的地方玩，常常早上出去，晚上才回来，在外吃一顿午饭。沿着一些乡村小路，没有目的地，总能发现一些新的地方。以前客家人的老房子，墙壁全用白色涂了，矮矮的，还有天井。有些无人居住了，废弃在那里。还有的地方的房子外墙是红砖，并无其他装饰。有一个有养鳄鱼的地方，他想进去看，结果未能如愿。有一片山坡种满了火龙果，红红的。番石榴的果实用塑料袋子套了，白白的。小河边野生了一片片的竹林，也有竹笋。桥很小，大都设有栏杆。

他经过了一大片的甘蔗田，马路上有人零卖甘蔗。他买了一根，吃起来很清甜。他想去租点地，自己去种甘蔗。不种甘蔗，种点菜也可以。自己吃，绿色有机无公害。他有很多浪漫有情怀的想法，便去到村里向人打听谁有田出租。这个村庄看起来还不错，很多房子修在田间，用院墙围了起来。门前有小水沟流过，可以用来洗什么东西，十分方便。外地的租户大多用竹子等简易材料搭了棚居住，还打了水井，过着原始的生活。郝强也想体验一下。好不容易打听到有人出租，那人问他租几亩，郝强说一两亩吧。那人就说，租那么少不租，一般至少都是十亩八亩的。田租不成，只好作罢。

回来的时候见到路上有卖红薯的，他又买了几斤。回到家，煮了，当作晚饭，简简单单。到了广场，有人在打太极，广场舞少不了。有小孩子坐游玩车到处跑；有小孩子放风筝，线断了，坐在地上哇哇哭；还有小孩子在学走路。那些都是谁的孩子？如果自己早结婚的话，孩子也有这么大了。年轻人手牵着手拍拖，坐在亭子里窃窃私语。夜空中有飞机飞过，灯一闪一闪的。

有天，他突然打电话给我，邀我去钓鱼。自从上次分手后，我们至少有两三年没有见面了。虽然我对钓鱼没有什么浓厚的兴趣，但我迫切想见他一面，想知道他这些年都是怎么过的。他从来没有参加同学聚会，从其他人那里也得不到他的消息。他竟然在我的生活里凭空消失了几年。

去的那天有点小雨，并不妨碍我的行程，而且据说这样的天气，鱼更容易上钩。我下了车,他开摩托车过来接我。摩托车虽然旧,保养得还不错,并不显脏,发动机的声音也不吵人。他戴着一顶草帽,无厘头味十足。他领我去买钓竿,考虑到我们不会经常钓鱼,选了一根价格低廉的。也买了些饵料,我问要不要挖蚯蚓。他说不用了,费事,在渔具店买就好了。又问我要不要帽子,我说买一顶吧,用来遮雨或者遮太阳都可以。

确实是一个古朴的小镇。有修钟表的,卖唱片的。在一条街道的拐弯处,有个榨花生油的店铺,香气从里面溢出来。还有酿酒的地方,堆满了木材,一坛坛的酒摆在门口出售。标价根据酒质有所不同,但都相当便宜。炒菜的师傅抖动着手腕,河粉在锅里悠然地跳舞。修理电器的铺头里摆满了旧的冰箱、笨重的电视、电饭煲和电风扇,等等。掏耳朵的理发师,上了年纪。这里的生活节奏缓慢,人们并不急匆匆地赶着去做什么。有老人在巷子里坐着,只是坐在那里,什么也不做,看着我们这些陌生的入侵者。坦白来讲,这里比我们老家先进不了多少。

买好东西后,我们出发了。沿着乡村小道,穿过一片片的田野和村庄,只觉得地势越来越高。细雨蒙蒙,郝强开得不快,怕摔倒。过了会儿,我建议我来开。他说:"好的,沿着这条路一直往上骑。"我的视野顿时开阔起来。摩托车在爬山,村民的房子越来越少。路上有蛇溜过,我赶紧刹车。郝强问:"怎么回事?"我说:"没事,有条蛇。"我继续开,由于是上坡,马达的声音也大了起来,坡还有点陡。我问:"这地方你去过吗?"他说:"去过。是一个水库。"我明白了,水库大都位置比较高。

走完了水泥路,走山路,变得崎岖起来。这地方应该很少人来,连路也不宽。车的痕迹也很少。鸟的声音多了起来,它们并不管天气下不下雨,都像往常一样鸣叫。山上的树很多,都叫不出名字来。野草更不用说,只知道可能属于某种蕨类植物。树枝茂密,连天也看不完全。我们如同穿行在林中的野兽一般。终于到了堤上,雨也停了。我们坐在小马扎上,撒了窝子,开始钓鱼。

刚落的新水,水库仿佛补充了能量一般,显得活力十足。四周都是青山,水显得更绿。水库的轮廓线并不规则，依山形而定，一眼看不出所以然来。虽有水从山中注入进来，但水面依旧十分平静，只有细小的縠纹。我的心变得澄明一片，没有杂念，只是专心地看着浮标。

他和我聊着天，主要是他在讲，好像一个旁观者一样叙述着自己的经历，就像在讲述别人的事，显得冷静而又平静。我的工作十分单一，也没有什么可大说特说的，我如同相声中捧哏的一般，应答着。我觉得这几年和他的交流实在太少了，居然这么不了解他了。

他说："我认识的一些同学和同事，一旦分别之后，几乎就很少有见面的机会了。"

"是的。最近我和同学之间也不常见面。"我说，"分别几乎是永别。"

"我在花木场工作时，有一次，坐在车上，突然见到路边有个指示牌，写着有个什么寺庙的名字。我便留意了。你知道的，人在失意的时候，总想着去宗教里面寻求真理，寻求解脱。"

"后来呢？你去了吗？"我饶有兴趣地问。

"去了。指示牌上还写着有个什么漂流来的。抽个周末的空，我坐车到了路边，便朝里面走进去。这是一条乡间小路，铺了水泥。上了一个小坡，坡两边有很大的树，两人都抱不拢。正是因为有这样几棵树，从外面望不见里面。走到里面，才豁然开朗。有一个小村庄，有一些田，田里种了葡萄、草莓之类的水果。黄黄的木瓜挂在树顶，肚子大大的，好像蕴含着丰富的思想。我一路问人，寺庙还有多远，村民很和善，说，往前走，不远就到了。

"我朝前走，见到有农家乐，还有度假村之类的，我想这里算是一个旅游景点，应该常有人来。只有一条主路，少有分叉。过了一座小桥，流水淙淙，寺庙仍然不见。约莫走了二十多分钟了，几乎要放弃了。现代人都没有耐心。我想搭摩托车，也没有找到。只好继续走，好不容易坐车来了这里，不能说回去就回去吧。

"就在我要失望的时候，见到有一座塔楼，正在修建。这是一座佛塔。心里顿时燃起了希望，应该不远了。但是小路弯弯曲曲，看起来很近，走起来还要花不少的时间。

"又走了二十多分钟，才走到山脚下，离塔也更近了。这块地略为开阔，停了些旅游大巴。附近还能见到商店，游泳池和漂流的皮艇。我不是来玩漂流的，问人之后，知道寺庙就在前方，不远了。"他一直在说。

我在听他说，浮标动了一下，感觉有鱼要上钩了，拉了一下，却又空无一物，又把钓钩甩了下去。

"终于到了寺庙的门口，有人在门口，他并没有拦住我，任我进去。门口有个放生池，鱼在里面游泳，乌龟在假山上晒太阳。整个建筑群有唐朝的遗风，棱角分明，在这群山中若隐若现，毫无违和感。观音殿、弥勒殿、玉佛殿等依山形而建，庄严而又稳重。见到这些，当下便生稀罕之心。尘世之中竟然有这样一个安静的所在。

"我在寺庙允许的范围内走了几圈，有些地方不准进，说是僧人们修行的地方。寺庙整洁干净，地面连叶子也不多。见到有居士装束模样的人在打扫卫生，有男有女，不说什么话，一心扫地。有个小小的塔，有人在绕塔，口中念念有词，猜想是什么咒什么印之类的。尔后，他们又对着佛塔磕头。我看了看佛塔上面凸现的文字，都是消灾免祸之类的。我对这方面没有认识，也看不出个所以然来。

"过了会儿，觉得也没有什么收获，不能就这么回去。于是便想到去不允许的地方去看看，但被人拦了下来。那人给我解释说，那里不能随便进。我就说，我想学习佛法怎么办。那人说，你去会客的地方找师父问问吧。我到了会客的地方，一个老和尚接待了我。眼神炯炯，看样子修行很深了。他面色和蔼，给我倒茶，问我想学什么法，对佛教有了解吗。我说，就是想学佛法。对佛教有一点点了解，是从印度传过来的，五祖是谁，六祖又是谁，等等。他耐心地听着，并没有打断我。见我喝完茶后，又给我倒茶，很恭敬的样子，让人如沐春风。我想我只是一个陌生人，而且他的年纪比我大，待我还很恭敬，确实难得。"

水面依然平静，能见到云彩在水里漂，不时传来山鸟的鸣叫，就是没有鱼上钩。

"说完之后，他问我为什么要学佛法，我说心里有烦恼，生活不如意。他听完后，微微一笑，并不觉得奇怪。我想他应该接待过很多像我有这样困惑的人吧。他说，我希望人人都能成佛。佛法的法门很多，各人根基不同，选的法门也不同。你去流通处借几本书回去看看吧，对佛教有个初步的了解。他没有作过多的解释，我也不便多问。便借了几本书回去看，心中还是不得其解。

"过了一段时间，我几乎忘了这件事。突然接到一个电话，是寺庙打过来的，说有个佛法的讲座，问我愿不愿意来听。我说愿意，因为我还是有很多烦恼，生活还是不如意。希望能有个了断。"

"你这经历很传奇的。"我注视着水面说，浮标一动不动。

"我去了。讲座在寺庙办公楼的二楼举行，已经有些人在里面了，都盘腿坐着，等着师父来讲。道场很安静，显得庄严无比。居士和僧众走路也很小声，尽量弯腰，避免遮挡别人的视线。正前方有佛像，慈眉善目的样子。讲台上有现代化的投影仪，便于师父演示。有人在发放材料，是那天讲座的内容。

"等了会儿，师父来了，模样十分儒雅，稳重。众人都坐定了，不再出声。师父上了几炷香，对那佛像俯身敬拜了几下，坐在了凳子上。一张纯实木的凳子，磨得光亮光亮的。师父的声音很小，需要用心去听。我还是听不大懂，也不知道其他人能理解几分。又看了看投影屏幕上的文字和手上的资料，两相对照，还是不能悟透其中的真意。

"忽然听到师父讲地狱是如何如何的恐怖，要我们凡人了脱生死，便能升到天界。便联想到《圣经》中有类似的说法，也有天堂和地狱来的。东西方的宗教居然有相通的地方。上帝和佛陀都是爱世人的，为什么要创造出地狱让人们受苦呢？我百思不得其解。这个世界上是不是并没有真理可寻，人们总是生活在悖论中呢？正如军队的产生是为了维护和平一样。监狱和学校的设立都是为了教育人。"他说到这里，停了停。

"作为一个中国人，我没有什么信仰，不能和你探讨这么深的问题，有点遗憾。"我说。浮标动了一下，我拉起来一看，蚯蚓已经没了，这鱼可真狡猾，便又上了一条蚯蚓。

"人是否需要追求永恒呢？科学、艺术或者是其他？"他自言自语，又好像在问我。

"如果真的要说有的话，对我来说，就是如何改进和发明某种机器。"我半开玩笑地说。

"讲座散了后，我又无意中听到农历八月十五，寺庙有一个为期三天的法会。我也报名参加了，顺便可以做做义工。我很想体会僧众的团体生活，便于深入地了解佛法。回来后，我常常独自在无人的路上散步，思考怎样能够将佛理和世俗的生活结合起来，也不得其解。到了法会前期，我请了几天假，准备在寺庙里待一个星期。

"寺院的生活有规律，很平静。我住一个禅堂里，主体部分为木头造成，内部空旷，有几十张单人床，挂了蚊帐。禅堂的下部为红砖，有蜜蜂从缝隙中飞出来。每天六点多就起来了，做一下运动。空气清新，由于在山里，温度比外面要低些，相对也潮湿些。能见到朝阳从山峰间冒出来，美好的风景也莫过如此。小松鼠在树上爬来爬去，这是我第一次见到这种动物。大大的绿叶上，夜晚形成的露珠还未化。

"七点多开始吃早饭了，以稀粥和馒头为主，也有青菜泡菜之类的。吃饭时寂静无声，务必吃得干干净净，这也是与世俗用餐有所不同的。如果我俩吃饭时不说话会怪怪的，但寺院就是如此。吃完饭，开始打扫卫生，清扫垃圾、树叶、烟头，等等。由于这里天天有人打扫，并不显得脏。打扫卫生只是一种习惯，用高深一点的话来说，就是修行。

"完了后，我们就去干活，做些力所能及的事。寺庙尚未完全建好，有些建筑还在施工当中。我们有时会用翻斗车，搬运些土石方。有经验的人会去种菜，跟乡下农村的生活差不多。由于大家是自愿的，干起活来不觉得累，心中同时也有一种神圣感。到了十一点多，开始吃中午饭，全部是素食。干活消耗了体力，我也吃得特别多。中午休息，到了下午两点多，继续干活。五点多，开始吃晚饭。也有不吃的，问了人，才知道有人是过午不食。我体验了一回，晚上很饿，受不了，以后每天晚上都不敢不吃了。晚上，有时集体学习经文，有时个人自修。有个图书馆，都是与佛教有关的。居士们有做忏拜的，有持咒的，有念佛的。到了九点多钟，禅堂便熄灯睡觉了。"他说的时候，有时看着水面，有时也看看我。

"相当有趣，哪天我也去试试。"我说。

"到了八月十五那天晚上，寺庙有活动，照例有师父讲法。在玉佛殿外的空地上，我们放好了长条的桌子和凳子后，又将信众捐献的水果、糖食糕点，等等摆在上面，还准备了些茶水。一切准备就绪，就等着师父来了。师父的声音还是很小，我只是听到说前几年的中秋都见不到月亮，今年天气特别好，是满月。夜晚山里的天空更显幽邃，清风徐来，十分凉爽。我们吃着水果，喝着茶，赏着月。

"不久，有位居士表演了古筝《西江月》，契合当时的意境。我有种回到古代的感觉，那是一种特殊的体验，是电视里的节目所不能比拟的。我们并不鼓掌，只是欣赏，也不管能懂得几分。又有人表演了笛子独奏，模仿鸟雀的声音，婉转而悠扬，与真鸟无甚分别。才体会到什么是'鸟鸣山更幽'了。这时我想起了你，你也是会吹笛子的。"

"只可惜我好久不吹，生疏了。在城市里生活，哪有这样的雅兴。"我说。

"那晚师父的讲法，我也没有听进去多少。可那晚中秋节的体验，我至今不能忘记，是我印象中最深刻的一次。到了某个特定时刻，有名僧人开始撞钟，口中念有唱词，仿佛梦回唐朝。钟声洪亮清脆，响彻山谷，久久回响。师父做了回向后，我们就散场了。有附近前来观看的村民，他们也回去了。

"我独自在寺庙的小径上走着，不与他人为伍，这时并不需要什么言语，也无需发表什么感慨。只是品味这样一种淡淡的孤独，没有人能够完全了解另一个人的内心。在这样一个满月的夜晚，我只身一人在外地，处于一群陌生人中间。"

"你这样说我快受不了了,我又何尝不是如此。"我心有戚戚焉,于是说,"我常常也是觉得有种巨大的疏离感。"

"后来识得一名年轻僧人,相貌清癯,有文化的样子,他的父母也来寺庙住了几日。听人说他大学毕业,机缘巧合之下入了佛门。起先,家里父母都不同意,他是家里独子。劝说之后,也无可奈何,终于剃度了。他在寺庙里做着木工活,做做雕刻,也会画画。有时我见他在殿里画佛像,工笔画的功力非常了得。"

"你可千万别出家,不然我就少了一个推心置腹的朋友。"我说。

"无论如何,我似乎都没有这样的想法,便觉得每个人都有自己独特的使命,我并不想、也不适合做一名僧人。而且听说做僧人不是一件容易的事,我受不了太多的戒律,也不习惯过集体生活。人越多,分歧越大。几天后,我便出山了。虽然这一周的体验美妙,值得回味,但我没有长期待下去的想法。

"初步了解和比较两种宗教后,我发现它们都不能完全让我满足。当然我无意诋毁和贬低,它们的存在自有其意义。整个世界处于悖论之中,并没有某种固化的真理能指导人的生活。人们在快乐中堕落,在前进中后退,永远在路上。这让我想起小学学的小马过河的故事。"

"小马过河?"我说。

"是的。生活这条河,只有亲自趟过去,才知道深浅。"他说。

"你适合搞科学研究。"我说。

"科学虽然能拓宽人的视野,但窥探人的内心,却无能为力。科学果然万能的话,那么现代人比古代人肯定会幸福。可是这也没有办法证明。因为没有人能体会古代人的生活。如果有天科学家发明了某种仪器,声称能够测出人的意识和想法来,我就会彻底地臣服于科学。人们总是试图归纳,找到某种理论来解释心理,也许是自欺欺人,也许在某种程度上是徒劳。"

"那你准备怎么生活？"我说。

"我所向往的是一种抑恶扬善的制度，但人的个性又能得以展现，能力得以发挥。"

"果然是一个理想主义者。"我说，"前途是光明的，道路是曲折的。"

"尽量在不伤害他人的情况下，让自己生活过得好一点。"

"尽量这个词用得好。"我说，"具体来说呢？"

"有可能的话，想写小说。"

"什么？你放弃了诗歌？"我说。

"诗歌篇幅有限，不足以描叙我的生活。"

"可是像小荷、梓辛这些中文专业的都没有写小说，你有把握吗？"我问。

"中文专业毕业的大都去做编辑和评论家了。文艺青年并非都是学文学的，而且搞这行，我听说业余选手往往还干得好。我喜欢这一行，没有规律可循，自成一派，有创造性，不需要与人合作。另一方面，也是自愈。我也觉得这是我完全自愿的，没有人逼迫我去做，从来没有什么工作让我如此。"

"这么说来，你热爱这一行，适合这一行。"我说，"人一旦认同某种观点，便会趋向于自觉地去证实它。你经历这么丰富，可以先写一本自传。"

"的确，自传的总和便构成了历史。"他说，"而且一个人心中有很多想法，不写出来会很难受的。当成一种释放或是生命的延续也未尝不可。"

"我生命的延续应该可以体现在机器上。"我又半开玩笑了。

"人们也许不喜欢听道理，但喜欢听故事。这一行有前景。命运也许是注定的，但不能放弃努力。"他说，"从寺庙出来时，有个师父跟我说，如果有天你内心觉得空而又不感到空虚的时候，你就算入门了。你怎么认为？"

"完全是悖论，难以理解，还是不要想这么复杂的问题。"我说，"我觉得人们一直追逐着满足，时刻无不被空虚包围。空虚就像黑洞一样，吞噬着一切。"这时我发现浮标在沉浮不定，感觉有鱼上钩了，我并没有像刚才一样拉杆，一会儿后水面又恢复了平静。

"还记得我们当初的梦想吗？都希望来到大都市，结果我们来了。"

"是的。"我说。

"可我很怀念和你一起在水库游泳的时光。"他说。

"要不现在也游一游。"我说，"反正也钓不到鱼。"

"好的。为了安全起见，就在边上游吧，两个人有个照应，不要游得太远。这是陌生的地方，从来也没有游过，说不定哪里有漩涡。"

"好的。"我说。

我们下了水，小心趟着走，生怕有玻璃碎片划伤了脚。还好，只有淤泥。开始游了，没有波浪，平静的水亲吻着肌肤。有鱼被惊动，跃出水面。我们游得更欢了，越游越远，忘记了刚才的叮嘱。我摆出了仰泳的姿势，只是浮在水面上，天空尽收眼底。有野鸭在潜水，不时从水里冒出来，又飞向天空。生命力可真顽强！目力所及之处，有一个农庄竟然隐藏在这山水之间。我好像发现新大陆一样，说："等下我们去那里吃饭。"郝强也发现了，喷了一口水，说："好的。"

点了几个菜，走地鸡一只，番薯苗一盘，黄精酒半斤，还要了一条清蒸鲫鱼。我们吃得饱饱的，往回骑行，轮换着开车。即使都喝了酒，驾驶技术也出奇地好，没有翻车。回到镇上，又去沐足房，一边和技师开着无关痛痒的玩笑，一边看着电视吃西瓜。夜宵吃的是常德米粉。

尾声二

一年后，在参加了很多人的婚礼后，我和小邝也结婚了。爸爸妈妈来了。妹妹和妹夫也来了，她居然比我先结婚。在广州的一家酒店举行婚礼，还算热闹，至少我爸爸妈妈这么认为。我给同学、同事等都发了请帖或是打了电话，很多都赶来了。没有来的也打电话祝贺，包括远在国外的裘正。我忙得不亦乐乎。参加婚礼的都是普通人，没有一个社会上的名流。在社会上混了几年，我交往的圈子有限，也跳不出自己的圈子。很多都是剔牙不掩嘴，大声谈笑自若的人。郝强带着女朋友来了，女朋友还很漂亮，我知道他开始要认真生活了。梦飞来了，她的小孩已经有几岁了。梓辛也从上海来了，还是那么光彩照人。她没有想到我的老婆是另外一个人，觉得有点奇怪。跟几年前我同学的婚礼相比，除了摄影器材有进步外，其他都差不多，没有给人太大的惊喜。一切中规中矩，在情理之中。

婚礼过后，我留爸爸妈妈在广州住了一段时间。住不到一个星期，他们就吵着要回去，说不好玩。城市里房子密集，不像乡下那样空旷。空气受不了，到处是汽车的尾气。吃的菜也不习惯，没有家里的有味道。气候不好，湿热。最主要的是没有人和他们说家乡话，和他们聊天。他们也不认识周围的人，没有共同语言，好像进了一个满是人群的孤岛，有种说不出的压抑，跟我刚来广州时感觉一样。总之就是什么也不习惯。我只好送他们去了火车站。

次年，我的儿子出生，他是地地道道的广东出生的人。

收割机逐渐在普及，连湖南也有了。有客户说机器出了问题，我立马带着一名维修技术员，奔赴湖南，进行售后服务。这次出的问题比较严重，我们需要在当地待几天。我心里正盘算着顺便回一趟家。就在这时，我被告知爷爷去世了。说他走的很突然，没有任何征兆。我赶紧回家，同时打电话给老婆，要她务必带着儿子明天赶到。

叔叔家里来了不少前来吊唁的亲戚和邻居。年轻人不多，他们不会为了一个死去的老人，从遥远的外地赶回来。他们前赴后继，奔向城市，乐此不疲。我穿上了白色的孝衣，跟着道士做着法事。一面想起爷爷生前的点点滴滴，不觉悲从中来，流下眼泪。做法事的声音嘈杂，有吹号的、吹笛子的、拉二胡的，等等，道士们跑来跑去，他们对死亡见多了，对此不以为然。

到了晚上，在烧纸做的各种阴间用品，电视机，别墅，等等，火光映红了天。有人在感叹队里的老人又少了一个，有人在抽烟，有人在喝酒，有人在哭，哭的多是亲戚。有人在说爷爷生前的事，有些是我熟悉的，有些是我不知道的。他们说以后箩筐、簸箕没有人会做了，不过这方面的需求也越来越少。又说爷爷曾经表演过左手跟右手打糍粑，这是我第一次听到。我知道连做糍粑也已经机械化了，只是黏性没有以前的强。爷爷的本领似乎用不上了。

有人在说队里的其他事，庄稼的收成、国家的政策，等等。队里少有像这样能把大家聚在一起的活动了。半夜时分，有道士在桌子上跳过来，跳过去，又表演倒立，索要着过奈何桥的钱财，惹得众人发笑。其他道士面无表情，哈欠连连，睡意浓浓，继续吹吹打打。

依稀中，我想起了爷爷教的一首童谣："虫儿虫儿飞，飞到嘎嘎踢；嘎嘎不杀鸡，虫儿不过踢；嘎嘎不杀鹅，虫儿不过河；嘎嘎不赶狗，虫儿不敢走。"（注，嘎嘎：外婆；踢：去。）我轻声念了起来，声音淹没在喧闹声中，不可辨识。

我儿子回来了，他对这种仪式完全无感，不知道哭，也没有太大的悲伤。我想除了他年纪小之外，就是他很少在我的老家待过，我爷爷也没怎么带过他，一点也不熟，完全是陌生的。法事搞了三天三夜。老婆和儿子都很不习惯，葬礼刚完，就回去了。

我还要负责维修机器，就在家多待了两天。屋子旁边野生了一株枇杷树，已经枝繁叶茂，这几年我竟然没有察觉。枇杷黄了，有鸟雀前来啄食，不惧人，呵之不去。种子落满了一地。

某年十一月的一天，已经是第二个十年了。我开着新买不多久的车，载着儿子，一起来到沅江边。单洲已经沉没不见，江面显得异常开阔，只见有货轮依旧在行驶。我把诗琴寄给我的信扎成纸船，放在水面。看着它们顺流漂下，直到消失在我的视野中。回到堤上，见有个小女孩，从车的天窗中钻了出来，那车走得很慢。她小手拿着风车，迎风转动。那张有弧度的脸，像极了白诗琴的模样。

"那个小妹妹好像对我笑了。"儿子突然说。

"是吗？"

"她为什么对我笑？"

"不知道。"

"她长得真好看。"

"哦。"我回答道。

那车渐行渐远，小女孩也见不到了。

我眺望着沅江，只见那一波纯水仿佛要流向天空，和那云彩要融为一体。它们相互缠绕、重叠、交合滚动着，水汽化成云，变得越来越稀薄，最后聚拢成一堆，漫天铺地地覆盖下来。太阳若隐若现，连光芒也收敛起来。瞬间，那片云又凝结成水，淅淅沥沥地洒向江中。阵雨过后，一轮橙红的落日，千古不变地横亘在江面上，江水依旧滚滚向前。